KB060770

나는 여행기를 이렇게 쓴다

HENKYO, KINKYO
by Haruki Murakami

Copyright ⓒ 1998 by Haruki Murakami

Originally published in Japan by SHINCHOSHA Publishing Co., Ltd.
Korean translation rights arranged with Haruki Murakami
through The Sakai Agency, Tokyo
and Bookpost Agency, Seoul

세계적 작가 **무라카미 하루키**의

나는 여행기를 이렇게 쓴다

여행하면서 쓰고, 쓰면서 여행하는 벅찬 즐거움

– 김진욱 옮김

문학사상

차례

여행하면서 쓰고, 쓰면서 여행한다

무라카미 하루키

1. 어렵지만 즐거운 여행과 글쓰기

오늘날 여행을 하고, 그 여행에 대한 글을 쓰고, 더욱이 여행에 관한 한 권의 책을 엮어낸다는 것은 참으로 여러 가지 어려움이 따르기 마련이다. 그도 그럴 것이 최근에는 해외여행이란 것이 그다지 특별한 일은 아니기 때문이다. 오다 마코토 小田實가 《무엇이든 보아주자》라는 책을 썼던 시대와는 다른 것이다. 여행을 떠날 마음이 있고 여행 경비를 마련할 수 있다면 세계 어느 곳이든 갈 수 있는 시대에 우리는 살고 있다. 아프리카의 정글이나, 남극여행도 즐길 수가 있다. 특별한 사정이 없는 한.

그래서 여행을 떠나는 데 있어, 설사 아무리 멀고 아무리 외진 산간벽지라고 해도 '그다지 특별한 일이 아니다'라는 인식이 먼저 머릿속에 자리하고 있어야 한다고 생각한다. 과도한 계획이나 지나친 의욕 같은 것은 삼가고, '말하자면 어느 정도 비일상적인 일상'으로 여행을 생각하는 점에서부터 이 시대의 여행기는 시작해야만 한다. '잠시 어디 좀 갔다 올거야' 하는 마음으로 떠나는 건 너무 극단적이고 허황된 여행기라고 하겠지만……. 그렇다고 두 눈을 부릅뜨고 무슨 비장한 결의라도 하고 써낸 느낌을 갖게 하는 여행기 역시 읽는 독자에게 약간은 따분하고 짜증스럽게 하지 않을까.

그런 의미에서는 미국 대륙을 자동차로 횡단하는 것과 시코쿠에서 사흘 내내 하루 세 끼를 오로지 우동만 계속 먹어대는 것 중 도대체 어느 쪽이 변경(辺境 그 지방의 중심부에서 멀리 떨어진 한적한 지대-옮긴이)인지 잘 모르겠다. 참 어려운 시대이다.

2. 나 스스로가 녹음기가 되고 카메라가 되는 자세로

나는 실제로 여행하는 동안에는 별로 세밀하게 글자로 기록을 하지 않는다. 대신 작은 수첩을 가지고 다니면서 그때그때 짤막하게 적어 놓을 뿐이다.

가령 '보자기 아줌마!'라고 적어 놓고, 나중에 수첩을 펼쳐 그것을 보면 '아 그렇지, 터키와 이란의 국경 근처의 그 작은 마을에 그런 이색적인 아줌마가 있었지' 하고 쉽게 생각해낼 수 있게 해놓는 것이다. 요컨대 내가 가장 알아보기 쉬운 형태의 헤드라인이면 된다. 바다에 부표를 띄우듯이 그렇게 적어놓는다. 서류 서랍의 색인과 같다.

나는 여러 차례 여행을 하는 동안 점점 나 자신에게 적합한 방법을 파악할 수 있게 되었다. 일시나 장소 이름이나 여러 가지 숫자 같은 것은 잊어버리면 글을 쓸 때 현실적으로 곤란하니까 자료로서 가능한 한 꼼꼼히 메모해두는데, 세밀한 기술이나 묘사는 될 수 있는 대로 기록하지 않는다. 오히려 현장에서는 글쓰기를 잊어버리려고 한다. 카메라 같은 것은 거의 사용하지 않는다. 그런 여분의 에너지를 가능한 한 절약하고, 그대신 눈으로 여러 가지를 정확히 보고, 머릿속에 정경이나 분위기, 소리 같은 것을 생생하게 새겨 넣는 일에 의식을 집중한다. 호기심 덩어리가 되는 것이다.

어쨌든 그때그때 눈앞의 모든 풍경에 나 자신을 몰입시키려한다. 모든 것이 피부에 스며들게 한다. 나 자신이 그 자리에서 녹음기가 되고 카메라가 된다. 내 경험으로 보건대, 그렇게하는 쪽이 나중에 글을 쓸 때도 훨씬 도움이 된다. 반대로 말한다면, 일일이 사진을 보지 않으면 모습이나 형태가 생각나지 않는 경우에는 살아 있는 글이 나오지 않는다. 그러니까 취재 여행을 가더라도 작가는 겉으로 보기엔 편하다. 현장에서는 거의 아무것도 하지 않는다. 다만 잠자코 구경만 하고 있을 뿐이다. 사진을 맡은 사람만이 바쁘게 뛰어 돌아다닌다. 그 대신 작가는 여행지에서 돌아오고 나서부터가 힘이 든다. 사진은 현상을 하면 그것으로 끝나지만, 작가는 그때부터 작업을 시작해야 하는 것이다. 책상 앞에 앉아서 메모한 단어에 의지해 머릿속에 여러 가지 현장을 재현시켜가는 것이다.

대개 귀국해서 한 달이나 두 달쯤 지나고 나서 작업을 시작하는 경우가 많다. 경험적으로 그 정도 간격을 두는 것이 결과가 좋은 것 같다. 그동안 가라앉아야 할 것은 가라앉고, 떠올라야 할 것은 떠오른다. 그리고 떠오른 기억만이 자연스럽게 이어져가는 것이다. 그렇게 되면 하나의 굵은 라인이 형성된다. 잊어버리는 것도 중요한 일이다. 다만 그 이상 오래 내버려두면 잊어버리는 것이 너무 많아 문제가 된다. 모든 일에는 어디까지나 '적당한 시기'라는 것이 있기 때문이다.

3. 여행기를 쓰는 건 나에겐 매우 소중한 글쓰기 수업

그런 의미에서 여행기를 쓰는 것은 나에게 매우 귀중한 글쓰기 수업이 되었다고 생각한다. 생각해보면 여행기에서 원래 해야 할 일은 소설의 원래 기능과 거의 마찬가지다. 대개의 사람들은 여행을 한다. 예를 들면 대개의 사람들이 연애를 하는 것과 같은 맥락이다.

하지만 그런 문제에 대해서 누군가에게 얘기하는 것은 간단한 일이 아니다. 이런 일이 있었단다, 이런 곳에도 갔었단다, 이런 생각을 했단다, 하고 누군가에게 얘기해도 자신이 정말 그곳에서 느낀 것을, 그 감정의 차이 같은 것을 생생하게 상대방에게 전한다는 것은 극히 어려운 일이다. 아니, 거의 불가능에 가깝다. 그리고 그 이야기를 듣고 있는 사람에게, '아아, 여행이라는 건 참으로 즐거운 것이구나, 나도 여행을 떠나고 싶다' '연애란 그렇게 멋진 일이구나, 나도 멋진 연애를 해보고 싶다'라고 생각하게 만드는 것은 그보다 더욱 어렵다.

하지만 그런 생각을 어떻게든 하게 만드는 것이 프로의 글이라는 것은 당연한 사실이다. 거기에는 기술도 필요하고, 고유의 문체도 필요하며, 열의나 애정이나 감동도 물론 필요하다. 그런 의미에서 여행기를 쓰는 것은 소설가인 나에게도 아주 좋은 공부가 되었다. 처음엔 그저 좋아서 썼지만 결과적으로 잘된 일이다.

4. 어릴 때부터 닥치는 대로 여행기를 읽으며 자랐다.

나는 원래 여행기라는 것을 좋아한다. 옛날부터 좋아했다. 어렸을 때부터 헤딘이나 스탠리 같은, 그런 사람들의 여행기를 닥치는 대로 읽으며 자랐다. 동화 같은 것보다는 아무튼 '대지의 중심에서 멀리 떨어진 변방의 여행기'를 좋아했다. 페이지를 넘길 때마다 얼마나 가슴이 두근거렸는지 모른다. 스탠리가 고생에 고생을 거듭하면서 콩고의 오지에서 행방불명된 리빙스턴 탐험대를 찾아내는 장면은 지금도 선명하게 기억하고 있다. 최근 것으로는 폴 세로의 여행기도 잘 읽었다. 잘 쓰인 여행기를 읽는 것은 자신이 직접 여행하는 것보다 훨씬 재미있는 경우도 적지 않다.

하지만 앞에서도 말했듯이, 이렇게 누구나 어디든지 마음대로 갈 수 있어서 이젠 변경이라는 것이 없어져버렸고, 모험의 질도 완전히 달라져버렸다. '탐험'이나 '비경'과 같은 말은 점점 진부해져서 현실적인 수준에서는 거의 쓸 수 없는 상황이 되고 말았다. TV에서는 지금도 '비경' 어쩌고 하는 옛날식 타이틀을 붙인 방대한 프로그램을 방영하고 있는 것 같은데, 그런 것을 곧이곧대로 받아들이고 있는 고지식한 사람은 실제로 거의 없다. 그런 의미에서 지금은 여행기를 쓰기에 그다지 행복한 시대는 아닐지도 모른다.

그러나 어쨌든 여행을 하는 행위의 본질이 여행자의 의식이 바뀌게끔 하는 것이라면, 여행을 묘사하는 작업 역시 그런 것을 반영해야만 한다고 생각한다. 그 본질은 어느 시대에나 변하지 않는다. 그것이 여행기라는 것이 가지는 본래적인 의미이기 때문이다. '어디어디에 갔었습니다, 이런 것이 있었습니다, 이런 일을 했습니다' 하고 재미와 신기함을 나열하듯 죽 늘어놓기만 해서는 사람들이 좀처럼 읽어주지 않는다. '그것이 어떻게 일상으로부터 떨어져 있으면서도 동시에 어느 정도 일상에 인접해 있는가' 하는 것을 (차례가 거꾸로 되더라도 좋으니까) 복합적으로 밝혀나가야 한다고 나는 생각한다. 그리고 또한 정말 신선한 감동은 그런 지점에서 생겨날 것이라고 생각한다.

가장 중요한 것은, 이처럼 변경이 소멸한 시대라 하더라도 자기 자신 속에는 아직까지도 변경을 만들어낼 수 있는 장소가 있다고 믿는 것이라고 생각한다. 그리고 그런 생각을 추구하고 확인하는 것이 바로 여행인 것이다. 그런 궁극적인 추구가 없다면, 설사 땅끝까지 간다고 해도 변경은 아마 찾을 수 없을 것이다. 그런 시대다.

이스트햄프턴

작가와 배우들의
조용한 성지

롱아일랜드

맨해튼 섬

이스트햄프턴

몬토크 곶岬

색 하버

후크 호湖

이스트햄프턴

웨스트햄프턴

사우스햄프턴

대 서 양

이스트햄프턴에 관한 글을 써줄 수 없겠느냐는 원고 청탁을 어떤 신용카드 회사의 사보 편집자로부터 받은 적이 있었다. 1991년 가을이었다. 마침 뉴욕에서 열리는 마라톤대회에 참가할 예정이라, 대회가 끝나면 현장을 찾아가서 직접 취재를 하기로 마음먹고 수락했다. 나와 함께 동행해주기로 한 사람은 사진작가 마쓰무라 에이조 군. 이스트햄프턴은 정말 아름다운 고장이지만, 개인적으로는 솔직히 작가들이 모여 사는 곳에서는 별로 살고 싶지 않다. 그 곳이 미국이든 일본이든 말이다.

●

내가 이스트햄프턴에 가게 되었다는 말을 들은 몇몇 출판 관계 지인들은 "그곳에 가면 꼭 이 사람을 만나보세요" 하고 말하면서, 그곳에 사는 작가의 이름을 알려주었다. 출판사의 홍보 담당자 질리언 조리스는 톰 울프와 데이비드 레이빗과 E. L. 닥트로의 이름을 적어주었다. 《뉴요커》의 편집자 린다 어셔는 커트 보네거트를 꼭 만나보라고 일러주었다.

질리언도 린다도 토박이 뉴요커지만 햄프턴에도 자기 집이 있고, 그런 작가들은 서로 가까이에 살고 있으며 친한 사이들이다. 그런데 유감스럽게도 이번에는 보네거트나 닥트로나 레이빗과는 만날 수가 없었다. 다만 톰 울프는 훗날 뉴욕에서 만날 수 있었다.

요컨대 이스트햄프턴이란 곳은 좀 과장해서 말하면 문필에 종사하는 사람들에겐 일종의 성지聖地와 같은 곳이다. 그만큼 많은 작가들이 이곳에 저택을 소유하고 있다. 그리고 구태여 덧붙일 필요도 없지만(이스트햄프턴의 땅값은 너무 비싸기 때문에), 그들 중 대부분은 성공한 작가들이다. 이스트햄프턴은 성공한 작가를 좋아하고, 성공한 작가 역시 이스트햄프턴을 좋아한다.

개인 소유의 해안이 있는 햄프턴의 호화 별장.

그런 의미에서 이곳은 미국 작가들에겐 자연적으로 형성된 성지라고 할 수 있을지도 모른다.

고급 피서지이자 문필가들이 살고 싶어 하는 장소를 들라면 일본에선 으레 가루이자와輕井澤나 가마쿠라鎌倉 정도를 꼽겠지만, 실제로 가봤더니 이스트햄프턴은 그 아름다움과 규모면에서 가루이자와나 가마쿠라와는 비교도 안 될 만큼 월등한 곳이었다. 그 두 도시를 두 배로 늘인다 하더라도 여전히 이스트햄프턴에는 훨씬 미치지 못할 것이다. 이런 곳에 와서 보면 미국이란 나라의 자본이 얼마나 거대한지 실로 절감하게 된다.

이스트햄프턴은 롱아일랜드의 동쪽에 위치하고 있으며, 뉴욕에서의 거리는 꼭 100마일(160킬로미터)이다. 차로는 두 시간이면 도착할 수 있다. 경제적 여유가 있으면 헬리콥터를 전세내어 반시간이면 갈 수 있다. 좀 더 돈이 많으면 전용 비행기로 갈 수도 있다. 물론 작가들은 그 정도로 부자는 아니기 때문에 대부분은 차로 왕복한다. 그들 중 대다수는 뉴욕에 아파트를 소유하고 있다. 일이 있으면 뉴욕에 들렀다가 일이 끝나면 햄프턴으로 돌아와서 여유롭게 글을 쓴다. 이곳의 작가들 대부분이 그런 생활 패턴으로 살고 있다.

언젠가 뉴욕에서 존 어빙을 만난 적이 있는데, 그는 햄프턴을 오가는 차 안에서 디킨스의 소설을 오디오북으로 듣고 있노라고 말했다. 시간이 꽤 걸리기 때문에 차로 오가며 듣기엔 그 정도 분량의 소설이 가장 적합하다고 그는 말했다. 하지만 어빙은 이제 캐나다로 이주해버려서(어쩐지 미국이란 나라가 그에겐 마음에 들지 않는 것 같았다), 그의 집은 매물로 나와 있다. "어때요, 무라카미 씨가 사실 생각 없으세요?" 하고 질리언은 웃으면서 내게 말했다.

햄프턴에 집을 갖고 있는 사람이 전부 작가인 것은 아니다.

랄프 로렌, 스티븐 스필버그, 빌리 조엘, 캘빈 클라인, 로버트 드니로, 폴 사이먼, 그밖에 일일이 이름을 떠올릴 수 없을 만큼 많은 유명인사들이 이곳에 집을 갖고 있다.

이스트햄프턴에는 '신흥 부호 유명인사'도 많이 산다. 하지만 그런 부호 명사들이 몰려드는 시기는 여름 한철이거나(그들은 물론 개인 소유의 해변에서 여유롭게 수영을 즐긴다), 아니면 주말이나 추수감사절, 혹은 크리스마스 때 정도일 뿐이다. 그밖의 시간은 대개 도시에서 보낸다. 여름이 끝나고 낙엽이 한 잎씩 떨어질 무렵이 되면, 그 고장에 남는 사람들은 그 지방 주민들이거나 아니면 타자기나 컴퓨터만 있으면 어디에 가도 일을 할 수 있는 작가들 정도다.

"난 이런 분위기가 정말 좋아요." 햄프턴에 거주하고 있는 작가 피터 스웨트 씨는 말했다. "1년의 절반 정도는 이 부근이 사람들로 넘쳐납니다. 파티가 있을 땐 사람들로 몹시 붐비지요. 그런데 그렇게 생활하는 것이 질릴 때쯤이면 꼭 알맞게 가을이 찾아와줍니다. 사람들은 모두 도시로 돌아가버리고요. 그리고 우리는 뒤에 남아서 조용히 일을 하지요. 누구의 시달림도 받지 않고 아무런 간섭도 없어요. 그리고 그런 생활이 차츰 권태스러워져서 뭔가 자극이 있으면 좋겠다 싶을 때쯤이면 다시 꼭 알맞게 5월이 다가옵니다. 이런 환경이야말로 작가에겐 이상적인 것 아니겠어요?"

웨스트햄프턴에서는 2주일에 한 번씩 작가들 모임이 있다. 작가 모임이라지만 특별한 일을 하는 건 아니다. 이 부근에 사는 작가들이 모두 모여서 술과 식사를 함께하고 이야기를 주고받는 정도다.

"여러 유형의 작가들이 있어요." 스웨터는 말한다. "버드 슐버그(피츠제럴드를 모델로 한 소설 《꿈은 사라지고》를 쓴 극작가), 피트 하밀(그는 얼마 전에 이곳을 떠났다), 댓슨 레이더 등의 작가들이지요. 이번 모임이 내일 저녁인데, 무라카미 씨도 꼭 오실 거죠?"

하지만 나는 이튿날 아침엔 뉴욕으로 출발해야 했기 때문에 아쉽게도 그 모임에 참석할 수 없었다.

이스트햄프턴 시가지에서 차로 약 20분쯤 북쪽으로 달리면 색 하버라는 항구 도시가 나온다. 이곳에는 톰 해리스(《양들의 침묵》의 작가), 독트로 핀타로 같은 사람들이 살고 있다. 넬슨 올그렌(《황야 속을 걸어라》《황금팔을 가진 사나이》의 작가)도 전에 이곳에 산 적이 있다. 내게 올그렌 이야기를 해준 사람은 '캐니어스 북스' 서점의 사장 캐니어 씨였다.

"11년 전 여기서 헌책방을 개업했는데, 개업 날 눈매가 고약한 아저씨가 들어오더니 가게 안을 두리번거리며 둘러보더라구요. 그가 올그렌이었어요. 그가 뭐라고 했는지 아세요? '이봐

요, 당신은 이걸 서점이라고 차려놓은 거요? 우리 집 침실 서
가에 꽂힌 책도 이보다는 더 많을 거요.' 글쎄 이러지 않겠어
요? 그러고 나서 사흘인가 후에 그는 혼자서 다 끌어안지도 못
할 정도의 책을 잔뜩 가지고 와서는 이렇게 말했어요. '자, 이
걸 꽂아놓고 파시오.' 느낌이 좋은 사람이었지요. 시카고 출신
인데, 언뜻 보기엔 험상궂고 입도 걸었지만 알고 보면 속마음
하나는 정말 따뜻한 사람이었습니다."

당시의 올그렌은 사람들이 거들떠보지도 않는 무명 작가였
다. 젊은 사람들 중에 올그렌의 소설을 찾는 독자는 거의 없었
다. 지난날 고래잡이 항구로서 영광을 누렸던 기억을 아직도
어렴풋이 간직하고 있는 색 하버의 거리에서 그는 마치 세상에
게 버림받은 사람처럼 지내고 있었다. 하지만 캐니어 씨의 서
점에서 그의 작품 낭독회를 열었을 때 서점은 청중으로 초만원
을 이루었다. 그때가 올그렌이 행복을 느낄 수 있었던 때였다.

"그러고 나서 2주일인가 후에 올그렌은 죽었습니다." 캐니어
씨는 고개를 가로저으며 말했다.

내가 묵었던 '더 핑크 하우스'라는 여관의 주인은 론이라는
젊은 건축가다. 그는 이스트햄프턴에서도 가장 좋은 위치에
자리한 이 헌 집이 매물로 나와 있던 걸 사서 직접 개축하여

여관으로 만들었다.

"제 여자친구인 수가 이 집을 한번 보더니 여기에 여관을 차리자고 했어요. 그게 2년 전 일입니다." 그는 말했다. "그녀가 하도 졸라서 이 장사를 시작했습니다. 집수리도 구석구석 제가 직접 다 했어요. 벽 허물기부터 시작해서 배관, 배선, 페인트칠까지 모두 제 손으로 했습니다."

집을 관리하는 일이 론의 몫이라면 수는 요리 담당이다. 그녀는 맛깔스런 아침 식사를 지어주고 있다. 캐럿 브레드, 피건 마핀, 그라노라, 케이크…… 그녀가 직접 만든 음식들은 매우 맛있다. 이곳에선 아침 식사밖에 나오지 않지만, 아침 식사는 매일 큰 즐거움을 주었다.

또 한 가지 이 여관에서 볼 만한 것은 가구와 집기들이다.

"이 장사를 시작하기 위해 돈을 주고 산 건 거의 없어요. 우리가 그때까지 수집해두었던 것들과 할머니께서 물려주신 것들을 그대로 사용하고 있지요. 그랬더니 보다시피 제법 근사한 분위기가 만들어지더군요."

나는 이런 사람들을 볼 때마다 미국이라는 사회가 지니고 있는 속 깊은 건전함 같은 것을 느끼게 된다.

18세기에 지어진 집을 사서 자기 손으로 직접 구석구석까지 고치고 수리해서는 조상이 물려준 가구나 자기들이 수집한 집

기를 들여놓고 직접 만든 소박한 요리를 내놓는 그들. 일본식
으로 표현하자면 샐러리맨을 벗어난 소자본 창업자라고나 할
까. 하지만 론과 수에게서 장사치 같은 면모가 느껴지지는 않
는다. 그들에게서 받는 인상은 과거라는 것을 지극히 순순하
게 물려받고 있다는 검소하고 곧은 마음씨뿐이다.

"여관을 운영한다기보다는 내 집에 손님을 초대한다는 생각
을 가지고 있어요. 그래서 광고도 하지 않아요. 손님방엔 TV나
전화기도 없습니다. 모두들 이곳의 거실이라든가 식당을 마치
자기네 집에서처럼 마음 푹 놓고 이용해주기만 하면 되지요.
얼마 전엔 스필버그의 결혼식 하객들이 이곳에 함께 투숙했었
어요. 그땐 얼마나 즐거웠는지 모릅니다. 로빈 윌리엄스라든가
마틴 쇼트, 로브 로 같은 쟁쟁한 스타들이 이 거실에 앉아서
함께 술도 마시고 음악도 듣고 노래도 불렀지요. 모두들 정말
좋다고 하더군요."

10월이 되면 햄프턴 거리에는 오락이라고 할 만한 놀잇거
리가 전혀 없다. 그렇게 되면 책을 읽거나 작업하는 것밖에 할
일이 없다. 그리고 그나마도 싫증나면 산책을 할 뿐이다. 다행
히도 이곳은 산책하기에는 정말 이상적인 장소이다. 일본의
가루이자와에서처럼 자동차로 이곳저곳을 드라이브해보는 것

햄프턴에 살고 있는 작가 피터 스웨트 씨.

'캐니어스 북스'의 경영자 캐니어스 씨.

도 좋다.

이곳엔 유명인사의 집이 한두 채 있는 것이 아니다. 1920년 대에 지은 링 라드너의 유명한 저택이 있고, 사라와 제럴드 머피 부부가 살던 핑크빛 집이 있으며, 페이 더너웨이의 집이 있다(페이는 자택 뜰에 풀장을 만들려고 시의회에 신청서를 냈다가 거부당하자 마음이 상했는지 얼마 전 이곳에서 떠나버렸다). 그리고 캘빈 클라인의 집이 있고 그 바로 옆에 스필버그의 집이 있다.

어째서 유명인사들은 이렇게 햄프턴에 모여 사는가? 무엇이 그들을 햄프턴으로 끌어들이고 있는가? 대답하기 꽤 어려운 질문이다. 나는 햄프턴에 와서 만난 여러 사람들에게 이 질문을 던져보았다. 사람들은 여러 가지로 대답했다. 지역의 위치가 마음에 들어서, 풍경이 아름다워서, 환경 보호가 잘되어 있어서, 치안 유지가 잘되고 있어서, 문화적 여건이 잘 갖추어져 있어서 등등 각기 다른 대답이었다. 하지만 나에겐 이 대답이 가장 설득력 있게 들렸다. "유명인은 어쨌든 유명인과 함께 있기를 좋아하지요. 그런 생활이 그들로서는 가장 마음이 놓이는 것 같아요."

그럴지도 모르겠다고 나도 생각한다. 그래서 이 성지는 오늘날과 같은 20세기에도 존재하며, 또한 21세기에도 여전히 존속할 것이다.

무인도 까마귀 섬의 비밀

오카야마 시

히로시마 시

세토나이카이 해

야마구치 시

야나이 시

다카마스 시

까마귀 섬

마스야마 시

1990년 8월. 무인도라면 어쩐지 로맨틱한 모험을 떠올리기 쉽지만, 그건 너무 안일한 생각이다. 읽어보면 알겠지만 실제로는 매우 '고달픈' 여행이었다. 나와 동행한 사람은 마쓰무라 에이조 군이었다. 이 글은 《마더 네이처스》에 실렸던 것이다. 나에게 친절하게 대해주었던 섬의 주인 무라카미村上 씨는 몇 년 전 타계했다. 까마귀 섬은 그 뒤 어떻게 되었을까.

세토나이카이(瀬戸內海 일본의 혼슈, 시코쿠, 규슈에 둘러싸인 긴 내해-옮긴이)를 배로 여행해본 사람은 알겠지만, 세토나이카이에는 그야말로 셀 수 없이 많은 섬이 있다. 아와지시마淡路島처럼 제법 큰 섬에서부터 지도에도 거의 실려 있지 않은 작은 섬들까지 아무튼 온통 섬으로 둘러싸여 있다. 하지만 그렇게 많은 섬이 있음에도 개인 소유의 섬을 꼽으라면 그 수는 놀랄 만큼 적다. 여태껏 나도 모르고 있었던 사실이지만.

그러면 그런 섬은 도대체 어떤 사람들이 소유하고 있느냐 하면, 대개의 섬은 지방 자치단체가 소유하고 있든가, 두 사람 이상의 공동 소유로 되어 있는 것 같다.

그리스에는 오나시스를 비롯한 대부호가 별장 대신 소유하고 있는 몇몇 섬이 있고(이 섬에는 요트장과 헬기 이착륙장이 있으며, 물론 허가 없이는 못 들어간다), 하와이의 니하우 섬은 이미 수십 년 동안 외부 사람은 절대 들여보내지 않고 옛날 생활 그대로 버텨나가는, 개방되지 않는 완고한 섬으로 유명하다. 하지만 세토나이카이에서는 그러한 고집을 이어가고 있는 개성적인 섬은 없다. 하나쯤은 그런 개성을 이어가도 좋지 않을까 하는 생각

세토나이카이의 무인도 까마귀 섬.

이 든다.

야마구치山口 현에 있는 까마귀 섬은 몇 안 되는 개인 소유의 섬들 중 하나다.

이 섬의 주인인 무라카미村上 씨라는 분은, 나와 성姓이 같지만 유감스럽게도 혈연관계는 전혀 없는 사람이다. 무라카미 씨는 까마귀 섬의 맞은편에 살고 있다. 원래는 옛날부터 있던 양조장의 주인이었으나 지금은 양조장을 그만두고 바다가 바라보이는 허름하고 널찍한 집에서 헌책 손질 같은 일로 소일하면서 유유자적한 은거 생활을 하고 있는 사람이다.

까마귀 섬은 그 무라카미 씨 저택에서 정면으로 바라다보이는, 약 800미터쯤 떨어진 앞바다에 있다. 면적은 6,000평. 800미터밖에 떨어져 있지 않아서 헤엄쳐서 건너가려고 마음먹으면 못 갈 것도 없다. 다만 이 근처는 일본에서도 물살이 세기로 유명한 곳이어서 아무 때나 헤엄쳐서 갈 수는 없고 밀물이나 썰물의 조류 흐름이 없을 때만 헤엄쳐서 갈 수 있다. 밀물일 때 섬까지 헤엄쳐가서 한참 동안 그곳에 머물러 있다가 썰물일 때 되돌아오든가, 아니면 그 반대로 해야 한다. 옛날엔 이 인근 어린이들은 까마귀 섬까지 헤엄쳐서 갔다가 되돌아와야 그때부터 비로소 한 사람 몫의 사람 구실을 할 수 있는 것으로 인정받았다고 한다. 그러나 섬에는 전기, 가스, 수도 시설이 전혀 없고, 사람은 아무도 살지 않는다. 흔히 말하는 무인도다.

사람은 살고 있지 않지만 섬에는 와카야마 보쿠스이若山牧水의 노래비歌碑가 덩그마니 세워져 있다. 이 노래비는 보통 때는 물 위에 둥실 떠 있는 것처럼 보이지만 썰물 때가 되면 섬에서 걸어서 가볼 수 있다. 매우 운치 있는 노래가 새겨져 있는데 여기에 적어보면 다음과 같다.

'까마귀 섬에 석양 그늘 드리워지자 해변의 검은 바위 위에 물새들 가물거리며 날고 있는데 배 저어 다가가니 더 잘 보이네.'

이것은 와카야마가 무라카미 씨 집에 머물고 있던 때에 읊은 노래다(물론 그때의 무라카미 씨는 지금의 무라카미 씨의 아버지였다). 무라카미 씨 가문은 지방 명문 집안으로서 대대로 문인들과 교류가 있었으며, 특히 와카야마와는 관계가 깊었다고 한다. 나도 이번에 인연이 닿아 무라카미 씨 집에 머물면서 신세를 졌다. 글 쓰는 일을 생업으로 하고 있긴 하지만, 나는 문인이라 불리기에는 너무 동떨어진 사람이어서 정말 몸 둘 바를 몰랐다. 사진을 맡은 에이조 군 역시, 뭐라고 말할 수는 없지만, 문인이라고 볼 수는 없을 것 같다.

우리가 이번에 이곳으로 온 것은 내 아내와 개인적으로 친분이 있는 무라카미 씨의 친척 중 한 사람에게서 이 까마귀 섬 이야기를 들었기 때문이다. 6,000평이나 되는 무인도를 소유하고 있으면서도 사용 가치가 없다며 그냥 내팽개쳐두고 있다 니 이건 대단한 얘기다 싶었다. 하나의 섬이라지만 현행 일본 화폐로 환산한 자산 가치로 말하면 기타아오야마北青山의 원 룸 맨션 쪽이 어쩌면 더 비쌀지도 모른다. 그렇지만 이건 돈으 로 따질 문제가 아니다. 보트는 보트고 섹스는 섹스다(이렇게 말 해도 영화 〈여자의 이별Shirley Valentine〉을 보지 않은 사람은 못 알아들으실 테 지만). 섬을 가지고 있는 인생이라면 기타아오야마에 원룸 맨션 을 소유하고 있는 인생과는 확실히 다르다고 생각한다.

그런 생각을 하고 있는 동안 점점 더 그 섬에 가보고 싶어졌 다. 가능하면 텐트와 낚싯대를 갖고 가서 며칠 동안 머물러보 고 싶었다. 일본에서는 무인도에서 지낸다는 것은 현실적으로 실천하기 어려운 일이다. 할 수 있을 때 해보고 싶다는 이야기 를 꺼냈더니 올 수만 있으면 아무쪼록 찾아와달라는 회신을 무라카미 씨에게서 받았으므로 기꺼이 찾아가기로 했다.

하지만 아무리 그렇더라도 혼자서 무인도에 간다는 것은 다 소 불안했기 때문에 카메라맨 에이조 군에게 그 이야기를 하 며 같이 가자고 했더니, "좋습니다, 함께 갑시다" 하고 흔쾌히 응해주었다.

"하지만 커피 여과지를 잔뜩 사가야겠군요." 그는 말했다. "무인도에서 물이 없으면 커피 여과지가 필요하지 않겠어요?"

"물이 없는데 커피 여과지가 왜 필요하지?"

"바닷물을 걸러서 담수로 만들어 마셔야 하지 않겠나 싶어서요."

이런 이야기를 하자니, 과연 가도 될까 하는 생각까지 들고 차츰 불안해졌다. 어떻든 우리는 텐트, 물병, 침낭, 식료품, 식기 등을 차에 실은 채 태풍이 불어닥치는 한복판을 뚫고 야마구치로 향했다.

도착한 날은 무라카미 씨 집에서 신세를 지고, 이튿날 드디어 까마귀 섬으로 건너갔다. 태풍이 말끔히 지나간 뒤의 쾌청한 날씨였다. 아침 일찍 인근에 사는 아저씨의 어선을 얻어 타고 섬 주위를 한 바퀴 돌고 난 후, 섬에 하나뿐인 해변에 짐을 내려놓았다. 사실 이 섬에 여기 말고도 또 하나의 아담한 해변이 있긴 하지만 그곳은 밀물 때면 물속에 잠겨버린다. 간만의 차가 매우 심한 곳이다. 섬에는 선착장 같은 곳이라고는 없기 때문에 노르망디 상륙작전 때처럼 짐을 어깨에 메고 첨벙첨벙 바닷물 속을 걸어서 갖다 날라야 한다. 바닷물은 놀라우리만치 맑고 아름답다.

상륙작전이란 말이 나왔으니 하는 말이지만, 전쟁 중엔 실제로 육군이 이 해변에서 상륙작전 연습을 했다고 한다. 무라카미 씨네는 이 섬을 훈련장으로 사용하고 싶다는 군軍의 말을 듣고 이 섬을 나라에 헌납했다가 전쟁이 끝난 후에 되돌려 받았다고 한다. 와카야마 보쿠스이의 노래비는 그 보답으로 군대에서 세워준 것이었다. 세상엔 많은 노래비가 있지만, 육군이 세워준 노래비는 이것이 유일한 것이다. 작은 섬이지만 하나의 섬에는 그 섬 나름대로 온갖 사연을 안고 있다.

섬의 95퍼센트는 원시림처럼 수목이 울창하여, 사람은 거의 그 속으로 발을 들여놓을 수 없다. 대나무가 울창하게 우거져 있어서 먹을 것이 부족했던 전쟁 중엔 사람들이 일부러 이곳까지 죽순을 따러 왔다고 한다. 하지만 지금은 그렇게 한가하게 죽순을 따러 오는 사람은 없다. 수목이 울창하기 때문에 사람이 거기에 들어가기란 거의 불가능하다.

숲 속에는 큰 백로 여러 마리가 둥지를 틀고 있다. 매우 큰 백로인데, 나는 이놈을 처음 봤을 때 깜짝 놀랐다. 나는 그놈이 틀림없이 황새라고 생각했다. 그만큼 크다. 백로들은 해안의 바위 위에서 느긋하게 앉아 있다가 우리 배가 가까이 다가가자 '정말 싫군, 이런 곳까지 찾아올 것까진 없잖아' 하는 표정으로 귀찮다는 듯이 날개를 펄럭거리면서 훌쩍 날아가더니 숲의 나뭇가지에 자리를 잡고 걸터앉았다. 섬은 마치 다양한 새들의 성역聖域처럼 느껴진다. 솔개도 있고 비둘기도 있다. 물론 섬 이름에서 알 수 있듯이 까마귀도 있다. 백로와 까마귀가

한 숲 속에서 살고 있는 걸 보니 셰익스피어의 비극 〈오셀로〉에 나오는 백인 여자 데스데모나와 흑인 장군 오셀로가 생각났다.

숲 속에 새들 말고 다른 어떤 생물이 살고 있는지는 아무도 모른다. 뱀이 살고 있다는 말도 있지만 사실인지 아닌지 확인하지는 못했다. 누군가가 토끼를 데리고 와서 놓아주었다는 이야기도 있지만 역시 토끼는 보지 못했다. 때때로 숲 속에서 서걱서걱 소리가 들린다. 아마도 무슨 새이겠거니 생각되지만, 무엇이 숨어 있는지 전혀 모른다는 건 그리 유쾌한 기분은 아니다.

짐을 다 내려놓고 나서 배는 항구로 되돌아간다. 무라카미 씨가 우리와 함께 배를 타고 섬까지 와주었다.

"정말 여기서 사흘 동안 캠핑을 하실 건가요?"

헤어질 때 무라카미 씨가 다시 한 번 다짐을 두기에 이렇게 대답했다.

"그럼요, 가능하면 그 정도는 있고 싶어요. 식료품도 물도 다 준비해가지고 왔으니까요."

20리터들이 물병이 두 개, 그리고 생수가 여섯 병. 이 정도만 있으면 아마 사흘은 충분할 것이다.

배가 떠나가버리자 어쩐지 주변이 허전한 듯했다. 본토에서

800미터밖에 떨어져 있지 않기 때문에 바로 앞에 집들이 빤히 바라다보이고 오가는 어선도 보인다. 무슨 일이라도 생기면 손을 흔든다든가 큰 소리로 고함을 지르면 곧 도우러 올 것 같긴 하다. 무인도라지만 이런 여행을 처음 겪는 초보자에게 꼭 알맞은 무인도다. 만화에 흔히 나오는, 야자나무가 한두 그루 서 있는 그런 무인도의 풍경과는 전혀 다르다. 하지만 그렇긴 해도 무인도는 무인도다. 정말 이곳엔 사람이라곤 우리밖에 없다. 이렇게 생각하니 어쩐지 묘한 느낌이 들어 갑자기 얼떨떨해졌다.

우선 텐트부터 쳤다. 그런 다음에 '자, 이제 마음껏 헤엄을 쳐볼까?' 하며 바다로 뛰어들었다. 파도도 치지 않고 물이 깨끗해서 몹시 기분이 좋았다. 하지만 좀 더 깊은 곳으로 들어갔다가 해파리에게 쏘였다.

나는 옛날부터 해파리란 놈이 싫었다. 고등학생 때 멀리까지 헤엄쳐가다가 해파리 떼 속에 들어가버린 적이 있는데 그때는 정말 심장이 딱 멎어버리는 줄 알았다. 너무도 당황해서 허둥지둥 육지로 되돌아왔더니 다리에는 지렁이가 기어간 듯한 자국이 여기저기 나 있었다.

이제 가을도 가까이 다가왔고 태풍도 지나갔기 때문에 해파리가 나오기 시작한 것이다. 아쉽지만 수영은 단념하고 발가벗은 채로 바위 그늘에서 일광욕을 즐겼다. 일광욕 역시 무인도에서 꼭 해보고 싶었던 일 중 하나였다. 나는 발가벗은 채로 몸 구석구석까지 듬뿍 햇볕에 쬐기를 몹시 좋아한다. 보는 사람이 없으니 감출 것도 없다. 이런 일광욕은 해보면 알지만 정말 기분 좋은 일이다. 하지만 일본에 있으면 무인도에서만 할 수 있는 일이다.

나는 바위에 기대고 앉아, 앤 비티의 단편집(그것이 무인도에서 발가벗고 읽기에 알맞은 작품인지 어떤지는 매우 의문스럽지만 가져온 책이 그것밖에 없었다)을 읽으면서 두 시간인가 세 시간 동안 마음껏 일광욕을 했다.

이따금씩 여기저기 섬과 본토 사이를 중형 화물선이나 여객선이 오가고 있다. 햇살은 강하고, 주변 풍경은 세토나이카이답게 안개가 낀 듯 부옇게 흐려 있으면서도 아름답다. 이제 완전히 느긋하게 풀어진 상태다. '어때, 이만하면 됐지' 하는 생각이 든다. 누굴 향해 그런 생각을 하고 있는지 스스로도 알 수 없지만, 어쩐지 '이만하면 됐지 뭘 그래' 하는 맹랑한 기분에 빠져드는 것이다. 이런 기분 역시 어쩌면 무인도에 온 덕분인지 모른다.

점심을 해먹고 나서 낚시를 했다. 우리는 낚시 미끼로 보리

멸(생선의 일종-옮긴이)을 준비해왔지만 바다 밑바닥의 돌 때문에 금세 낚싯바늘이 걸려버려, 마음먹은 대로 잘되지 않았다.

어쩔 수 없이 낚시 역시 단념해버렸다. 결국 수영과 낚시질은 그만두는 수밖에 없었다. 보리멸을 튀겨 먹을 수도 없다. 현실은 좀처럼 마음먹은 대로 따라주지 않는 것이다. 우리는 애초에 수영과 낚시를 하다보면 사흘쯤은 눈 깜짝할 사이에 지나가버릴 거라고 생각했던 것이다. 우리는 아무래도 낚시가 서투른 듯했다. 지난번 터키의 흑해 연안에서 함께 낚시를 했었는데 그때도 역시 단 한 마리도 낚지 못했었다. 이렇게 되면 남은 시간을 계속 일광욕만 하고 앤 비티를 읽으며 지내는 수밖에 없다. 날씨가 흐리면 그나마도 못하게 될 터이지만.

여기에서부터 차츰 우리의 비극은 시작된다. 일이 안 풀리는 쪽으로 운명의 항로가 열리고 있는 것이다.

썰물 때인 4시가 되어 바위가 앙상하게 드러났으므로 섬 주위를 걸어서 한 바퀴 돌기로 했다. 에이조 군도 사진을 찍고 싶다고 했고, 나도 어떤 섬인지 일단 한 바퀴 돌며 구경해두고 싶었다. 이 섬의 연안은 극히 일부분만을 제외하고는 모두 깎아 세운 듯한 벼랑이기 때문에 썰물 때만 밖으로 돌아다닐 수 있다. 썰물 때 해면에 드러난 바위 위를 팔딱팔딱 건너뛰면서 걸었다.

아무리 물이 빠졌을 때라도 어떤 곳에서는 신발을 벗어들고 물속에 들어가야만 했다. 에이조 군은 라이카 카메라를 목에 걸고 사진을 찍고 있었는데, 물속을 첨벙거리며 걷다가 발바닥이 굴 껍질에 찔렸다. 아얏, 하며 바로 옆 바위에 반사적으로 손을 짚었지만 손바닥 역시 베어버렸다. 굴 껍질은 매우 날카로워서 잘 베인다. 까마귀 섬 북쪽 바위에는 굴이 다닥다닥 붙어 있었다.

피를 많이 흘렸기 때문에 서둘러서 텐트로 돌아와 응급치료를 해야 했다. 소독을 한 후 붕대로 감았지만 상처가 의외로 깊어서 좀처럼 피가 멎지 않았다. 응급 의료 세트는 가져왔지만 소독약도 붕대도 여유롭게 준비해오진 않았다. 이런 때 무인도에 있기란 정말 난감한 일이다. 약국까지 헤엄쳐서 갈 수도 없는 노릇이다. 게다가 독일제 라이카 카메라도 바닷물에 잠겨 못 쓰게 되어버렸다.

소중하게 간직해온 손에 익은 카메라인데다 그 속에는 촬영이 끝난 필름도 들어 있었다. "못 쓰게 돼서 어떡하지?"

"할 수 없죠, 뭐."

이런 말을 주고받고 하는 사이에 해가 넘어가고 벌레가 기어나오기 시작했다.

벌레였다.

해가 질 무렵 식사를 하고 있을 때부터 이상하게 벌레가 많다는 생각은 하고 있었다. 하지만 그때는 그다지 신경 쓰지 않았다. 무인도인데 벌레쯤이야 있으려니 했다. 엉금엉금 몸 위로 기어올라오는 벌레를 쫓으며 식사를 마친 후, 황혼의 바다를 바라보면서 술을 마시고 있었다. 하지만 주변이 어두워져 가면서 벌레의 숫자는 놀라울 정도로 늘어나기만 했다.

온갖 벌레가 다 있었다. 무엇보다 먼저 갯강구. 이놈은 대낮부터 바위 곁에 가득 붙어 있었으나 우리 쪽으로는 다가오지 않았다. 하지만 어두워지자 용기가 났는지 자꾸 덤벼들었다. 그다지 친근감이 가는 벌레가 아니었다. 그리고 다리가 긴 거미 같은 것이 껑충껑충 뛰듯이 주변을 날아다니기 시작했다. 우리에게 해를 끼치지는 않을 것 같지만 이런 벌레들이 주위에 있으면 그다지 기분이 좋지는 않다. 그리고 짚신벌레 같은 놈. 이놈들은 해가 돋을 무렵엔 모래 속에서 몸을 동그랗게 웅크리고 자고 있다가 해가 지면 엉금엉금 위로 기어올라오곤 한다. 그리고 먹을 걸 찾아 돌아다닌다. 이 녀석들이 자꾸 우리에게로 다가온다.

보통 때는 사람이라곤 전혀 없던 곳에 사람이 찾아와서 식사를 했으니 벌레도 먹을 걸 찾아오는 것이리라.

손전등으로 비추자 벌레들이 여기저기로 기어들어가고 있

는 모습이 보였다. 식료품을 넣은 자루 안에도, 가방 안에도, 카메라 케이스 안에도, 식기에도, 텐트 안으로도 벌레들이 엉금엉금 계속 기어들어가고 있었다. 우리는 깜짝 놀라 중요한 물건들을 밀폐식 텐트 안에 처넣고, 벌써 텐트 안에 들어가 있는 벌레들을 밖으로 쫓아냈다. 그리고 텐트 안에 들어가 가만히 앉아 있었다. 저렇게 많은 벌레들을 보니 마음 놓고 바깥으로 나가고 싶은 기분이 나지 않았다.

텐트 속은 좁은데다가 찌는 듯이 덥기까지 했다. 그런 텐트 안에 성인 남자 두 사람이 들어앉아 있으니 재미가 있을 리 없다. 바깥에 나가면 벌레가 있다. 벌레들은 텐트의 지붕 위에도 다닥다닥 붙어 있어서 머리 위에서 버석버석하는 기분 나쁜 소리를 계속 내고 있다.

밤이 되면 밤의 작은 생물들이 땅을 지배한다. 말하자면 우리는 그들의 세계에 제멋대로 쳐들어온 침입자들인 것이다. 그런 주제이고 보니 불평을 늘어놓을 처지도 못 된다. 작다지만 무인도에는 무인도대로의 자립적인 생태계가 엄연히 존재한다. 낮 동안은 그다지 느껴지지 않지만 일단 해가 넘어가고 주위가 캄캄해지면 우리는 글자 그대로 그 벌레들에게 완전히 포위당해버리는 것이다.

우리는 그것들의 존재를 피부로 느낀다. 전혀 손쓸 재간이 없다. 완전히 무력하다. 피신할 곳이 없다. 밤은 그들의 세계다. 블랙우드Algernon Henry Blackwood의《도나우의 버드나무 숲 The Willows》이라는 찜찜한 이야기의 소설이 갑자기 머리에 떠올랐다.

게다가 밤중엔 파도가 철썩철썩 해안에 부딪쳐왔다. 이 주변은 간만의 차가 매우 크다. 그 정도는 이미 알고 있었기 때문에 우리는 텐트를 모래톱 안쪽의 가장 깊숙한 곳에 쳤던 것이다. 그랬는데도 바닷물은 우리 텐트의 바로 앞까지 밀려들어왔다.

나는 대부분의 시간 동안 깊은 잠에 빠져 있었지만 꿈결에 차츰차츰 밀어닥치는 파도 소리를 듣고는 있었다. '괜찮을까?' 하는 걱정이 들었다. 하지만 한번 잠이 들면 끝을 보고 마는 체질이기 때문에 '뭐 별일 있겠어, 괜찮겠지' 하는 심정으로 내처 자버렸다. 하지만 에이조 군은 걱정이 태산 같아서 제대로 자지 못했다고 한다. 에이조 군이 안됐다는 생각이 들었다. 라이카 카메라는 바닷물에 젖어 못 쓰게 되었지, 손발은 베였지, 벌레에게 쏘이고 밤엔 잠도 못 잤지…… 좋은 일이라고는 하나도 없었다.

날이 새자 벌레들은 언제 그랬느냐는 듯 사라져버리고 없었다. 모래사장에는 짚신벌레가 파고들어간 작은 구멍이 무수히

뚫려 있었다. 시험 삼아 삽으로 파헤쳐보았더니 어젯밤 그 법석을 떨던 녀석들이 아주 깊숙한 곳에서 몸집을 동그랗게 만채 자고 있었다. 밝은 곳으로 꺼내놓았더니, '쳇, 어떤 놈이 귀찮게 날 건드려? 그냥 내버려두지 않고. 좀 더 자야겠어' 하고 투덜대는 듯 엉금엉금 기어서 또다시 구멍을 파고는 땅속으로 들어가버리는 것이었다. '뭐가 귀찮아? 이젠 날이 샜으니 일어나야 할 거 아냐' 하며 심술을 부리듯 나는 다시 모래를 파헤치며 놀려주었다. 그러다 그런 짓을 해봤자 아무런 소득도 없을 것 같아, 나는 다시 발가벗고 앤 비티의 그다음 대목을 계속 읽었다.

정오 조금 전에 무라카미 씨가 어선을 타고 건너왔다.

"어떻게 지냈어요. 별일 없었습니까?"

무라카미 씨가 배 위에서 우리를 향해 소리쳤다. 우리가 어떻게 지내는지 궁금해서 일부러 찾아와준 것이었다.

나와 에이조 군은 저 극성스런 벌레들 때문에 여기서 하룻밤을 더 지낼 기분이 전혀 내키지 않는다는 점에서 완전히 의견이 일치했다. 게다가 부상당한 상처도 좀 걱정이 되었다.

무라카미 씨에게 그런 일에 관해 물었더니 "바다에서 입은 상처는 바닷물에 씻으면 깨끗이 낫습니다. 걱정할 건 없습니다. 벌레는 아마 많이 나올 거예요" 하는 대답을 했다. 그렇게 생각할 수도 있을 것이다. 하지만 나도 그렇고 에이조 군도 그렇듯이, 일부러 힘겨운 극기 훈련을 하러 여기까지 찾아온 건 아니었다. 우리는 무인도의 모래사장에서 마음껏 뒹굴며 느긋한 기분으로 즐기고 싶었던 것이다. 온통 벌레들에게 둘러싸인 채 찌는 듯이 덥고 비좁은 텐트 안에 갇혀 며칠씩이나 두 남자가 함께 잠을 자고 싶지는 않았다. 미안하지만 해가 넘어가기 전에 배를 보내달라고 우리는 무라카미 씨에게 요청했다.

배가 되돌아가고 나서 저녁 무렵까지 우리는 한 번 더 섬 주위를 돌았고, 에이조 군은 가져온 또 한 대의 캐논 카메라로 사진을 찍었다. 나는 그사이에 해변의 생물들을 관찰했다.

썰물을 만난 바위틈에는 온갖 생물들이 살고 있었다. 뭘 하고 있는지는 모르지만 쉴 새 없이 이리저리 왔다 갔다 하면서 우글거리고 있었다. 말미잘, 갯가재, 소라 등등 전에는 한 번도 본 적이 없는 벌레들이나 게들, 그런 녀석들이 저마다 열심히 생활하고 있었다. 그것들을 내려다보고 있노라니 정말 시간 가는 줄을 몰랐다. 쇼와昭和 일왕은 여러 해 동안 질리지도 않고 그런 것들을 꾸준히 관찰해온 것 같지만(쇼와 일왕의 전공은 생물학이었다-옮긴이), 확실히 이런 것들에게 한번 빠지면 헤어나지 못할 것만 같다.

넋을 잃고 바라보고 있는 동안 시간이 많이 흘렀다. 혹시 쇼와 일왕도 해변의 이런 놈들을 내려다보면서 어떤 때는 느긋하게 미소를 머금고 오랫동안 멍하니 지켜봤는지도 모른다. 외람되게도 신하 무라카미는 이렇게 상상해보는 것이다.

그럭저럭 소일로 시간을 보내는 동안에 어느새 해는 뉘엿뉘엿 서쪽으로 기울고 황혼녘이 되었다. 땅속에서 자고 있던 몇만 마리나 될지 모르는 짚신벌레들이 '자, 이제 슬슬 기어올라가볼까' 하며 기지개를 켤 무렵, 무라카미 씨가 다시 어선을 타고 마중 나와주었다. 짐을 배에 죄다 싣고 나서 마지막으로 다시 한 번 섬 주위를 배로 한 바퀴 둘러보게 해달라고 부탁했다. 여전히 큰 백로가 바위 위에 느긋하게 앉아 있다가, 우리가 가까이 다가가자 '뭐야, 아직도 안 가고 있었어? 질렸군' 하고 혀라도 차듯이 펄럭펄럭 날갯짓을 하며 날아간다.

배가 섬을 떠나자 그 섬은 다시 원래의 무인도로 되돌아갔다. 그곳은 짚신벌레, 해변의 녀석들, 숲 속에 사는 놈들, 백로와 까마귀들의 섬으로 되돌아갔다. 이 섬을 법적으로 소유하고 있는 사람은 무라카미 씨이지만 까마귀 섬에 거주하는 각종 생물들에게는 그런 법률적인 문제는 완벽하게 배제된다. '될 대로 되라지'라는 식이다. 그들이 알 게 뭔가. 섬은 어디까지나 그들의 것이다. 법률은 법률이고, 무인도는 무인도다. 보트는 보트이고, 섹스는 섹스다. 이렇게 예상 밖의 온갖 재난을

섬 유일한 해변에 짐을 내려놓았다.

섬의 '주민'들.

당하긴 했지만 무인도라는 곳은 정말 그 구석구석까지 흥미로운 곳이었다. 초보자에게 안성맞춤인 무인도이기 하지만 그곳엔 역시 그 나름의 박력이 있다. 이제부터 무인도로 갈 계획을 갖고 있는 사람은(그런 사람이 일본인 중에 몇 사람이나 될지 추측할 수도 없긴 하지만) 유념해주기 바란다. 어쨌든 야마구치 현, 야나이 시, 이보쇼伊保庄의 무라카미 씨에게 폐만 잔뜩 끼쳐서 뭐라고 인사의 말씀을 드려야 할지 모르겠다.

●

멕시코 대여행

미국

멕시코

멕시코 만

멕시코 시티

푸에르토 바야르트

큐트란

프라야 아슬

태
평
양

시와타네호

아카풀코

오아하카

푸에르토 에스콘디드

푸에르토 앤젤

치아파스 주

과테말라

산 크리스토발
데 라스 카사스

투스트라
구티에레스

1992년 7월.

처음엔 혼자서 버스를 타고 여행을 하고, 일부러 멀리 뉴저지에서 차로 달려온 마쓰무라 에이조 군과 내 책의 번역자이기도 한 엘프레드 번보음 Alfred Birnbaum과 중도에 합류했다. 이 글은 잡지 《마더 네이처스》에 실렸던 글이다. 이 여행이 끝나고 나서 얼마 후에 산 크리스토발 데 라스 카사스 부근에서 원주민의 대규모 반란이 일어났고, 그 후에도 학살 같은 사건이 계속되었다. 아마도 요즘은 이렇게 느긋한 여행은 불가능할 것이다. 하지만 멕시코는 참으로 매력적인 땅이었다. 언제든 다시 한 번 가보고 싶었다. 그곳에 하루 빨리 평화가 찾아오기를 간절히 기원한다.

푸에르토 바야르트에서
오악사카까지

한 달 정도 멕시코를 여행하는 동안 그곳에서 만난 몇몇 사람들에게서 "당신은 뭘 하러 다시 멕시코에 오셨나요?" 하는 질문을 받았다. 그러면 그때마다 나는 가벼운 혼란을 경험하곤 했다. 그 질문에서는 '다른 나라도 많은데 왜 일부러 멕시코를 여행의 목적지로 정했소?' 하는 뉘앙스가 느껴졌기 때문이다.

나는 이제까지 몇몇 나라를 여행했지만, 어떤 의미에선 근원적이라고 말할 수 있는 이런 질문을 받은 기억은 거의 없다. 그리스라든가 터키, 독일에 가 있어도 "당신은 왜 또 그리스에(혹은 터키에, 혹은 독일에) 왔소?" 하고 묻는 경우는 전혀 없었다. 그들은 대체로, 사람들이 자신의 나라에 여행을 오는 것이 당연하다고 생각하고 있는 것 같았다. 나로서도 당연한 생각이라 여겨진다.

왜냐하면 나는 여행자인데, 여행자란 어디로든 갈 수 있는 사람이기 때문이다. 그 남자 혹은 그 여자가 가방을 들고 표를 사서 어딘가로 가는 것, 그것이 여행 아닌가. 그리고 만약 여행자

라라인사르의 마을.

가 어딘가에 가야만 한다고 할 때 그가 터키에, 그리스에, 혹은 독일에, 그리고 혹은 멕시코에 가서는 안 된다는 법이 있는가?

이런 의미에서 나는 "당신은 어째서 멕시코에 왔는가?"라는 질문을 받았을 때 "멕시코에 와선 안 되는 이유라도 있는가?"라고 반대로, 어디까지나 담담하게 반문할 수도 있는 것이다.

딱히 뭐라 말할 수 있는 특별한 목적이 없는 사람이라고 해서 멕시코를 방문해서는 안 된다는 이유가 어디 있겠는가.

가령 일본을 여행하고 있는 외국인을 향해 "어째서 당신은 일본에 오셨나요?"라고 똑같은 질문을 한다면 어떤 대답을 할까? 아마 갖가지 대답이 나올 것이다.

하지만(물론 부득이한 사정이 있어 일본에 와야만 했다고 말하는 사람은 예외겠지만) 궁극적으로 그에 대한 대답은 한 가지밖에 없을 것이다. 그들은 자기 눈으로 직접 그곳을 보고, 자기 코와 입으로 그곳의 공기를 들이마시고, 자기 발로 그 땅 위에 서서, 자기 손으로 그곳에 있는 물체를 만지고 싶어서 왔던 것이다.

폴 서루Paul Theroux의 소설 중, 아프리카를 찾아온 한 미국 여성이 왜 자신이 세계의 이곳저곳을 계속 돌아다니게 되었는지에 관해 이야기하는 장면이 있다. 아주 옛날에 읽은 책이기 때문에 세밀한 부분까지는 정확히 기억하고 있지 못하지만 대체로 이런 내용이었다고 생각된다.

"책에서 뭔가를 읽고 사진에서 뭔가를 보지. 누군가로부터 어떤 이야기를 듣기도 하고. 하지만 난 내 발로 직접 그곳에 가보지 않고는 납득되지 않고, 마음이 놓이지 않거든. 가령 나는 내 손으로 그리스의 아크로폴리스 기둥을 직접 만져보지 않고는 못 배겨. 내 발을 사해死海의 물속에 담가보지 않고는 못 배긴다구."

그녀는 아크로폴리스 기둥을 만져보기 위해 그리스에 가고, 사해 물속에 발을 담그기 위해 이스라엘에 간다. 그리고 그녀는 그것을 그만둘 수 없는 것이다. 이집트에 가서 피라미드 위에 올라가보고, 인도에 가서 갠지스 강에 들어가보고…….

사람들은 그런 일은 무의미하고 헛일일 뿐이라고 말할지 모른다. 하지만 겉으로 드러난 갖가지 이유를 하나씩하나씩 제거해버리고 나면 결국엔 그것이야말로 여행이라는 것이 갖는 가장 올바른 동기요, 존재 이유일 것이라고 나는 생각한다.

말로 설명하기 힘든 호기심, 현실적 감촉에 대한 억누를 수 없는 욕구!

하지만 멕시코에선 사정이 좀 다른 것 같다. 여행 전에 미국인 저널리스트와 서로 이야기를 주고받던 중 내가, "이제부터 4주 정도 멕시코를 여행할 생각입니다" 하고 말하자 그는 한 가지 충고를 해주었다.

"멕시코에 가면 사람들이 반드시 당신에게 질문을 할 겁니다. 무슨 이유로 멕시코를 그토록 오래 여행하고 있는가 하고 말입니다. 그렇게 질문해오면 이렇게 대답해주면 됩니다. '나는 멕시코 요리에 관한 책을 쓰려고 해. 알겠어? 멕시코 요리 말이야'라고 말입니다. 아마 이것이 그들이 납득할 수 있는 유일한 대답이 될 겁니다. 그러면 무사통과지요."

"그럴 듯하군요."

"하지만 그렇게 대답해도 문제가 없는 것은 아닙니다."

"어떤 문제지요?"

"한번 멕시코 요리 이야기를 시작하면 그들은 한도 끝도 없이 이야기를 계속합니다. 우리 엄마의 요리 솜씨는 이랬단다, 우리 할머니의 자랑거리 요리는 이랬단다……라는 식으로요."

그래서 결국 나는 멕시코 요리에 관한 책을 쓰겠다는 말은 꺼내지 않기로 했다.

오악사카 시에서 우연히 만난 일본인 여자 아이와 광장 앞 카페에서 차가운 맥주를 마시면서 이야기를 나누고 있을 때, "무라카미 선생 같은 분이 멕시코에 오실 거라는 느낌은 별로 들지 않는군요. 어울리지 않는다고 해야 할까요? 멕시코를 여행지로 택하신 특별한 이유가 있으신가요?" 하는 질문을 받았다.

어울리지 않는다?

그런 말을 듣고 보니 내가 정말 멕시코라는 나라에 어울리
지 않는 사람이었는지도 모른다는 느낌이 자꾸 들었다. 생각
하면 생각할수록 나라는 인간이 잘못된 동기로 잘못된 장소에
와버린 잘못된 존재인 것만 같았다.

솔직히 말하면 그때까지 나는 멕시코라는 나라와 나 자신
사이에 위화감까지는 느끼지 못했는데, 한번 신경을 쓰기 시
작했더니 마치 암세포가 번식하는 것처럼 내 안에서 위화감
같은 것이 차츰 눈덩이처럼 불어나고 있음을 느꼈다. 나로서
는 그런 증식을 막을 수 없었다. 나는 "그런 일은 있을 수 없지,
내가 멕시코에 어울리지 않는 인간일 리 없어" 하고 확신을 가
지고 반론을 펼칠 수 있을 만큼 이론적인 근거 같은 것을 전혀
갖고 있지 못했기 때문이다. 나는 다만 서루의 소설 속 여자
아이가, 단지 직접 자기 눈으로 보고 자기 손으로 만져보고 싶
다는 이유만으로 '거기'에 갔듯이 '여기'에 왔을 뿐이다. '멕시
코라는 땅에 가보고 싶다'는 바로 그 의지가 나를 이곳까지 데
려다준 것이다.

하지만 그런 대답은(아무리 정직하고 성실한 대답이었다 치더라도) 아
마 그다지 도움이 되지는 못할 것이라고 생각했다. 아마 좀 더
설득력 있는 대답이 필요하리라는 생각이 들었다. 그것이 멕

시코를 여행하면서 내가 줄곧 느껴온 생각이었다. 사실 내가 멕시코에서 만난 외국인들 대부분은 자신들이 지금 이렇게 멕시코에 와 있는 명백한 이유를 갖고 있었다.

멕시코에 살고 있는 이유, 멕시코를 여행하고 있는 이유, 멕시코라는 나라에 마음이 끌린 이유, 어떤 사람은 아즈텍이나 마야 문명과 그 유적에 빠져 있었고, 어떤 사람은 멕시코의 미술에 매료되어 있었다. 또 어떤 사람은 멕시코의 풍토와 경치를 지극히 사랑하고 있었고, 어떤 사람은 그곳 사람들의 멕시코적인 것에 푹 빠져 있었다. 어떤 미국인은 국민성 중 부정적인 면의 대안을 멕시코에서 포착하고 있었고, 어떤 일본인은 국민성 중 부정적인 면의 대안을 멕시코에서 포착하고 있었다.

그들은 멕시코 이야기를 할 때 어떤 특별한 눈빛을 띠고 있다. 그런 사람들과 만날 때마다 나는 늘 나 자신의 목적의식의 결여를 강하게 그리고 깊이 인식했다. 꺼림칙한 느낌조차 들었다. 그런 의미에서 멕시코는 어쩐지 묘한 분위기를 가진 나라라는 생각이 들었다.

이 나라는 외국인 입국자들에게 여권과 여행자 카드 말고도 뭔가 명확한 목적을 요구하고 있는지도 모른다고 나는 생각했다. 타인을 납득시킬 수 있는 명확한 목적을. "그랬군요, 이제 알겠습니다. 그런 이유 때문에 당신은 이곳을 찾아오셨군요"

하면서 여권에 도장을 쾅 찍을 수 있는 그런 목적을.

"아니, 좀 여러 가지로 직접 보고 싶었지요. 그게 어디든, 실제 이 눈으로 보지 않고는 어떤 곳인지 모르지 않겠어요?" 하는 설명으로는 이곳의 어느 누구도 납득해주질 않는다. 물론 아카풀코라든가 칸쿤 같은 유명 관광지에 제트기로 가서 사흘이나 나흘 동안 수영을 하고 나서 그냥 돌아오는 여행이라면 몰라도, 적어도 이번에 내가 하는 여행처럼 한 달 동안에 걸쳐 느긋하게 멕시코를 둘러보고 싶은 경우에는, 좀 더 명확한 이유가 요구된다는 것이다.

굳이 변명을 늘어놓자는 건 아니지만, 나의 인생이라는 것은(반드시 내 인생에 국한된 일은 아니지만) 수많은 우연들이 산처럼 쌓여 생겨난 것이다. 인생의 어떤 과정을 지나면 우리는 어느 정도 산처럼 쌓인 우연성의 패턴을 소화시킬 수 있게 되며, 그 패턴 속에 뭔가 개인적인 의미를 찾아낼 수도 있다. 그리고 우리는, 만약 그렇게 하고 싶으면, 그것을 이유라고 이름 붙일 수도 있다.

하지만 우리는 역시 근본적으로 우연성에 의해 지배되고 있으며, 우리가 그 우연성의 영역을 넘어설 수 없다는 기본적 사실에는 변함이 없다. 학교 선생님이 아무리 논리 정연한 설명을 해준다 하더라도 이유라는 것은 원래 형태가 없는 것에 대해 억지로 만들어 붙인 일시적인 틀에 지나지 않는 것이다. 그렇게 언어로 나타낼 수 있는 뭔가가 과연 얼마나 의미가 있겠는가? 정말 의미가 있는 것은 언어로 표현할 수 없는 그 어떤 것에 감추어져 있지 않을까? 하지만 내가 멕시코라는 나라에 발을 들여놓고 거기에 배어 있는 공기를 들이마시고 나서 우선 느낀 것은, 그런 말을 꺼내도 여기서는 통용되지 않을 것이라는 일종의 체념이었다.

그런 체념은 내가 여기에 오기 전에 멕시코 작가가 쓴 몇 권의 책을 읽을 때부터 어렴풋이 느껴왔던 점이기도 했다. 내가 읽은 것은 (혹은 읽고자 했던 것은) 옥타비오 파스Octavio Paz Lozano가 쓴 《멕시코의 세 얼굴 : 고독의 미로》와 카를로스 푸엔테스 Carlos Fuentes가 쓴 《내가 사랑한 그링고Gringo viejo》였는데, 두 책 모두 읽다 말고 팽개쳐버릴 수밖에 없었다. 읽을거리로서 재미가 없었다는 이유도 있었지만(물론 내게 재미가 없다고 해서 어느 의미에서든 이 책들의 문학적 가치가 줄어드는 것은 아니다), 그와 동시에 '그건 그럴는지도 모르지만' 하고 나는 한숨이 뒤섞인 느낌을 가졌던 것이다. 그들이 그 책에서 쓰고 있는 요점을 말하자면 단 한 가지 사실뿐이라고 생각했다. 그것은 "이것이 멕시코다, 이것이 멕시코인이다, 이것이 멕시코다, 이것이 멕시코인이다……"라는 사실이다. 여행을 하기도 전에 이런 생각만 일

일이 읽고 있다가는 여행답지 못한 여행을 하게 되는 게 아닐까 싶었던 것이다. 그리고 만일 멕시코라는 나라가 그들 나라의 문학이나 작가에게 정말 이 정도로 절실한 자기규정, 자기해석을 요구하고 있다면 심각한 얘기일 것 같다는 느낌이 들었다.

*

처음 열흘 동안은 나 혼자서 여행했다. 나는 샌프란시스코에서 비행기로 푸에르토 바야르타라는 태평양 연안의 관광지로 가서 거기서 버스를 타고 해안을 따라 이동했고, 오악사카라는 내륙 도시에서 미국 본토로부터 자동차를 타고 달려온 에이조 군과 합류한 이후부터는 줄곧 둘이서 함께 여행했다. 멕시코에 살고 있는 부모를 뵈러 온 앨프레드 번보음도 열흘 동안 우리와 합류했다. 앨프레드는 스페인어를 유창하게 구사했기 때문에 나로서는 아주 든든한 자원자였다.

하지만 아무튼 열흘 동안은 혼자 여행했다. 생각해보면 혼자 배낭여행을 하는 것은 참으로 오랜만이었다. 학창시절에는 늘 이런 여행을 하곤 했다. 결혼하고 나서도 아내와 둘이서 틈만 나면 배낭을 메고 여행을 떠났다. 하지만 어느 날 아내는 내게 "이젠 나도 나이를 먹었어요. 더 이상 이런 여행은 할 수 없고, 또 하고 싶지도 않아요. 난 이제부터는 제대로 된 호텔(더운 물이 나오고, 수세식 화장실에 물이 잘 빠지며, 벼룩 따위가 없는 깨끗한 시트가 있는 호텔)에 투숙하고 싶어요. 10킬로그램이나 되는 배낭을 메고 버스 정류소에서 철도역까지 걷는 건 너무 힘들어요. 생각해봐요, 내 체중은 42킬로그램밖에 안 되잖아요"라고 선언했다. 아내의 말은 틀린 게 아니었다. 우리는 그런 여행을 계속하기엔 나이가 너무 많다. 그리고 가난뱅이 여행을 해야 할 이유도 없어졌다. 옛날과는 달리, 뭐 돈이 없는 것도 아니니까.

그때 이후로 우리는 배낭 대신 쌤소나이트 여행 가방을 들고, 중형차를 렌트하고, 그럴 듯한 호텔에 숙박하고, 식사를 하고, 짐꾼이나 여종업원에게는 팁을 듬뿍 집어주는 중상류급 여행을 하게 되었다. 여행안내서도 스파르타식 학생 취향의 '레쓰고' 시리즈를 청산해버리고, 《미슐랭》 같은 좀 더 일반적인 책을 들고 다녔다. 이런 변화를 인생의 대전환이라고 말할 수도 있겠다. 타락이라고 말할 사람이 있을지도 모르겠다. 하지만 어쨌든 마흔 고개를 넘어서, 적어도 여행하는 양식에 관해 이야기한다면 우리는 일단 성숙한 어른이 된 셈이었다.

하지만 이번에 나는 처음 열흘 동안만은 배낭을 메고 떠나던 옛날 그대로의 가난뱅이 여행을 하게 되었다. 푸에르토 바야르트 공항에 내려 배낭을 어깨에 멨을 때는, 솔직히 '그래, 바로 이거다. 이 느낌 말야' 하고 생각했다. 거기엔 확실히 자유로운 느낌이 있었다. 그것은 나라는 한 사람의 입장과 나 개인의 역할에서 우러난, 연대적으로 배어나는 나 자신으로부터의 자유였다. 그런 자유로운 느낌이 어깨에 멘 배낭의 무게에 실려 있었다. 아무리 둘러보아도 여기엔 나를 아는 사람이라곤 한 사람도 없다. 내가 알고 있는 사람도 아무도 없다. 내가 갖고 있는 것이라고는 고작 배낭 속에 있는 것이 전부이며, 내가 내 소유라고 부를 수 있는 건 오직 그것뿐이었다.

나는 여행하는 동안 듣기 위해 새로 산 워크맨과 몇 개의 테이프를 가져왔다. 몇 권의 책도 가져왔다. 멕시코를 여행하면서 어떤 음악이 듣고 싶어질지 전혀 감이 오지 않았기 때문에, 장르를 가리지 않고 눈에 띄는 적당한 테이프들을 배낭 속에 집어넣고 왔다. B-52'S도 가져왔고, 클래런스 카터도 가져왔다. 스턴 게츠Stan Getz, 셀로니어스 몽크Thelonious Monk, 캐슬린 버틀Kathleen Battle의 모차르트, 바흐의 평균율도 가져왔고, 사잔과 이노우에 요스이井上陽水도 가져왔다.

하지만 그중에서 가장 많이 들은 곡은 뭐니 뭐니 해도 CD에서 90분 테이프로 편집한 릭 넬슨Ricky Nelson의 베스트 앨범이었다. 멕시코를 여행하면서 릭 넬슨의 옛 노래를 듣곤 했다고 해서 나를 비난하진 않았으면 한다. 또 무라카미는 사상이 없는 퇴화한 작가라는 식으로도 생각하진 않았으면 한다(사실이 그럴는지는 모르지만, 이 글과는 관련지어서 그런 식으로는 생각하지 않기를 바란다는 뜻이다).

내가 줄곧 릭 넬슨의 테이프를 듣고 있었던 것은, 사실 여행하는 동안 줄곧 릭 넬슨의 전기를 읽고 있었기 때문이다. 멕시코 여행과는 거의 아무런 관련도 없지만, 이 책(필립 바시Philip Bashe, 《십대의 우상, 여행자 : 릭 넬슨의 살아온 이야기Teenage Idol, Travelin' Man; The Complete Biography of Rick Nelson》, 히페리온 출판사)은 아주 재미 있는 책이어서 열심히 전부 읽어버렸다. 널리 알려져 있다시 피 릭 넬슨은 인기 TV 프로그램 〈오지와 해리엇의 모험The Adventures of Ozzie & Harriet〉(일본에서도 '명랑한 넬슨'이라는 제목으로 일요일 낮에 NHK에서 방영된 적이 있다)의 어린이 역을 맡았고 철이 들었을 때부터 전국적으로 인기를 얻었으며, 노래를 부르게 되고 나서부터는 엘비스 프레슬리에 버금가는 대형 인기가수가 된 사람이다.

그러나 그는 자신이 평범한 가수로만 받아들여지는 데 늘 불만을 품고, 성실하게 자신만의 음악 세계를 개척했다. 비틀스의 출현을 전후로 1960년대 중간 무렵에 일어난 음악적 유행의 급격한 변화에 따라 인기가 떨어진 후에도 넬슨은 묵묵히 자기 나름의 새로운 레퍼토리를 추구했고, 멜로 가수로서 사람들 앞에 서기를 단호히 거부했다. 그리고 그 때문에 매디슨 스퀘어 가든에서 개최된 콘서트에서는 수만 명의 관객이 야유를 하기도 했다. 옛날의 히트곡을 부르는 것을 완강하게 거부했기 때문이었다. 하지만 그런 상황에서도 그는 타협이라는 걸 하지 않았다. 그는 그런 열정으로 〈가든 파티Garden Party〉라는 곡을 썼다.

넬슨은 그 곡에서 "흘러간 추억밖에 부를 노래가 없다면 난 차라리 트럭 운전수나 되고 말겠어(If memories were all I sang, I'd rather drive a truck)"라고 노래했다. 〈가든 파티〉는 밀리언셀러가 되었고 릭 넬슨은 멋지게 부활했다.

하지만 부활은 했다지만 그것으로 완전히 해피엔드가 된 것은 아니었다. 실제 인생은 할리우드 영화와는 다르다. 실제 인생이란 진절머리가 날 것 같은 큰 추락의 연속이다. 넬슨은 그 후 이혼 문제와 거기에 뒤따르게 마련인 금전 문제에 시달리며 극도의 신경 불안 증세를 보이다가 마침내 비행기 사고로 죽게 된다. 생전에 그는 친구에게 "나한테 이런 죽음만은 오지 않았으면 좋겠어, 그건 비행기 사고와 화재야"라고 말했다고 한다. 하지만 그는 자가용 비행기로 이동하던 중 기내에서 일어난 화재로 불에 타 숨졌다. 죽었을 때 그에게 남은 것은 빚

밖에 없었다.

　이런 내용의 책을 나는 멕시코를 여행하면서 읽고 있었다. 그리고 불쌍한 릭 넬슨이 전혀 불쌍하지 않던 시절에 부르곤 했던 담담하게 흐르는 몇 곡에 귀를 기울이고 있었다.

　버스로 멕시코를 여행하면서 음악을 듣는다는 것은 그리 쉬운 일은 아니었다. 멕시코의 버스는 너무 시끌벅적하기 때문이다. 버스 안에선 예외 없이 멕시코 음악이 흘러나왔다. 그것도 은은하게가 아니라 뭔가 부술 듯한 요란한 음량으로 쩌렁쩌렁 울려 퍼지고 있는 것이었다. 워크맨의 이어폰을 아무리 깊숙이 귓속에 꽂아 넣어도 내가 듣고자 하는 음악에 멕시코 음악이 막무가내로 섞여 들어오게 된다. 처음엔 '나만의 음악'에 정신을 집중하려고 노력했지만, 나중엔 그런 노력도 포기해버리고 말았다. 그래서 해변에 누워 뒹굴 때나 걸어서 이동하는 때만 테이프를 들었다.

　결국 하루 대여섯 시간이 넘는 버스 이동 시간에 느긋하게 좋은 음악을 들어야겠다는 나의 계획은 오산이었다. 그렇게 하면 기나긴 버스 여행도 지루하지 않게 견뎌낼 수 있으리라는 지극히 낙관적인 예상은 여지없이 짓밟혀 산산조각이 나고 말았다.

그 대여섯 시간 동안 내 귀에 들려오는 소리라곤 짠짜카 짠짜카 짠짜카 짜카짜카, 테키에-로, 미아모-르, 짠짜카 짜가 짜카, 라는 끝도 없는 멕시코 노래뿐이었다. 그것도 뭐 그런대로 좋지 않으냐고 말하는 사람이 있을지도 모른다. "시골에 가면 시골 풍습을 따르라고 하지 않습니까, 마찬가지로 그 나라에 간 사람으로서 그 나라의 음악을 순수하게 즐기면 되지 않습니까" 하고 말할지도 모른다. 그야 뭐 그럴는지도 모른다. 나역시 처음엔 그렇게 생각하자고 마음먹었다.

하지만 내가 말하고 싶은 것은 하루에 여섯 시간씩이나 전혀 뜻도 모르는 멕시코 노래를 계속 듣고 있자면, 제대로 된 인간이라면 누구든지 머리가 이상해질 것이라는 사실이다. 가령 신칸센新幹線으로 도쿄에서 히로시마로 가는 동안 줄곧 큰 음량으로 노래 연주를(혹은 〈베스트 오브 퀸〉을) 차내 방송으로 듣는다면 누구나 별 수 없이 귀가 멍해져버리지 않겠는가? 적어도 나는 귀와 머리가 멍해진다. 만일 실제로 그렇게 한다면 난 절대로 신칸센을 타지 않을 것이다.

멕시코에서, 어느 지점에서 다른 지점으로 이동하려는 사람에게 치명적인 문제점은 버스 말고는 달리 선택할 수 있는 교통수단이 거의 없다는 사실이다. 철도는 제한된 몇 곳밖에 달리지 않으며, 안전성과 시간의 정확성에 꽤나 문제가 있다. 그러니까 버스를 타는 수밖에 없고 그나마 버스에 올라탄 것만해도 다행이라고 생각해야 한다. 이것은 줄곧 버스로 멕시코를 여행한 내가 그야말로 절감한 일이다. 그래서 나는 매일매일 듣기 싫어도 멕시코 노래를 억지로 듣는 수밖에 없었다. 거기엔 선택의 여지가 전혀 없었다.

나는 버스를 탈 때마다 그 버스의 카스테레오가 고장 나 있기를 하늘에 빌었다. 부처에게나 성모 마리아에게나 껫살꼬아뜰(Quetzalcóatl 고대 멕시코의 창조와 문명의 신-옮긴이)에게나, 무엇에게든지 빌어도 좋다고 생각했다. 하지만 카스테레오가 고장 난 버스는 한 대도 없었다. 이것은 정말이지 멕시코에서는 기적적인 일이었다. 멕시코에서는 온갖 물건이 늘 고장이 잘 난다. 내가 탄 버스도 진짜 별별 고장이 다 나 있었다. 어떤 버스에서는 냉방 장치가 고장 나 있었다. 어쩌나 더운지 정신이 아득해질 정도였다. 어떤 버스는 좌석이 뒤로 젖혀진 채 원상태로되지 않아서 나는 치과의사에게 치료를 받고 있는 것 같은 불안정한 상태로 몇 시간 동안이나 그냥 견뎌내야만 했다. 아무리 해도 창문이 열리지 않는 버스도 있었고, 혹은 닫히지 않는 버스도 있었다.

어떤 버스는 고장이 나지 않은 곳이 거의 없을 정도였다. 눌러도 소리가 나지 않는 클랙슨, 열리지 않는 문, 제 기능을 하나도 발휘하지 못하는 계기판, 이런 건 고장 정도도 아니다. 진짜 속도계도 연료계도 모두 딱 멎은 채로였다. 그런데도, 그런데도 카스테레오만은 잘도 울리고 있었다. 너무 우렁차서 가사는 거의 알아들을 수 없었지만 음악만은 지치지도 않고 울려 퍼지고 있는 것이었다. 나는 마침내 체념하고 말았다. 이 기묘한 나라에서는 모든 기계가 다 죽어도, 모든 이념과 혁명이 다 죽어도, 무슨 이유에서인지 카스테레오만은 절대 죽지 않는다.

나는 마음을 비우고 멕시코 노래를 '원래부터 존재하는 것'으로 받아들일 수 있게 되었다. 먼지로 가득 찬 공기, 집요하게 덤벼드는 모기, 돌멩이처럼 크고 묵직한 동전(그건 모든 지갑과 호주머니를 파괴하는 원흉이다), 원주민 물건 강매, 식중독과 마찬가지로.

무슨 이유에선지 나는 멕시코 버스의 카스테레오만은 절대 죽지 않는다고 썼다. 하지만 이것은 말의 뉘앙스 같은 것이지, 멕시코 버스의 카스테레오가 죽지 않는 데는 그럴 만한 뚜렷한 이유가 있다. 그것은 멕시코인 운전기사나 차장이 무엇보다도 멕시코 노래를 깊이 사랑하고 있기 때문이다.

무슨 일이 있어도 그들은 카스테레오만은 살려놓고 본다. 생각해낼 수 있는 온갖 수단을 다 동원하고, 온갖 희생을 치러가면서, 그들 중 어떤 사람은 버스를 탈 때 007 가방 같은 걸

애지중지 끌어안고 탄다. 처음에 나는 운전 업무에 꼭 필요한 무슨 도구이겠거니 생각하고 있었지만, 알고 보니 그것은 카세트 테이프를 넣는 상자였다. 그들은 하나의 테이프가 끝나기가 무섭게 그 상자에서 조심스레 다른 테이프를 꺼내서 카세트 덱에 끼워 넣었다. 가방 안에는 스무 개나 서른 개 가량의 카세트 테이프가 들어 있는 것 같았다.

그들은 하루건 이틀이건 간에 단 1분도 쉬지 않고 계속해서 음악을 듣고 있는 것 같았다. 나도 음악 듣기를 좋아하지만 그 정도의 열정은 가지고 있지 못하다. 때로는 침묵이 필요하기도 하다. 하지만 이 사람들에게 침묵이란 멕시코 노래로 빼곡히 메워져야만 하는 미완성의 공백을 의미하는 것이다. 그래서 멕시코의 모든 흰 벽이 메시지나 광고 따위로 온통 뒤덮여 있는 것과 마찬가지일 정도로 정성스레, 멕시코의 침묵은 화려한 멕시코 노래로 메워지고 있는 것이다.

버스에는 온갖 사람들이 올라탄다. 마체테(산에서 쓰는 칼—옮긴이)를 지닌 원주민들에서부터, 시장에 물건을 사러 갔다가 돌아오는 아주머니들, 어느 공사 현장으로 출근하는 듯한 노동자들, 짐을 가득 짊어진 행상인, 어딘가로 이동하고 있는 부자父子에 이르기까지.

하지만 내가 타고 다니던 노선버스에서는 배낭을 멘 외국인 여행자의 모습은 전혀 눈에 띄지 않았다. 외국인 여행자만이 아니라 중산층 계급에 속하는 멕시코인들도 좀처럼 볼 수 없었다. 내가 탄 버스에서 신분이 높은 멕시코인을 본 것은 딱 한 번밖에 없었다. 원주민이나 농민이나 시골 아저씨, 아주머니들 사이에 섞여 있는 그 신사(라고 할 정도도 아니고 보통 도시에서 자란 느낌이 드는 사람이었지만)는 정말 특이한 사람으로 보였다.

나는 그때까지 버스 안에서 밑바닥에 가까운 멕시코인밖에 본 적이 없었기 때문에 거기서 비로소 "아, 멕시코라는 곳은 정말 신분이 뚜렷하게 구별되는 사회구나" 하고 시각적으로 절실히 느끼게 되었다. 그 사람은 파나마모자 같은 걸 쓰고, 흰 윗도리를 입고, 두툼한 책을 읽고 있었다. 내가 엉터리 스페인어로 차장과 이야기를 하고 있자니 그가 끼어들어 영어로 정확하게 통역해주었다(영어로 말하는 건 멕시코에서는 상류층에 속하는 사람임을 증명하는 것과 같고, 그들은 대부분 통역에 관해서는 모두 친절하다). 30분간의 점심시간 때 오직 그 사람만이 레스토랑에서 잘 차려진 생선요리를 먹고 있었다. 나를 포함한 나머지 승객 모두는 주스를 마시고 빵이나 포테이토칩을 아작아작 씹고 있을 뿐이었다.

버스에는 우락부락 거칠게 보이는 사람들도 올라탄다. 다름

버스에 올라탄 무장 경찰들. 방탄조끼를 입고 있다. 살짝 카메라 셔터를 눌렀다. (촬영=필자)

아닌 군인과 경찰관이다. 쿠유틀란이라는 작은 해변 도시(만사니요라는 도시 조금 아래에 위치하고 있다)에서 프라야 아스르라는 마찬가지로 작은 해변 도시(라사로 카르데나스보다 조금 서쪽에 있다)로 향하는 버스에서는 도중에 네 사람의 무장 경찰관이 올라왔다. 우리가 산 위에 있는 '고갯마루 찻집'에서 20분 동안 휴식을 취하면서 청량음료를 마시기도 하고 화장실에 갔다 오기도 하다가 이제 막 떠나려는 순간, 그들은 느닷없이 들이닥쳤다.

경찰관들은 모두 키가 크고 체격이 좋았고 햇볕에 그을린 거무스름한 피부를 하고 있었다. 짧은 머리에 짙은 선글라스를 끼고 방탄조끼를 입고 있었다. 그리고 큼지막한 자동 권총을 허리에 차고 손에는 AK47 자동 소총을 들고 있었다. 그들은 그 주변의 보통 도시 경찰관들과는 전혀 다른 부류의 경찰관으로 보였다. 그들은 몹시 거칠었고, 훈련이 아주 잘되어 있는 듯했다. 어깨 부근에는 '연방경찰'이라는 마크를 달고 있었다.

네 명의 경찰관들 중 두 사람은 조수석과 운전기사 뒷자석에 자리 잡았다. 그때까지 조수석에 앉아 있던 차장은 뒷자리로 쫓겨났다. 나머지 두 사람은 버스 한복판 좌석에 좌우로 나누어 앉았다.

한 경찰관은 나를 향해 소총 총구를 겨냥하듯이 겨누며 저쪽으로 가라고 말했다. 그는 조금도 웃는 기색을 보이지 않았다. 미안하다든지 부탁한다든지 하는 양해도 없었다. 단지 소총의 총구를 조금 위로 치켜올렸을 뿐이었다. 물론 나는 군말 없이 그가 시키는 대로 그 경찰관에게 좌석을 양보하고 짐을 들고 뒷좌석으로 걸어갔다. 그가 내가 앉아 있던 좌석을 요구했던 것은 그 좌석이 창 너머로 소총을 조준하기에 쉬웠기 때문이었다. 도대체 무슨 일이 일어난 건지, 아니면 그럴 조짐이 있는 것인지 나로서는 도통 짐작도 할 수 없었다.

차장이 내 곁으로 다가와서, "총격전이 벌어질지도 모릅니다. 만일의 사태가 벌어지면 바닥에 바짝 엎드리세요" 하고 나지막이 일러주었다. 나의 스페인어는 엉터리였지만, 그런 일이 벌어지자 그 순간엔 이상하게도 그 언어가 명확하게 이해됐다. "강도들인가요?"라고 물었더니 차장은 고개를 끄덕이며 작은 목소리로 대답했다. 이 부근에서 강도가 자주 나타난단다.

경찰관들은 무장을 하고 버스에 올라타서 강도의 습격에 대비하고 있는 것이다. 조수석에 앉아 있는 경찰관은 제복을 벗고 하얀 티셔츠만 입고 있어, 언뜻 보기엔 경찰관인지 알 수 없었다. 강도들에게 자신들의 잠복근무를 눈치채지 못하게 하기 위해서였다. 내 앞자리에서 한 자리 앞에 앉은 젊은 경찰관은 버스가 어느 지점을 통과하자(아마 거기에는 '여기서부터가 위험'이라는 뚜렷한 경계선이 있는 것 같았다), 소총의 탄창을 다시 한 번 찰칵 장전하고는 안전장치를 풀었다. 어느 때든 정확한 사격 태세로 옮길 수 있도록 총구를 창밖으로 향했다. 이것이 그저 폼만 그렇게 잡는 것이 아님은 그의 얼굴 표정만 보아도 알 수 있었다. 얼굴이 약간 창백해져 있고, 그다지 더운 날씨가 아닌데도 땀이 주룩주룩 흘러 뺨을 적시고 있었다.

'큰일인걸, 이건 꽤 위험한데' 하고 나는 생각했다. 응, 이래서 번듯하게 사는 사람들은 버스를 타지 않는구나!

하지만 나는 멕시코에 오기 전에 이런저런 여행안내서를 구해서 읽어보았지만, 태평양 연안 도로에서 무장 강도들이 자주 출몰한다는 얘기는 어디에도 쓰여 있지 않았다. 물론 '도난 사건이 빈번히 발생하므로 중요한 짐은 항상 잘 챙기십시오.'와 같은 말은 쓰여 있었다. 하지만 무장 강도에 관한 내용은 본 적이 없으며, 총격전에 말려들 가능성에 대해서도 전혀 언급이 없었다.

버스는 해안을 따라 험한 산길을 달렸다. 이 주변부터 차츰 풍경은 열대 분위기를 자아냈다. 길 양옆에는 영화 〈지옥의 묵시록〉에 나오는 것 같은 야자나무 밭이 죽 이어지고, 그 사이사이로 바나나 밭도 보였다.

도로 폭은 좁아지고 꼬불꼬불해진다. 때로 원주민 부락이 보이는 것 말고는 사람의 모습이 거의 보이지 않는다. 간혹 보이는 사람들은 말보로 담배의 광고에 나오는 사람처럼 모두 모자를 쓰고 말을 타고 있다. 멕시코라면 대개 솜브레로(sombrero 멕시코, 미국 남부 등지에서 쓰는 중앙이 높고 챙이 넓은 모자–옮긴이)를 떠올리지만, 장난감 가게가 아닌 다른 곳에서 솜브레로를 찾아볼 수는 없다. 모두들 말보로풍의 모자를 쓰고 있다. 그리고 몇 사람은 허리에 예의 마체테를 차고 있다. 무장 강도가 출몰하기엔 꼭 알맞은 지역 같아 보인다. 인적이라곤 찾아볼 수 없다. 게다가 어디로든 숨을 수 있는 지형이다.

멕시코를 무대로 한 D. H. 로렌스의《날개 있는 뱀The plumed Serpent》(아마도《깃털 달린 뱀》이라고 번역하는 편이 정확하다고 생각하지만)이라는 작품에, 멕시코인 강도에게 마체테에 찔려 죽는 독일계 멕시코인 이야기가 나오는데, 나는 그 장면을 순간 떠올렸다.

서걱! 서걱! 서걱! 죽음의 갈망을 넘실거리게 해서 마체테를 인간의 육체 안으로 찔러 넣는 소리가 들리고, 거기서 호세의 이상야릇한 목소리가 들렸다. "용서해줘! 용서해줘!" 호세는 이렇게 울부짖으며 죽어갔다.

마체테에 찔려 죽는 건 기분 좋은 죽음이 아니라는 걸 아마릭 넬슨도 동의해주리라 생각한다. 다행히 강도단은 나타나지 않았다.

그리고 100킬로미터 지점이 끝나자 경찰관들은 버스를 멈추게 하더니 내렸다. 내 앞에 있던 경찰관은 후우 하고 큰 숨을 내쉰 뒤 AK47의 안전장치를 잠그고 얼굴의 땀을 닦았다. 그에게나 나에게나 참으로 기나긴 100킬로미터였다.

경찰관들이 내린 곳에는 두 대의 연방경찰차가 세워져 있었다. 아마도 그들은 거기서 똑같이 버스를 갈아타고 '고갯마루 찻집'까지 가서 거기에서 우리가 탄 버스에 올라타 여기까지 되돌아온 것일 터였다. 경찰관들이 내리자 버스 안에는 안도의 한숨을 쉬는 분위기가 감돌았다. 경찰관들이 타고 있는 동안에는 아무도 입을 열지 않았다. 음악 소리도 별수 없이 작아졌었다.

그로부터 며칠 뒤, 시우아타네호에서 아카풀코로 향하는 버스 창문을 통해서 시체(시체가 아닌지도 모르지만)를 목격하게 되었다. 우등 버스였는데도 냉방장치가 고장난데다, 내 뒷좌석에서 점심식사로 엔칠라다(토르티야에 고기를 넣고 매운 소스를 뿌린 멕시코 음식-옮긴이)를 먹던 어린 소녀가 그것을 고스란히 토해버렸기 때문에 나는 하는 수 없이 창문을 열고 바깥 풍경을 무심코 멍하니 내다보고 있었다.

버스 왼쪽으로 픽업트럭이 추월하고 있었다. 픽업트럭의 짐칸에는 남자 네 명이 타고 있었다. 두 사람은 작업모 같은 걸 쓰고 자동 소총(아마도 미제 M16이었을 거라고 생각된다)을 공중을 향해 치켜 올리고 짐칸 양쪽에 앉아 있었다. 자동 소총의 검은 총신이 햇빛을 받아 번쩍이고 있었다. 나머지 두 사람은 그 자동 소총을 가진 남자들에게 둘러싸인 것처럼 짐칸에 똑바로, 마치 갓 잡아올린 청새치 같은 모습을 하고 드러누워 있었다.

그 두 사람은 모두 웃옷이 벗겨져 있었다. 그리고 눈을 꼭

감은 채 꼼짝도 하지 않고 있었다. 어쩌면 그들은 깊은 잠에 빠져 있는지도 몰랐다. 하지만 찌는 듯이 무더운 여름날 오후였다. 하늘엔 구름 한 점 없었고, 눈에 들어오는 모든 생물이 더위로 죄다 의식을 잃고 혼수상태에 빠져 있는 것처럼 보였다. 그런 때 그런 곳에서 편안하게 잠이 들 리 없었다. 그렇게 자고 있다간 몸이 화끈거려 도저히 견뎌낼 수 없었을 것이다.

그 픽업트럭이 내가 탄 버스를 추월해서 앞서 달려가고 있는 10초 내지 20초쯤 사이에 나는 말 그대로 눈에 불을 켜고 그들 네 사람의 모습을 뚫어져라 응시하고 있었는데, 내 눈에는 그 짐칸에 누워 있는 젊은 두 남자가 바로 조금 전에 죽은 인간의 시체로 보였다.

그 자세나 표정, 분위기는 살아 있다는 느낌을 전혀 주지 않았다. 만일 그들이 체포된 '살아 있는' 범죄자였다면 난폭하게 굴거나 도망치지 못하게 하려고 수갑을 채웠을 것이고, 만약 그들이 범죄자가 아니었다면 계란프라이라도 할 수 있을 것 같은 뙤약볕이 내리쬐는 트럭 짐칸에서 유유히 일광욕 같은 걸 하고 있을 턱이 없었다. 물론 가까이 가서 분명히 확인한 건 아니기 때문에 그것이 시체였다는 확증은 없지만……

너무나 갑작스런 일이었기 때문에 나는 다만 멍하니 앉아서 그 픽업트럭이 사라져가는 걸 바라보고만 있었다. 그리고 그

후로 오랫동안 '도대체 그건 무엇이었을까?' 하고 계속 머리를 짜내며 생각해보았다. 시우아타네호와 아카풀코라면 메시코에서 가장 유명한, 그리고 가장 번화한 관광지인데 말이다.

나중에 들은 이야기에 의하면(이런 이야기는 대개 나중에 듣게 마련이지만) 시우아타네호와 아카풀코가 있는 게레로 주州는 1970년대에는 게릴라 소굴로 유명했던 곳으로, 이곳을 진압하기 위해 수만 명의 군대가 투입되었다고 한다. 그리고 정치적 소요사태가 어느 정도 가라앉은 지금도 이 근방에서는 소요 여파가 계속되고 있는 듯했다. 고속도로 곳곳에는 군데군데 수많은 검문소가 있었고, 여기저기에 경찰관이나 군인의 모습이 보였다. 그들은 모두 자동 소총을 갖고 있었다. 트럭 짐칸에 탄 경찰관과 자주 마주치기도 했다. 가는 곳마다 부대가 있었다.

아카풀코에서 푸에르토 에스콘디도를 향하는 버스에서는 승차 때 금속 탐지기로 검문을 받았다. 좀 큰 짐은 차 안에 실어주지 않는다. 그런 점에 대해 항의를 했던 독일인 여행자는 호되게 앙갚음을 받고 화가 잔뜩 나 있었다.

사람들은 아카풀코에서 한 걸음만 바깥으로 내디뎌도, 당장 거친 '현실'에 직면하게 된다. 멕시코를 방문하는 외국인들은 시우아타네호나 이스타파나 아카풀코의 호텔에 투숙하면서 돈을 흥청망청 쓰고 있는 한, 융숭한 손님 대접을 받는다. 하지만 인공적으로 조성된 그곳 열대의 낙원 밖에는, '현실'의 황무지가 끝 간 데 없이 광막하게 펼쳐져 있다.

아카풀코는 한마디로 슬픈 거리다. 바다는 말로 표현할 수 없을 만큼 오염되어 있다. 사진에서 보는 것과는 전혀 다른 모습이다. 수영을 하다 보면 금세 쓰레기와 부딪친다. 가는 곳마다 포테이토칩 봉지, 신문지, 빈 페트 병, 그밖에 뭔지도 모를 물건들이 바다에 둥둥 떠 있다. 호텔 요금도 입이 딱 벌어질 정도로 비싸다. 그리고 호텔 풀장 수면에는 번들거리는 선텐 오일이 둥둥 떠 있다. 풀장 가까이에서는 노래 자랑 대회가 열리고 있었는데, 여위고 안색이 초췌한 멕시코인 사회자가 "자, 다음은 ……에서 나오신 ……양이 ……를 부릅니다"라고 목청을 높이고 있었다.

거리에는 택시가 넘쳐나고 있었다. 택시기사들은 길을 걷고 있는 외국인의 모습이 눈에 띄기만 하면 꼭 클랙슨을 눌러댔다. 물가는 비싸고 가게 종업원은 지극히 무표정한 얼굴을 하고 있었다.

조금씩 깨지기 시작한 환상, 그것이 아카풀코에서 받은 인상이다.

물론 그런 인상은 나만의 것일 수도 있고, 혹은 잘못되었을 수도 있다. 나는 내가 받은 인상을 그대로 "아카풀코란 이런 곳입니다" 하고 다른 사람에게 강요하고 싶은 생각이 없다. 나는 그런 목적으로 이 글을 쓰고 있는 것은 아니다. 솔직히 고백한다면 나는 확고하기보다는 오히려 흐느적거리는 인간이며, 항구적이라기보다는 일상적인 인간이며, 정확하다기보다는 부정확한 인간이다. 그리고 이건 어디까지나 '나의 여행'이지 '다른 사람의 여행'이 아니다. 나에게는 누군가에게 뭔가를 강요할 권리도 자격도 없다. 게다가 사물의 인상이라는 것은 언제 어떤 관점에서 보는가에 따라 완전히 달라져버릴 수도 있다. '아카풀코는 정말 멋진 곳이었다' '이곳보다 당신에게 어울리는 멋진 곳은 없다'라는 인상을 안고 돌아가는 사람들이 있다 하더라도(물론 많이 있을 것이다. 그러니까 해마다 몇 십 만이라는 관광객이 그곳에 밀려들고 있는 것이다), 그건 그것대로 제대로 본 것이다. 나는 그런 사람들이 잘못되었다고는 생각하지 않는다.

사람들은 각자 자신의 환상을 좇아 어딘가로 가서 그 환상을 손에 넣는 것이다. 그들은 그 환상을 얻기 위해 적잖은 돈을 쓰기도 하고 시간을 들이기도 한다. 그것은 그들 자신의 돈이고 시간이다. 그러기에 그들에게는 그 환상을 손에 넣을 정당한 권리가 있다.

하지만 계속 육지를 따라 그곳까지 버스로 왔다가, 역시 육지를 따라 버스로 그곳을 떠나온 나 같은 사람의 눈에는, 아쉽게도 아카풀코라는 도시는 깨지기 시작한 환상으로밖에 비치지 않았다. 혹은 그 같은 환상이 어떻게 구조적으로 지탱되고 있는지를 그때까지의 도정道程으로 확실하게 목격해버렸기 때문인지도 모른다. 아카풀코나 시우아타네호나 이스타파나, 혹은 칸쿤이나 카리브의 섬들, 그것들은 멕시코가 제공하는 환상이요 '점'이다. 하지만 그 점과 점들 사이를 '선'으로 이으려 할 때 우리는 어쩔 수 없이 현실에 직면하게 된다. 그리고 그런 환상과 현실과의 차이는, 이 나라에서는 상당히(어느 경우에는 치명적으로) 큰 것이다. 물론 나 역시 나름대로의 환상을 좇아 여행을 하고 있다. 환상 없이 여행하는 인간은 아마 어디에도 없을 것이다. 하지만 내가 좇고 있는 환상은 아카풀코에서는 내 손 안에 들어오지 않았다. 요컨대, 뭐 그렇다는 얘기다.

아카풀코에서는 그 유명한 '죽음의 다이빙'을 구경했다. 일부러 보려 했던 건 아니었지만, 라 케브라다 언덕 위에 세워진 호텔에 투숙하게 되어 우연히 그 광경을 보게 된 것이다(해변가에 있는 호텔은 너무 비쌌기 때문에 더위를 무릅쓰고 끙끙거리며 언덕길을 올라, 겨우 적절한 요금을 받는 호텔을 찾아낼 수 있었다). 바다가 바라다보이는 가까운 공원에서 맥주를 마시면서 저녁 바람을 쐬고 있자니 바로 눈앞에서 다이빙이 시작되고 있었다. 그래서 나는 운 좋게도 가장 좋은 자리에서 다이빙을 구경하게 된 셈이었다.

내 기억이 틀림없다면 나는 오래전에 엘비스 프레슬리의 영화에서 이 다이빙 장면을 보았다. 영화의 원제는 《Fun in Acapulco》였다. 그 영화에 이 다이빙 장면이 있었던 것이다. 내가 중학생일 때 개봉된 영화였다. 그 영화에서 엘비스는 〈보사노바 베이비〉를 노래하고 있었다. 제목은 〈보사노바 베이비〉지만 곡의 리듬은 보사노바와는 딴판이었다. 그것은 삼바와 마리아치를 한데 섞어놓은 듯한 제멋대로 된 노래였다. 영화 그 자체도(이젠 영화의 줄거리 따위는 전혀 기억나지 않지만) 너절한 엉터리였다. 그건 그렇다 치고, 아무튼 나는 그 영화에서 죽음의 다이빙이라는 걸 처음으로 보았던 것이다.

솔직히 말하자면, 실제로 라 케브라다 언덕 위에서 구경한 그 '죽음의 다이빙'에는 내가 엘비스 프레슬리의 영화를 보고 알게 되었던 것 이상의 의미는 없었다. 그것은 영화에서 본 것과 똑같았다. '과연 영화와 똑같구나!' 하고 느꼈을 뿐이었다. 요컨대 나는 거의 20년 전에 고베의 영화관에서 본 장면을 멀리 멕시코까지 와서 다시 한 번 실제로 직접 보았을 뿐이다. 왠지 순서가 거꾸로 된 것 같다는 느낌이 들기도 했지만 사실이었다. 실제로도 그다지 감동도 없고 특별한 놀라움도 없었다.

'사람이 실제로 하는 건 확실히 박력이 있구나' 하는 생각도 없었고, '뭐야, 이런 거라면 영화 쪽이 더 스릴이 있고 좋았는데' 하는 생각도 없었다. '역시 영화와 똑같구나' 하는 생각뿐이었다. 그렇게 생각하니 지금 내가 여기에 와 있다는 사실(저녁 바람을 쐬면서 도스 에퀴스를 마시고, '죽음의 다이빙'을 구경하고 있는 것) 자체가 현실이면서 현실이 아닌 것 같기도 했다. 이곳에 갑자기 엘비스가 나타나서 "보오옷사 노오오바⋯⋯" 하고 노래하기 시작한다 해도 그다지 이상할 것은 없겠다고 줄곧 생각하고 있었다.

그건 뭐랄까, 정확히 딱 맞게 오버랩되어야 할 환상인 것이다. 그렇다고 지금 나는 그 이벤트가 흔해 빠진 관광지의 구경거리라고 말하는 것은 아니다. 거기엔 물론 예기치 않은 위험이 도사리고 있다. 그리고 다이버에게는 남다른 육체의 힘과 용기와 냉정하고 침착한 태도가 필수적이다. 하지만 마음속으로 나는 '실패할 리 없다. 영화에서도 제대로 잘 했는데 뭘' 하고 생각했다. 그리고 여기 모여 있는 사람들도 대부분 정도의 차이는 있겠지만 나와 똑같은 느낌을 갖고 있지 않을까, 하고 생각했다.

딱 한 가지, 영화와 다른 점이 있었다.

영화에서는 미처 보지 못했던 점도 있었다. 첫 회 쇼에서 벼랑에서 뛰어내리는 다이버의 수는 한 사람이 아니라 세 사람이었다. 여러 장소에서 세 사람의 다이버가 시차를 누고 순서대로 아득히 내려다보이는 바다로 뛰어든다. 아마 한 사람만으로는 너무나 순간적이어서 깜빡 놓칠 수도 있기 때문이 아닌가 싶다. 왜냐하면 뛰어내리는 것 그 자체는 눈 깜짝할 새에 끝나버리기 때문이다. 그리고 그 세 사람이 모두 뛰어내렸다는 것을 확인한 후 사람들은 슬슬 그 공원을 떠난다. 이 '슬슬'이란 느낌은, 분명히 재미는 있었지만 줄거리도 뻔하고 결말도 대체로 처음에 예상했던 그대로인 종류의 영화(가령 '007' 시리즈라든가 〈록키〉라든가)를 다 보고 난 후 영화관을 떠나는 관객의 감정과 흡사하다.

우리가 그 공원을 떠날 무렵에는 처음에 뛰어들었던 두 사람의 다이버가 이미 땅으로 올라와서, 물방울을 뚝뚝 떨어뜨리며 출구 근처에서 손님들에게 인사하고 함께 기념사진을 찍고 있었다. 그들은 싱글벙글 웃는 얼굴의 인상이 매우 좋은 사람들이었다. 서비스 정신이 만점이었다.

다이버들의 모습을 가까이에서 보고 내가 가장 뜻밖이라고 생각했던 것은 그들이 그 근처 어디에나 있는 평범한 멕시코 청년이었다는 사실이다.

수영 팬티 한 장만 걸치고 밝은 조명을 받아가면서 성모 마리아의 제단에 기도를 올리고, 혹은 벼랑 끝에 서서 몸을 쭉 뻗고 정신을 통일하기 위해 허공을 바라보고 있는 그들의 모습을 우리는 그때까지 맞은편 공원에서 줄곧 보고 있었다. 먼 데서 바라보고 있으면 그들은 우리와는 아주 다른 존재처럼 보인다.

그들은 고된 훈련으로 단련된 주인공들이고, 우리와는 다른 세상에 속하는 사람들처럼 보인다. 그들은 온몸에서 경건한 아름다움을 풍기고 있었다. 그들은 고대 아즈텍 신에게 산 제물로 바쳐지기 직전의 용감한 군인들까지 연상시켰다. 분명 그들은 관광객을 위해 준비된 볼거리 중 하나일지도 모른다. 하지만 그것은 그렇다 치더라도, 벼랑 끝에서 뛰어내리기 전에 정신을 집중하고 호흡을 고르고 있던 다이버들의 모습에서는 부정할 수 없는 광채가 뿜어져 나왔다. 그들의 거무스름한 살갗은 조명 빛을 번쩍번쩍 반사하고, 그 근육은 강철같이 단단하며, 키는 훤칠하게 커 보였다.

하지만 이렇게 관광객들과 기념사진을 찍고 있는 그들에게서는 그런 광채가 사라져버렸다. 실제의 그들은 나와 그다지 다를 바 없는 키에다 얼굴 역시 바로 옆에서 아이스크림을 팔고 있는 사람들과 별반 다르지 않았다. 결국 그들은 관광산업 중 하나로 자신들에게 주어진 몫을 나름대로 훌륭하게 해내고 있는 지극히 평범한 젊은이들에 불과한 것이다. 그들은 하루에 세 번 혹은 네 번 벼랑 끝에서 바다를 향해 뛰어내리고, 그에 대한 상당한 보수를 받고 있는 관광산업 관련 노동자에 지나지 않는 것이다.

하지만 다이버들의 실제 모습을 바로 가까이에서 보고 내가 실망했다는 말은 아니다. 단지 그때 순간적으로 '이런 건 영화에는 나오지 않는구나' 하고 생각했을 뿐이다.

그런 장면은 분명히 영화에서 나오지 않는다. 영화라는 것은 현실의 일관성보다는 환상의 일관성을 추구하기 때문이다. 하지만 나중에 아카풀코의 다이빙을 떠올릴 때, 나는 아마도 그다지 마음에 와 닿는 게 없는 현실 쪽 다이버들의 얼굴을 떠올리게 될 것 같은 느낌이 들었다. 씁쓸하고도 쓸쓸한 미소를 지으면서, 물기를 닦지도 못하고 관광객들과 함께 기념사진에 찍힌(그리고 얼마간의 팁을 받고 있던) 육체노동자로서의 '죽음의 다이버'들을.

예상하기는 했지만 멕시코에서는 여러 번 식중독에 걸렸다.

멕시코에 간다고 했더니 모두들 내게 음료수와 식중독을 조심하라고 충고해주었다. "무슨 일이 있더라도 멕시코의 수돗물은 마시면 안 됩니다"라고 모두들 한목소리로 말해줄 정도였으니. "양치질을 할 때도 반드시 생수로 닦으세요, 칫솔도 생수로 씻으세요" 하고, 처음엔 나도 충실하게 그 말을 따랐지만 나중에는 아무래도 귀찮아져서 그냥 수돗물을 사용했다. 될 대로 돼라, 배탈나려면 나라지 뭐, 하고 갑자기 태도를 바꿨다. 다행히도 나는 별탈이 없었다. 물론 마시는 물만은 생수를 썼지만.

하지만 식중독엔 손을 들고 말았다. 그냥 평범한 음식을 먹어도 여지없이 식중독에 걸렸다. 그건 마치 러시안 룰렛과도 같았다. 조심하면 되겠지 하고 만만하게 보다간 큰코다친다. 아무리 조심해도 걸릴 때는 걸리고, 아무리 닥치는 대로 아무렇게나 먹어도 걸리지 않을 때는 걸리지 않는다. 한 번은 해변의 '바다의 집'풍의 레스토랑에서 새우튀김을 시켜 먹고 난 후에(맛은 아주 좋았지만) 식중독에 걸려버렸다.

또 한 번은 허름한 호텔 식당에서 저녁 식사를 하고 난 후에(이건 맛이 없었다) 걸렸다. 나중에 생각해보니, 그곳은 아무래도 곁들여 나온 마카로니 샐러드에 문제가 있었던 것 같았다. 이런 식중독의 원인은 아마 소홀한 위생 관리 때문인 것 같다. 관광지의 일류 호텔에 숙박하여 그곳 레스토랑에서 식사를 하면 식중독 문제는 어쩌면 일어나지 않을 것이다. 하지만 그런 관광지를 한 발자국이라도 떠나면, 그다음은 운에 맡기는 수밖에 없다.

식중독에 걸리면 구토와 설사가 난다. 두 가지가 동시에 닥친다. 구토와 설사 중 어느 쪽이 더 견디기 어려우냐고 물으면 대답하기 곤란하다. 시간이 지나면 구토와 설사를 구분하기 힘들 정도로 양쪽 모두 견뎌내기 어렵다. 대체로 일어나서 활동하는 건 거의 할 수 없다. 항생제 같은 걸 복용해보지만 별효과는 없다. 토하고 설사를 하고 나서 그냥 누워 있는 수밖에 없다. 종국엔 토하는 것도, 설사하는 것도, 누워 있는 것도 거의 질려버릴 정도가 된다. 이대로 의식을 잃은 채 죽어버리는 건 아닐까 하는 걱정마저 생긴다. '아이구, 이런 변변찮은 멕시코 호텔의, 변변찮은 침대 위에서, 새우튀김이나 마카로니 샐러드를 먹고 죽어가고 싶지는 않은데 말이야' 하고 생각한다.

그러고 보니 레이먼드 챈들러의 《기나긴 이별》에서 테리 레녹스는 변변찮은 멕시코 도시의 변변찮은 호텔 방에서 죽었다—죽게 되어 있었다. 하지만 그에게는 자신의 죽음을 애도해줄 친구가 있었다. 그를 위해 술을 마셔줄 친구가 있었다. 나의 경우는 그렇지 못하다. 내가 죽으면 틀림없이 모두들 뒤에서 이렇게 말할 것이다.

"무라카미 하루키가 어째서 일부러 멕시코까지 갔을까요? 멕시코는 그 사람에게 어쩐지 어울리지 않는군요. 하지만 그

렁더라도 마카로니 샐러드를 먹고 설사를 하면서 죽다니. 도무지 어처구니없는 죽음이군요. 게다가 설사에다 구토까지 했다면서요? 인간이 그런 식으로 죽다니 너무 비참하군요. 어떻게 죽느냐 하는 건 매우 중요한 것 같아요."

하지만 아무리 괴롭더라도 시간이 지나면 어쨌든 몸은 회복되게 마련이고, 회복되면 또 여행을 계속한다. 그러는 동안 또 뭔가 변변치 않은 걸 먹고 식중독에 걸린다. 혹은 몇 달 그렇게 여행하는 동안 면역이 되고 몸도 차츰 튼튼해져서, 웬만해서는 좀처럼 식중독에 걸리지 않을지도 모른다. 하지만 유감스럽게도 나는 그 정도로 여가가 많은 사람이 아니기에 멕시코 풍토에 맞는 항체가 형성되기 전에 국경 북쪽으로 되돌아왔다.

열흘 동안 원인 모를 식중독과 끊임없이 울려 퍼지는 멕시코 노래, 자동 소총을 든 용감한 젊은이들과 냉방 장치가 고장난 버스, 아무리 걸어차도(나는 정말로 걸어찼다) 꼼짝달싹도 않는 코끼리처럼 뻔뻔스런 새치기 장사꾼 아줌마를 견뎌내면서 혼자 멕시코를 여행해보고 새삼스레 절실히 느낀 것은, 여행이란 근본적으로 피곤한 것이라는 사실이었다. 이것은 내가 자주 여행을 해보고 나서 체득한 절대적인 진리다. 여행은 피곤한 것이며, 피곤하지 않은 여행은 여행이 아니다. 비참함이 끝없이 이어지고, 예상했던 일이 빗나간 것도 한두 번이 아니었다.

샤워장의 미지근한 물(혹은 미지근하지도 않은 냉탕), 삐걱거리는 침대, 삐걱거리지 않는 대신 딱딱하기만 한 침대, 이디서 날아오는지 끝없이 윙윙거리며 물어뜯는 굶주린 모기 떼, 물이 내려가지 않는 변기, 불친절한 웨이트리스, 날마다 쌓여가는 피로감, 그리고 자꾸만 늘어가는 분실물. 이런 것이 여행이다.

자꾸만 늘어가는 분실물…… 정말이다. 이번 여행 중 나는 실제로 온갖 소지품들을 잃어버렸다. 어느 한 곳에서 다른 곳으로 옮겨갈 때마다 차례차례 온갖 것들이 자취를 감추어갔다.

나는 호텔 방을 떠날 때마다 뭔가 잊은 물건이 없나 하고 세밀하게 체크한다. 책상 서랍(그나마 서랍이라도 있는 곳의 이야기지만), 세면장, 침대 위, 나는 그런 곳들을 한 군데도 빠뜨리지 않고 점검한다. 좁은 방이기 때문에 빠뜨릴 리 없다. 그래서 아무것도 잊어버린 게 없다는 걸 확인하고 나서야 체크아웃 한다. 그렇게 하는데도 물건은 자꾸만 없어졌다. 다음 호텔에 가서 가방을 열고 뭔가를 찾는다. 아무리 찾아도 찾는 물건은 나오지 않는다. 그것은 어디에도 없다.

빗, 소형 녹음기(이것은 여행할 때의 기록용이었기 때문에 몹시 아쉬웠다), 면도 크림, 청바지, 벨트(이것도 아쉬웠다), 안경(이것도 많이 아쉬웠다), 안경 케이스, 여행자 수표 600달러어치(고맙게도 아메리칸 익스프레스 사社가 이튿날 재발행해주었다), 포켓용 계산기, 메모장, 지도, 동전 지갑, 선탠오일, 볼펜 세 자루, 군인용 나이프……. 그런 것들이 마치 각자 자기 수명을 끝내고 하늘로 올라가기라도 하는 것처럼 하나씩 하나씩 소리도 없이 사라져버리는 것이다. 언제 어떤 식으로 그런 것들이 없어졌는지 나로서는 아예 기억이 없다. 온통 다 뒤져봐도 그땐 이미 흔적도 없이 사라지고 난 뒤다. 감쪽같이.

만일 누군가에게 도난당했다든가, 깜빡 잊고 전에 있던 곳에 두고 왔다든가 하는 자각 같은 것이 조금이라도 있다면 이해가 간다. 이렇게 건망증이 심해서 어쩌지? 이제부터라도 정신 차려야겠다고 생각한다. 하지만 몇몇 예외적인 경우를 빼놓고는 그런 자각조차 거의 없다. 그것들은 다만 단순히, 마치 어떤 법칙에 따르는 것처럼 계속 사라져버리는 것이다. 그래서 어느 날 나는 체념하기로 했다.

'에라 모르겠다. 될 대로 돼라. 뭘 하든 하지 않든, 물건은 자꾸 없어지기만 하는구나' 하고 온갖 노력을 포기하기로 했다.

이러한 포기는 '이것이 멕시코다. 이것이 멕시코에 와 있는 의미인 것이다. 나는 그런 연속적인 분실을 이를테면 자연의 섭리라고 숙명적으로 받아들임으로써 그 무거운 짐을 묵묵히 짊어지고 가야만 하는 것이다'라는 일종의 깨달음이다.

그렇게 해서 나는 끝없는 분실을 자연의 섭리라고 숙명적으로 받아들였고, 귀찮기만 한 멕시코 노래를 받아들였고, 8월 오후의 찌는 듯한 무더위를 받아들였고, 러시안 룰렛과도 같은 구토와 설사를 받아들여갔다. 그것들은 나를 피곤하게 했고 진절머리 나게 했다.

그래도 생각해보면 나로 하여금 그런 체념에 이르게 하는 진전이야말로, 인간을 피곤하게 만드는 온갖 것들을 자연스럽게 묵묵히 받아들여가는 단계야말로, 여행의 본질일 것이다.

이 말은 너무 극단적인 말일 수도 있다. 왜냐하면 피곤하다느니 하는 것은 구태여 머나먼 멕시코까지 오지 않더라도 어디서든 얻어낼 수 있기 때문이다. 도쿄에서도, 뉴저지에서도 간단히 얻어낼 수 있다. 그런데도 왜 나는 그런 걸 찾으러 굳이 멕시코까지 가야만 했는가?

하지만 그 물음에 대해서는 비교적 명확하게 대답할 수 있다. 나는 왜 피곤을 찾아서 일부러 멕시코까지 다녀와야만 했던가? "왜냐하면 그런 피곤은 멕시코에서밖에 얻어낼 수 없는 종류의 피곤이기 때문입니다"라고 나는 대답하겠다. 또한 "멕시코에 오지 않고서는, 멕시코의 공기를 들이마시고 멕시코 땅을 발로 밟지 않고서는 얻어낼 수 없는 그런 피곤이기 때문입니다. 그리고 그런 피곤을 거듭 받아들일 때마다 나는 조금씩 멕시코라는 나라에 가까이 다가설 수 있다는 느낌이 듭니다"라고 대답하겠다.

　이상한 이야기이기는 하지만, 물건을 한 가지씩 잃어버릴 때마다, 설사를 한 번 할 때마다, 시간에 늦어 버스를 한 대 놓칠 때마다, 그리고 아주머니들이 새치기를 할 때마다, 내 마음속엔 멕시코란 나라가 한층 더 가까이 다가오는 듯한 느낌이 들었다. 농담이 아니다. 독일에는 독일 나름대로의 피곤이 있고, 인도에는 인도, 뉴저지에는 뉴저지 나름대로의 피곤이 있다. 하지만 멕시코의 피곤은 멕시코에서밖에 얻을 수 없는 종류의 피곤인 것이다.

　한 가지 피곤으로 다른 피곤을 상대화하는 일, 한 가지 피곤으로 다른 피곤을 변증법적으로 극복해내는 일. 그것이 워크맨으로 릭 넬슨의 노래를 들으면서 내가 막연하게나마 그리고 있던 생각이었다.

　이건 마치 마오쩌둥의 말과 같다고 문득 생각했다. "피곤은 피곤으로 극복해내야만 한다. 피곤을 극복해내는 건 피곤 이외의 것이어서는 안 된다"라는 말.

　푸에르토 에스콘디도에서 오악사카로 향하는 버스 안에서 (험준한 산을 몇 개나 넘어야 하는, 일곱 시간이 걸리는 여정은 아주 호의적으로 표현한다 해도 거의 고문에 가까운 것이었다), 햇볕에 검게 그을린 스무 살 안팎의 일본인 청년을 우연히 만났다. 멕시코에 와서 일본인을 만난 건 처음이어서 나는 그와 세상 돌아가는 이야기를 나누었다. 그는 학생이어서 어학연수를 받기 위해 오악사카에 머물고 있다고 했다. 그는 바다에 가보고 싶어서 일주일 동안 푸에르토 에스콘디도 해변에서 수영을 즐겼다는 것이다.

"이 버스 안에선 잠을 자면 안 됩니다" 하고 그는 충고해주었다. "고도가 갑자기 바뀌기 때문에 잠이 들면 귀가 이상해져버리거든요."

그는 매우 가난한 여행자였다. "돌아갈 버스 요금을 내고 나면 겨우 100엔 정도밖에 돈이 남지 않아서……"라고 하기에 오악사카 시에 도착했을 때 나는 레스토랑에서 그에게 점심 식사를 대접했다. 그는 요리를 맛있게 먹으면서 "사실은 벌써 이틀 동안 밥을 제대로 먹지 못했습니다" 하고 털어놓았다. 그 청년의 모습을 보고 있자니 '사실 나도 옛날엔 그랬지' 하는 생각이 들었다. 벌써 20년도 더 지난 옛날 일이지만, 나 역시 그와 똑같은 여행을 한 적이 있었다. 호주머니 속에는 겨우 수백 엔 정도밖에 남아 있지 않아서 이틀 정도 굶는 건 일도 아니었다. 그래서 지나가는 누군가에게 식사를 대접받은 적이 있었다. 그러던 내가 이제는 누군가에게 식사를 대접해주는 쪽이 되어 있는 것이다.

결국 무거운 배낭을 메고, 아무리 꾀죄죄한 모습을 하고, 100엔이라도 더 싼 호텔을 고생 고생 찾아 헤매는 가난뱅이 여행을 하고 있더라도, 찌는 듯한 무더위와 쌓여가는 피로와 식중독으로 아무리 곤욕을 치르더라도, 내가 그 청년처럼 굶주리는 일은 아마 더 이상 없을 것이다. 그리고 이 여행을 끝마치고 나면 내게는 분명히 돌아갈 곳이 있다. 거기에는 나를 위해 마련된 장소가 있고 내가 할 역할이 있는 것이다.

하지만 예전에는 그렇지 않았다. 여행을 떠나서 헤매기 시작하면 그대로 영원히 헤매며 돌아다니게 될지도 모른다는, 어떤 궁지에 몰린 듯한 절박함이 있었다. 그럼에도 나는 그때 잘도 돌아다니며 여행을 했다. 아침에 눈을 떠서 어디론가 가보고 싶어지면 그대로 집을 뛰쳐나가 기나긴 여행을 했다. 아마도 나는 그런 '헤매며 돌아다닐 수밖에 없는' 여행이 내게 부여해주는 환상 같은 것을 몹시 원하고 있었던 것 같다. 그런 환상을 나는 절실히 찾고 있었던 것이다.

혹시 나는, 지금 이렇게 멕시코를 여행하고 있는 나는, 일찍이 15년이나 20년 전쯤 내가 품고 있던 그런 환상을 다시 한 번 고스란히 체험해보고 싶은 것인지도 모른다. 마치 라 케브라다의 다이버들이 아카풀코로 찾아오는 수십만 명의 사람들이 가진 환상을 재현시켜주기 위해, 날마다 하루에도 서너 번씩 저 벼랑 끝에서 위험한 다이빙을 계속하고 있는 것처럼.

그렇게 생각하는 것은 참 처연한 일이라고 말할 수도 있다. 나이가 들면 들수록, 그런 환상의 환상성幻想性이 더욱 뚜렷이 인식되면 될수록, 우리가 내보내는 에너지의 양에 비해 받아들이는 양은 점점 더 적어져가기 때문이다. 그리고 우리는 우리가 떠안는 많은 피곤에 비해 비교적 적은 양의 환상밖에 얻지 못한다는 결과에 이른다. 이것은 마치 장기간에 걸쳐 복용하고 있는 약이 시간이 흐르면 흐를수록 점점 약효가 떨어지는 현상과 비슷하다.

하지만 거기에는, 옛날에 비하면 훨씬 적어졌다고는 하지만, 이제까지 본 적이 없는 새로운 환상이 아직 엄연히 존재하는 수도 있다. 주의 깊게 눈을 뜨고, 귀를 기울여 잘 들어보면 그런 환상은 지금도 어김없이 내게 호소해온다. 그리고 그런 환상들은 젊은 시절엔 볼 수 없었거나 아니면 비록 보이기는 했어도 그저 무심코 지나쳐버리고 말았을 환상이었다. 그래, 릭넬슨도 노래했듯이, "흘러간 추억밖엔 부를 노래가 없다면 난 차라리 트럭 운전수나 되고 말겠어."

"그런데 선생님을 어디선가 본 듯한 기억이 있는데요." 헤어질 때 그 청년은 기억을 떠올리려고 애쓰는 표정을 지으며 말했다. "버스 안에서 맨 처음 선생님을 봤을 때부터 줄곧 생각했어요. 저분이 누굴까? 어디서 만났던 분일까? 하지만 아무리 애를 써도 생각나지 않았어요. 지금까지도 전혀 생각나지 않는군요. 전에 어디선가 저를 본 적이 있으신가요?"

"글쎄, 나도 생각은 나지 않지만, 혹시 어디선가 만난 적이 있는지도 모르겠네요." 나는 말했다.

같은 꿈을 꾸는 사람들

멕시코 여행의 후반은 에이조 군이 뉴저지에서 오악사카까지 직접 운전해서 몰고 온 미쓰비시 파제로를 운전하면서 다니는 여행이었다. 온종일 꽤나 오랫동안 운전했지만 버스로 이동하는데 비하면 이만저만 편한 게 아니었다. "하지만" 하고 몇몇 본토인들이 진지한 표정으로 우리에게 충고해주었다.

"해가 지고 나면 절대로 운전을 해선 안 됩니다. 아시겠어요? 어떤 일이 있더라도 해가 지기 전에 묵을 곳을 찾아두세요."

흡혈귀가 나오는 트란실바니아도 아닌데 해진 뒤에 돌아다니면 안 된다는 것은 무슨 이유 때문인가. 문제는 치안이었다. 밤만 되면 치안 상태가 아주 나빠진다는 것이다. 흡혈귀는 아니지만 대신 강도가 나온다. 하긴, 흡혈귀나 강도나 마찬가지가 아닌가.

"행방불명되는 사람들이 꽤 많아요. 강제로 차를 세우게 하고는 돈이나 물건을 빼앗고, 입을 틀어막아 죽여버리고는 어딘가에 파묻습니다. 시체는 발견되지 않죠. 며칠 전에도 어린이를 포함해서 일가족 모두가 살해되었어요. 그나마 시체가 발견되었기 때문에 알게 된 사건이죠. 강도들은 밤중에 도로 한복판에 굵은 통나무를 갖다 막아놓고 잠복하며 기다리고 있어요. 달려오던 차가 멈추면 득달같이 덤벼들어요. 그러니 해가 지면 절대로 차를 운전해선 안 됩니다."

이런 수법의 범죄 이야기란 "이건 누군가한테 들은 실제 있었던 이야기인데" 하는 전설 같은 경우가 많지만, 나로서는 버스로 여행하고 있는 동안 무장경찰대의 용감한 활약상도 보았고 트럭 짐칸에 실려가는 시체 같은 것도 보았기 때문에 '이 나라에서는 무슨 일이 일어난다 하더라도 놀랄 것이 없다'는 것을 실감하고 있었다.

모르는 지역을 여행할 때는 현지인들의 충고를 들어야 하는 건 여행자의 철칙이다. 그러기에 우리는 '어쨌든 해가 지고 나면 운전은 하지 않기로' 방침을 정했다. 거의 3주 정도 차로 이동해왔지만 낮 동안 운전하고 있을 때는 과연 한 번도 위험한 일을 당하지 않았다. 오악사카 시에서 밤사이에 뉴욕 주의 번

호판을 도난당한 정도가 고작이었다. 몇몇 미국인은 "차로 멕시코에 간다면 권총이나 라이플은 반드시 지니고 다니는 게 좋을 거요" 하고 진지한 표정으로 충고해주었지만 나는 물론 갖고 가지 않았다. 잘 다룰 줄도 모르는 총기 같은 걸 갖고 다녀봤자 갈등만 더해질 것이라는 생각이 들었다.

범죄보다 더 현실적으로 우리를 괴롭힌 것은 토페(TOPE)였다. 토페라는 것은 주택가 근처에서 차의 속도를 줄이기 위해 도로에 뭉툭하게 만들어놓은 것으로, 말하자면 고속방지턱이다. 아무튼 전국 어디에나 이것이 있다. 거기서 속도를 낮추지 않으면 덜컥하는 불쾌한 충격을 경험하게 된다. 하지만 원래의 도로가 너절하기 때문에 어디가 토페이고 어디가 아닌지 언뜻 봐서는 잘 모르는 곳이 많다. 토페인 것 같아서 속도를 줄이면 토페가 아니고, 토페가 아닐 거라고 생각해서 그냥 달려가다 보면 그것이 토페인 경우가 있다. 토페 앞에는 '토페 있음' 하는 간판이 서 있지만, 간혹 표지가 없는 토페도 있어서 (또는 토페는 없고 토페 표지만 있어서) 헷갈리는 수가 많다. 하루 동안에 그런 토페를 200개나 300개를 넘어서 가야 하기 때문에 이젠 보기도 싫어진다.

이젠 이런 성가신 걸 만들어놓지 않더라도 '속도를 줄이시오' 하는 표지판을 마을 입구에 세워놓으면 좋지 않겠는가 생각되지만, 아마도 멕시코에서는 표시판을 보는 정도로는 아무도 속도를 낮추지 않을 것이다(주변의 운전자들을 보노라면 틀림없이 그들은 표지판 정도로는 속도를 떨어뜨리지 않을 것 같은 인상을 강하게 받는다). 앨프레드 번바움에게 물었더니 "응, 토페 말이군요? 그건 멕시코뿐만 아니라 다른 중남미 나라에도 많이 있습니다" 하고 알려주었다. 아마 토페는 중남미 여러 나라에서는 없어서는 안 될 필수적인 장치가 되어 있는지도 모른다.

토페는 불룩하게 돋아 있는 인공 장애물이지만, 거꾸로 푹 꺼져 있는 비인공 장애물도 있다. 요컨대 움푹 파인 부분이다. 이것이 도로 군데군데에 치즈 구멍처럼 나 있다. 간선 1급 도로에서는 그런 것이 별로 눈에 띄지 않지만, 멕시코시티에서 떨어진 하급 도로로 내려감에 따라 도로 상황은 갈수록 형편없어진다. 아마도 무거운 짐을 실은 대형 트럭의 진동 때문에 도로가 패인 듯하다.

마주치며 지나가는 트럭은 믿기 어려울 정도로 짐을 잔뜩 싣고 다닌다(멕시코에서는 물품들을 거의 트럭으로 수송한다). 포장에 사용되는 아스팔트가 그 정도 무게에 견뎌낼 수 있을 만큼 튼튼하게 깔려 있지 않기 때문일 것이다. 그렇다면 아스팔트 포장 같은 걸 처음부터 시공하지 말고 차라리 포장하지 않은 상태로 그냥 내버려두는 편이 더 낫지 않겠는가 하는 생각이 들기도 한다. 하지만 내가 무슨 생각을 한다 해도 사정이 바뀌지는 않을 것이다.

내가 달려본 도로 중에서는 베라쿠르스에서 코르도바로 향하는 산속의 도로가 가장 나빴다. 움푹 패인 구멍의 수도 가장 많았거니와 그 깊이도 다른 도로보다 상당히 심했다. 이런 경우에는 영화 〈공포의 보수Le Salaire De La Peur〉처럼 움푹 패인 구멍을 일일이 피해가며 차를 몰았지만, 구멍의 수가 너무 많기 때문에 아무리 조심하면서 달려도 어쩔 수 없이 빠져 버리는 일이 생긴다. 이때 입은 충격도 토페의 진동 못지않게 불쾌하다. 차체가 상하는 것은 물론이다. 우리는 튼튼한 4륜 자동차로 왔기 때문에 그런 대로 괜찮았지만, 포르셰라든가 페라리 같은 차로 왔다면 금세 폐차가 되어버렸을 거라고 생각한다. 그런 차로 올 리도 없겠지만.

아무튼 그렇듯 끝없이 나타나는 토페와 패인 구멍에 계속 시달리면서 멕시코를 이동했다. 우리가 밤에 차를 몰지 않았던 건 어쩌면 무장 강도의 공포보다는 패인 구멍과 토페에 너무나 진절머리가 났기 때문인지도 모른다. 대낮에도 노면 상태가 잘 보이지 않는데, 어두워지면 최악일 수밖에 없다.

하지만 그런 진절머리 나는 노면 상태나 교통 규칙을 무시

하는 운전자들에게도, 자기 마음대로 가고 싶은 곳으로 적절한 때에 이동할 수 있다는 건 참으로 즐거운 일이었다. 제한된 시간 내에 멕시코를—특히 내륙 지방을—여행하려면 차가 있어야 한다는 건 거의 절대적인 조건이라고 말해도 좋다. 멕시코 내륙 지방을 여행하는 재미는 뭐니 뭐니 해도 인적이 드문 작은 마을 같은 곳에 들르는 데 있다. 그런데 그런 곳을 일일이 버스를 타고 찾아다닌다는 건 결코 쉬운 일이 아니다.

버스를 타고 겨우 어떤 마을까지 갔다 해도 되돌아오는 교통편이 없어 애를 먹는 경우가 허다하다. 심지어 이틀 후에나 나가는 차가 있는 경우도 있다. 그 이틀 동안에 오게 되어 있는 한 대의 버스조차, 혹시 비라도 좍좍 쏟아져 내리는 날이면 (멕시코에서는 비가 갑자기 내리는 경우가 흔하다) 끝내 오지 않고 마는 때도 있다. 시간이 남아도는 사람이라면 그 역시 즐거운 경험이 될지도 모르지만, 대부분의 여행자에게는 보통 난처한 일이 아닐 수 없다.

오악사카에서 4, 5일 동안 느긋하게 지내면서 버스 여행의 피로를 풀고 나서, 태평양 연안의 아름다운 항구 도시 푸에르토 안헬을 거쳐 치아파스 주의 산 크리스토발 데 라스 카사스라는 꽤나 긴 이름을 가진 도시로 향했다.

태평양 연안을 떠나면 금세 산속으로 들어간다. 지도를 보면 잘 알겠지만 할리스코 중에서 오악사카, 치아파스 주에 걸쳐 바다와 맞닿는 곳에 평지라 할 만한 데는 거의 없고, 해안선과 산지가 거의 잇닿아 있다시피 이어져 있다. 험준한 시에라마드 레 산맥이 태평양의 파도막이처럼 버티고 서 있는 것이다.

그런 환경에 둘러싸여 있어 그런지 얼마 전까지도 무더운 해안에서 활동하고 있었는데, 문득 정신이 들고 보니 어느새 벌써 싱그럽고 서늘한 산속에 와 있음을 느낀다. 산에 들어가자마자 기온이 갑자기 쑥 내려간다. 풍경도 확 바뀐다. 식물의 종류도 바뀌고 밭의 농작물도 달라진다. 사람들이 살아가는 모습도 전혀 다른 양상을 띠고 있다. 사람들의 표정도 바뀐다. 오지로 들어갈수록 독특한 의상으로 몸을 감싼 원주민들의 모습이 눈에 많이 띈다. 구름이 낮게 흐르며 산자락을 조용히 적시고 있다. 이제까지와는 전혀 다른 나라에 들어서 있음을 실감한다.

치아파스 주는 원래 그전에 살던 원주민이 아직도 강한 지역 공동체를 유지하고 있는 것으로 유명하다. 그들은 메스티소(스페인계 혼혈 주민)와 어울려 사는 걸 싫어해서 고집스러울 정도로 자신들의 전통적인 생활을 고수하고 있다. 이곳은 오랜 세월 동안 원주민과 스페인 사이의, 그리고 나중에는 원주민과 메스티소 사이의 피비린내 나는 싸움터가 되어왔다. 그리고 아직도 여전히 그런 긴장된 분위기가 가시지 않고 남아 있다.

이 지역에 스페인의 콘키스타도르(침략자)가 쳐들어온 것은 1523년이었다. 그들은 순식간에 원주민들을 무력으로 정복하고 그 토지를 몰수해서 병사들에게 나누어주었다. 그리고 원주민들을 노예로 부려 그 토지를 경작했다. 원주민들은 그때까지 살아왔던 마을로부터 좁은 산지 사이의 정착지로 강제 이주당하고, 거기서 병사들의 엄격한 감시를 받으며 살았다. 강제로 기독교로 개종당하고, 무거운 세금을 물어야 했다.

원주민들이 얼마나 열악한 환경에서 혹사당했는지는 그 인구의 급격한 감소만 보더라도 능히 짐작할 수 있다. 스페인인이 땅을 정복했을 때 치아파스에 살던 원주민의 수는 약 35만 명이었으나 1600년에는 그 수가 9만 5,000명으로 대폭 줄었다. 스페인인이 구대륙에서 옮겨 온 전염병도 인구 감소의 주된 원인 중 하나이긴 했지만, 그렇더라도 너무나 극심한 인구 감소였다. 원주민들이 얼마나 '소모품'으로 다루어졌는지를 엿볼 수 있는 대목이다.

원주민들의 편을 들어주었던 사람들은 바르톨로메 데 라스카사스를 중심으로 한 기독교 선교사들이었다. 그들은 원주민들을 보호하고, 스페인 본국에 그들의 궁핍한 처지를 호소했다. 그리고 가까스로 노예 제도의 폐지를 실현시킬 수 있었다.

이때가 1550년이었다. 산 크리스토발 데 라스 카사스(긴 이름이기 때문에 라스 카사스라고 줄여서 부르기도 한다)는 그의 이름을 따서 붙인 지명이다.

노예 제도는 없어졌지만, 원주민들의 실질적인 예속 상태는 별로 바뀐 것이 없었다. 그들은 정기적으로 반란을 일으키곤 했다.

1712년에 첼탈족 중 한 소녀가 꿈을 꾸었다. 꿈속에서 성모 마리아가 나타나더니, 스페인인에 맞서 무기를 들고 일어서면 원주민들에게 구원의 손길이 찾아올 것이라고 일러주었다. 그들은 무기를 들고 일어섰다. 그러다가 혹독한 탄압을 받았다.

1869년에는 초칠족의 마을에 '피에드라스 아블란테스(말하는 돌)'라는 기적의 돌 세 개가 나타나자 그 지방 사람들은 열정적으로 신앙을 받아들이게 되었다. 그 돌은 흑요석으로, 마치 말을 하는 것처럼 보였다. 그 돌들이 사람들을 향해 "반란을 일으켜라, 너희 자신들의 토지를 되돌려 받아라" 하고 알려주자, 사람들은 그 돌의 계시대로 대규모 반란을 일으켰다. 하지만 그 반란 역시 군에 의해 진압되었고, 그 과정에서 엄청나게 많은 원주민들이 살육당했다.

아직까지 그러한 긴장 상태는 해소되지 않고 있다. 치아파스 주의 토지 중 절반 가까이가 전 인구의 1퍼센트에 해당하는 메스티소 지주 계층의 소유로 되어 있다. 그들은 경제력과 정치권력, 경찰력을 통째로 장악하고 있고, 심지어 사병私兵을 거느리고 있는 사람도 있다. 원주민의 지도자들이 일으킨 토지 반환 운동은 지주들의 강력한 힘에 의해 억압당하고 있다. 국제사면위원회는 지금까지 약 20여 명의 초칠족 지도자들이 그들의 손에 의해 살해됐다고 발표한 바 있다.

내가 이 주의 내력을 이렇게 길게 쓴 것은, 이런 역사적 배경을 모르고는 이 지역을 여행하면서 거기에 배어 있는 사물의 의미와 상황을 이해하기가 거의 불가능하기 때문이다. 치아파스는 역사에 짓밟히고, 무력에 의해 침략당한 땅이다. 그곳은 가난한 땅이요 모순과 비애로 가득 찬 땅이다. 한 발자국만 들여놓고 보면 여행자는 그런 환경을 눈으로 직접 확인할 수가 있다. 그 빈곤은 극단적이라고까지는 말할 수 없을지 모르지만 매우 심각한 상태이다.

치아파스 주민의 절반 이상이 아직도 전기가 들어오지 않는 환경에서 생활하고 있다. 치아파스에 발전소가 없는 건 아니다. 강에는 큰 댐도 있다. 하지만 그 발전소에서 생산되는 전력은 대부분 다른 주로 보내지고, 정작 치아파스 주민들에게까지는 좀처럼 차례가 돌아오지 않는다. 멕시코가 안고 있는 두 가지 큰 문제, 즉 인종 간의 뿌리 깊은 대립과 극심한 빈부격

차의 문제가 가장 두드러지게 드러나 있는 곳이 바로 이 지역이라고 해도 과언이 아닐 것이다.

하지만 그런 심각한 문제를 넘어서, 이 지역에는 뭔가 사람의 마음을 뭉클하게 해주는 것이 있는 듯하다. 거기에는 슬픔 속에 아름다움이 있고, 치열함 속에 고요함이 있으며, 가난 속에 포근함이 있다. 이렇게 글로 써버리면 어쩐지 묘한 표현이 되지만, 실제로 그곳에 가서 그 분위기를 접해보면 아마 내가 지금 쓰고 있는 글을 납득할 수 있지 않을까 생각된다. 이번 여행에서 멕시코의 여러 지방을 돌아다녔지만, 이 치아파스만큼 내게 강한 인상을 준 곳은 달리 없었다. 그래서 우리는 처음에 계획했던 예정보다 더 오래 그곳에 머물렀다.

산 크리스토발 데 라스 카사스는 조용하고 아름다운 도시다. 해발 2,000미터 이상이 되기 때문에 여름에도 서늘해서 겉옷을 꼭 입어야 한다. 그런 서늘한 공기 속에 아름다운 색깔로 페인트칠 된 시가지가 끝없이 펼쳐져 있어 옛 시대의 화려함을 아직도 고스란히 간직하고 있다. 어디를 사진으로 찍어도 그대로 그림엽서감은 될 수 있는 분위기다. 멕시코의 도시들은 벽면 전체가 화려한 광고판으로 장식된 곳이 많지만, 이 도시에선 그런 것을 볼 수 없다. 아마 어떤 규제 같은 것이 있는 듯하다.

오악사카도 아주 아름다운 곳이긴 하지만, 현실적으로 지금
도 주청 소재지의 역할을 하고 있는 도시이기 때문에 차도 많
고 사람도 많고 공기는 나빠서 한가롭게 산책이나 하며 돌아
다닐 수가 없다.

조용하고 마음에 드는 곳은 자동차의 출입이 통제되는 소칼
로(중앙 광장)의 한 모퉁이뿐이다. 하지만 이 라스 카사스는 아
주 옛날에 주청 소재지와 같은 현실적인 역할을 포기하고, 그
후로는 역사적인 도시로서 숨어서 존속해왔기 때문에 별별 것
들이 옛 모습 그대로 남아 있다. 옛 도시라는 표현이 썩 잘 어
울린다. 덧붙여 말하면 치아파스 주의 현재 주청 소재지는 툭
스틀라 구티에레스라는 큰 도시로, 우리는 일정 관계 때문에
어쩔 수 없이 그곳에 투숙했지만 가능하면 한시 바삐 빠져나
가고 싶은 곳이었다. 번화하다고 할지 뭐라고 할지, 아무튼 사
람이 너무 많고 지저분해서 답답했다. 그런 난잡한 현실적 요
소는 모두 한꺼번에 툭스틀라 구티에레스로 슬쩍 옮겨 가버
리고, 그 후엔 단지 조용하고 아름다운 라스 카사스 시로 남아
있다는 것이다.

아무튼 라스 카사스는, 이곳이라면 마음 푹 놓고 살아도 좋
겠다는 느낌이 드는 몇 안 되는 멕시코 도시 중 하나였다. 내

개인적인 인상으로는 멕시코의 도시는 대체로 두 종류로 나눌 수 있다. '소란스러운 도시'와 '한적한 도시'가 그것이다. 그 중간은 거의 없다. 하지만 산 크리스토발 데 라스 카사스는 소란스럽지도 않고 한적하다고도 할 수 없는 묘한 도시다. 인구는 약 5만, 살기엔 꼭 적절한 규모의 도시다. 산책을 하는 데도 지루하지 않고, 느낌이 좋은 레스토랑이나 커피 하우스 같은 곳도 있다. 한 달쯤 이곳에 있으면 멋있는 소설을 쓸 수 있을 것 같은 느낌이 든다.

이 도시를 방문한 사람이 맨 먼저 알아차리는 것은 원주민의 수가 많다는 사실일 것이다. 물론 수적으로만 보면 오악사카 시도 많기는 하지만 이 도시에 있는 원주민들은 오악사카 시에서 흔히 볼 수 있는 평범한 옷을 입은 '현대화된' 원주민들과는 달리, 모두가 옛 모습 그대로의 민속 의상을 걸치고 지금도 스페인인에게 정복당하기 이전의 풍습을 간직하고 있다. 옷 색깔은 부족에 따라 각각 다르다. 그 색깔들은 모두 매우 산뜻하고 천연 소재의 천에다 옛날 그대로의 천연 물감을 써서 염색했기 때문에 멀리서 바라보아도 어딘지 포근한 맛이 느껴진다.

핑크나 검정이나 감색이나 붉은색 등 울긋불긋한 옷으로 몸을 치장한 원주민들이, 역시 아름다운 색깔로 페인트칠 된 거리를 발소리도 내지 않고(그들은 대부분 맨발이다) 사뿐사뿐 걸어서 빠져나간다. 매우 아름다운 광경이다. 원래부터 있어야 할 것이 거기에 어김없이 있었구나, 하는 느낌이 든다. 특히 이른 아침이나 해질 무렵 같은 때의 경치는 보는 이의 마음을 포근하게 쓰다듬어주는 그 무엇이 있다.

이들 원주민의 대부분은 도심지 안에는 살고 있지 않다. 그들은 모두 라스 카사스 근교에 흩어져 있는 각 공동체나 부락에 살고 있다. 그래서 아침 일찍 버스를 타거나 또는 걸어서 도시로 들어온다. 트럭 짐칸에 스무 명쯤의 원주민을 태우고 아침저녁으로 떠나보내고 맞이하는 광경을 흔히 볼 수 있다. 누가 그런 트럭을 관장하고 있는지는 잘 알 수 없다. 하지만 어쨌든 그들은 라스 카사스까지 매일 아침 '통근'하고 있는 것이다. 라스 카사스 시내에 살고 있는 대부분의 원주민은, 이런저런 이유 때문에─대개는 종교적인 대립으로─공동체에서 쫓겨난 사람들이다. 원주민들은 모두 무엇인가를 팔기 위해 이 도시로 모여든다. 여자와 아이들은 자신들이 만든 민속 공예품이나 의상을 메고 몰려온다. 남자들은 채소와 과일, 그밖의 온갖 공예품을 팔러 온다. 그런 사람들로 도시의 이곳저곳에 꽤 큰 시장이 만들어진다.

물건을 파는 이들의 대부분은 여자와 아이들이다. 광장이나 교회 앞 시장에 자신들의 터를 갖고 있는 사람들은 거기에 자리 잡고 앉아 물건을 늘어놓고 저녁 무렵까지 장사를 한다. 터가 없는 원주민 여자와 아이들은 하루 종일 시장을 돌아다니다가 관광객의 모습이 눈에 띄면 가까이 다가가서 물건을 사라고 매달린다. 일반적으로 그들이 부르는 값은 시장에서 파는 값보다 좀 싼 편이다. 하지만 어느 경우든 값을 흥정하는 데엔 시간에 꽤 걸린다. 그러다 저녁 무렵이 되면 그들은 짐을 꾸려서 집으로 돌아간다.

어둠이 내릴 무렵 하루의 장사를 마친 원주민들이 가전제품 상점 앞에 쪼그리고 앉아 있는 모습을 자주 보았다. 그들은 유리창 너머의 컬러TV 화면을 뚫어져라 응시하면서 단 한마디도 입을 열지 않는다. 의견도 말하지 않고 웃지도 않는다. 몸도 한 번 움직이지 않는다. 다들 TV 화면에 매료되어 넋을 잃고 있는 것이다.

1960년대에는 일본에도 가두 TV란 것이 있었다. 사람들은 그 앞에 몰려들어 입을 헤 벌리고 TV 화면에 빠져들었다. 그 시대에 가두 TV를 보고 있던 일본인이 느꼈던 감정은 아마도 신기한 것에 대한 호기심이요, 그리움이었을 것이다. 새로운 과학 기술이 생활을 바꿔놓고 시대를 바꿔가고 있다는 잔잔한 흥분이 있었다. 사람들은 광장에 모여 있으면서 크건 작건 그런 감정을 함께 지니고 있었다.

하지만 이 라스 카사스의 가전제품 상점 앞에서 내가 본 원주민들의 표정에서는 그런 감정의 흔적을 발견할 수 없었다. 원주민들은 마치 꿈이라도 꾸듯 말없이 조용히 TV를 보고 있었다. 물론 그들은 가난해서 TV를 살 수 없기 때문에 거기에 서서(혹은 쪼그리고 앉아서) 보고 있었지만 그렇다고 거기에서 가난의 그림자가 느껴지는 것도 아니었다. 가난에서 파생되어 생겨나는 비참함이나 주눅, 삐뚤어짐도 없었다. 그들은 마치 거기에 앉은 채 개인적인 꿈이라도 꾸고 있는 듯했다. 마치 일시적인 최면 상태에 말려 들어가버린 것처럼 보이기도 했다.

우리가 산 크리스토발 데 라스 카사스 시에서 최초로 방문한 근교의 원주민 마을은 시나칸탄이었다. 좁고 울퉁불퉁한 산길을 달려 겨우 마을에 도착할 수 있었다.

"여긴 역시 파젤로 차로밖에 올 수 없는 곳이었군" 하고 이야기를 주고받곤 했는데 웬걸, 그게 아니었다. 알고 보니 우리가 거쳐온 길은 옛 도로이고, 그 반대쪽에는 말쑥하게 포장된 훌륭한 새 도로가 있었다. 이 마을은 라스 카사스 시에서 11킬로미터밖에 떨어져 있지 않아서 도로나 학교 시설도 썩 잘 갖추어져 있었다. 텅 빈 듯한 마을 한복판에 번쩍번쩍하는 초등학교 건물이 번듯하게 세워져 있어 오히려 이상한 느낌이 들었다.

정복자인 스페인인이 쳐들어오기 전까지는 시나칸탄에 사는 사람들은 후기 마야 문명의 그늘에서 교역을 주된 생업으로 삼고 있었다. 그들은 과테말라에서 북쪽으로는 아즈텍 제국에 이르기까지 광대한 지역에 걸친 교역망을 형성하여 여러 가지 생필품과 귀중품을 수송하고 거래하였다. 시나칸탄의 이름은 당시 전국에 널리 알려졌고 그 이름만 들어도 사람들은, "아, 시나칸탄 주민이시군요" 하고 다시 봤다고 한다.

그런데 오늘날엔 그런 옛 번영의 그림자는 이 골짜기 사이의 작은 마을에서 전혀 찾아볼 수 없다. 단지 원주민의 썰렁한 한 마을일 뿐이다. 스페인인의 등장으로 사회 상황이 크게 변화했고 그런 변화 과정에서 시나칸탄의 땅과 거기에 사는 주민들은 제 목소리를 잃고 역사의 뒤안길로 완전히 파묻혀버리고 말았던 것이다.

하지만 달리 생각해보면, 그들을 매몰시킨 역사라는 것은 병렬적으로 존재하고 있는 역사성의 몇 가지 가설들 중 한 가지에 불과한 것이어서, 그들을 망각한 공인된 역사(우리가 학교 교과서에서 배우고, 지식으로 얻는 일반적인 역사)와는 별도로, 그들의 눈을 통해 꾸준히 이어져 내려오는 '또 하나의 역사'가 동시에 존재하고 있을 것이다. 그런 '또 하나의 역사'는 눈에 분명하게 보이지 않는 장소에, 명확한 형태를 갖지 않는 사물 속에, 아마 지금도 은근히 그러면서도 힘차게 맥박치고 있으리라.

시나칸탄 마을의 광장에 앉아서 주변 풍경을 바라보고, 축제의 불꽃이 솟아오르는 소리에 귀를 기울이고 있노라면, 나는 문득 그런 생각에 빠져든다.

비록 과거의 빛나는 영광은 잃어버렸지만, 비록 조상 대대로 물려받은 토지를 스페인인들에게 빼앗기고 오랜 세월 동안 노예로 살았지만, 비록 예부터 전해 내려오던 종교는 빼앗겼지만—아니, 오히려 그랬기 때문에 더욱, 이라고 말해야 할까—이곳에 사는 사람들은 전에 자신들이 정신의 터전으로 의존하고 있던 풍부한 토착적 상상력을 아직도 간직하고 있는 것 같다. 그것은 아마도 눈에 보이지 않는, 손에 잡히지 않는 것이었기 때문에 더욱, 온갖 수탈과 박해 속에서도 계속 살아남을 수 있었을 것이다. 그리고 그렇게 강한 공동체 의식이 외부와의 혼합을 거부하고, 스페인인에 의한 정복 때부터 벌써 500년에 가까운 세월이 흘렀음에도 부족으로서의 독자성을 명확히 보존할 수 있었던 것이다. 그것이 바로 그들의 '또 하나의 역사'였으리라. 이 지역에서 시간이라는 것은 우리의 상상을 초월하여 느릿느릿 가늘게 흔들리면서 흘러가고 있는 것 같다.

로버트 롤Robert M. Laughlin이 쓴 《박쥐의 사람들The people of

the bat》(시나칸탄 사람들은 일찍이 박쥐를 수호신으로 숭배했다)이란 책은 시나칸탄 사람들의 이렇듯 선명하고도 확고한 세계관 같은 걸 우리에게 전해준다는 점에서 매우 흥미로운 책이다. 그 책엔 이런 에피소드가 소개되어 있다.

1969년 한 소년이 꿈속에서 계시를 받는다. '호수가 내려다 보이는 언덕 위에 큰 종鐘이 묻혀 있다, 네가 그것을 파내야 한 다'는 계시였다. 꿈속에서 고대의 신이 그를 그 장소로 데리고 가서는 '여기에 종이 묻혀 있다'라고 말해주었다. 소년은 혼자 서는 도저히 종을 파낼 수 없어서 도움을 청하려고 마을 유지 에게 찾아가서 꿈속에서 받은 계시를 이야기했다. 마을 유지는 무당을 찾아가서 소년이 꿈에서 받았다는 계시가 사실인지 물 어보았다. 무당은 여러 번 점을 쳐보더니 사실이라고 인정했 다. 그래서 발굴이 시작되었다. 고양이 손이라도 빌리고 싶을 정도로 바쁜 옥수수 수확철이었음에도 마을 사람들은 한 사람 도 빠짐없이 곡괭이와 삽을 들고 그 언덕 위로 올라가서 2주 내내 열심히 석회석의 단단한 암반을 깨뜨리고 구멍을 계속 뚫어나갔다. 결론부터 말하면 종은 끝내 나오지 않았다. 남은 것이라곤 10미터쯤 깊이의 그럴듯한 웅덩이뿐이었다.

이처럼 모든 시나칸탄 사람들은 꿈이라는 것에 대해 비상한 관심을 갖고 있다. 어떤 경우에는 (특히 그 꿈이 공동체의 운명에 영향을 미칠 가능성이 있는 경우에는) 이미 그것은 개인적인 꿈이 아니라 공동체 전체가 공유하는 꿈이 된다. 그런 경우 무당이 공동체의 우두머리에게 조언을 하고, 그러면 마을 사람들이 합심하여 그대로 따른다. 그런 일이 지금도 현실적으로 이곳에서 벌어지고 있는 것이다. 사람들은 손목에 카시오 시계를 차고 라디오 카세트를 휴대하고 걸어다닌다. 그래도 여전히 그들은 공동체로서의 꿈을 버리지 않고 있는 것이다.

사람들은 종교적인 이유를 내세워, 이곳에서 사진 찍는 것을 한사코 거부한다. 시나칸탄 가까이에 있는 산 후안 차물라 마을에서는 몇 년 전쯤에 교회 내부에서 사진을 찍던 두 관광객이 주민의 손에 살해됐다고 한다. 이것도 흔히 그렇듯이 "누구에게서 들은 실제로 있었던 이야기인데……" 하는 유의 뜬소문인지는 몰라도, 여러 여행안내서에 실려 있는 이야기인 것을 보면 실제로 있었던 일인지도 모른다. 그리고 실제로 차물라 마을에 갔을 때 나는 '실제로 있었던 일이든 아니든, 그런 일이 일어났다 하더라도 별로 이상할 것도 없겠구나' 하고 느꼈다.

하지만 에이조 군은 사진을 찍는 것이 생업이기 때문에 '알겠습니다. 사진 찍는 걸 삼가겠습니다' 하고 물러설 수만은 없

치아파스 주 체나르오에서 어떤 종교 행렬을 만났다.

의식을 치르기 위한
원주민의 장식.

다. 이미 마을 사람들의 사진은 꽤 많이 찍었다. 그 바람에 호되게 곤욕을 치렀다. 얻어맞기도 하고 돌에 맞기도 했다. 나는 그냥 보고만 있을 수 없어서 "좀 몰래 숨어서 찍으면 될 텐데" 하고 충고했지만 그는 고개를 가로저었다. "아니에요, 하루키 선생님. 사진이란 정면에서 똑바로 찍어야 합니다. 몰래 숨어서 찍는 건 비겁하고 부끄러운 일입니다"라고 하며 고집을 부렸다.

에이조 군이 그렇게나 완고하게 숨어서 사진 찍기를 거부하는 것은 그가 어떤 사진 주간지에서 몇 년 동안 일을 해왔기 때문이다. 사람들의 눈길을 피해 몰래 촬영하는 일에 진력이 났던 것이다. 그러기에 무슨 일이 있더라도 더 이상 숨어서 카메라를 들이대는 일만은 하지 않겠다는 것이 그의 신념이었다.

"돌에 맞는 것쯤은 아무렇지도 않습니다. 전에 아프리카에 가서 마사이족의 사진을 찍던 때는 창에 찔려 병원에 실려가기까지 했는걸요. 그에 비하면 이런 것쯤은 아무것도 아닙니다."

이렇게까지 말하는데 나도 더 이상 말릴 수 없었다. "그래? 그렇더라도 좀 조심해서 찍어요" 하는 것이 고작이었다. 하지만 에이조 군은 곁에서 봐도 가여울 정도로 몹시 곤욕을 치르고 있었다. 그가 사진을 찍고 있으면 주변 사람들이 온갖 것을 집어 던지며 덤빈다. 그런데 어쩌면 그렇게 정확히 정통으로

맞히는지! 매일 뭔가를 향해 물건을 던지는 연습을 하고 있지 않나 싶을 정도로 제대로 머리에 명중시킨다. 저러다가는 정말 맞아 죽지 않을까 하는 걱정이 생겼다. 사진작가 노릇하기도 힘들겠구나 싶었다. 난 소설가가 되길 잘했다. 문학 비평가도(아직까지는) 내게 진짜 돌멩이까지 던지지는 않았다.

하지만 에이조 군도 역시 어쩔 수 없는 듯, 차츰 신변의 위험을 느끼기 시작한 듯했다. 며칠이 지난 후엔 드디어 뜻을 굽혀 차 유리창을 시트로 가리고 틈새로 몰래 사진을 찍게 되었다. 하지만 이렇게 말하면 어떨는지 모르지만, 그렇게 하기로 정하자 옛날에 익힌 솜씨가 제대로 나타나는 듯, 작업 속도가 몹시 빨라졌다. 즉시 해치운다. 대단한 솜씨라는 느낌이 들었다. 그런 일에 탄복해선 안 되겠지만.

원주민 마을에 들어가서는 나도 덩달아 낭패를 당하지 않기 위해 가능한 한 에이조 군과는 멀찌감치 떨어져서 행동하기로 했다. 사진도 찍지 않는데 돌멩이에 맞는다면 너무 억울하다. 나는 저 사람을 모른다. 나와 아무런 관련이 없다는 표정을 지으며, 가능한 한 사람 눈에 띄지 않는 곳에서 메모를 하기도 하고 간단한 스케치를 하기도 했다. 사람들은 누가 자기 사진을 찍는 것은 싫어했지만, 스케치하는 것에는 신경을 쓰지 않았다. 이런 글을 쓰는 걸 전제로 한 여행에서는 시각적인 기록이 필요한 경우가 있다. 그럴 때는 대개 자동 소형 카메라로 살짝 찍어두지만, 여기서처럼 카메라를 사용하기 어려운 곳에서는 어쩔 수 없이 그림을 그리게 된다. 결코 그림 솜씨가 뛰어난 건 아니지만, 교회 계단에 걸터앉아서 주변 사람들이 입고 있는 옷 색깔이나 모습을 유유히 스케치하고 있으면 아주 흐뭇한 느낌이 든다. 이런 장소에서는 시간의 흐름이 사진보다는 스케치에 더 알맞다.

그렇긴 하지만 원주민 마을 사람 전원이 다 사진 찍히는 것을 싫어하지는 않는다. 차물라에서는 "돈을 주면 찍어도 좋아요" 하는 여자 아이들이 더러 있었다. 물건을 파는 여자 아이들이었는데, 물건을 사고 싶지 않다고 말했더니 "그럼 사진 찍으세요, 1,000페소만 주시면 돼요" 하고 말한다. 1,000페소라면 일본 돈으로 40~50엔에 해당한다. 빵을 네 개쯤 살 수 있는 돈이다. 엄마가 앞장서서 어린애를 데리고 와서 "자, 사진 찍으세요" 하는 경우도 있다. 개인에 따라 차이는 있지만 사진에 찍히는 경우, 일반적으로 어른보다는 어린이 쪽의 저항이 덜했고, 남자보다는 여자 쪽의 저항이 덜한 것 같았다.

원주민 마을에서는 여자 아이가 관광객을 상대로 장사를 하는 경우가 많다. 그래서 그녀들은 어떤 의미에서 남자들보다는 좀 더 현실적이고, 절실하게 화폐 경제와 관련을 맺고 있었던 것이다. 하지만 그런 식으로 그들에게 돈을 주고 그 대가로 사진을 찍는 일이 도대체 얼마나 의미가 있을까 생각하니, 착잡한 심정에 빠져든다.

만약 원주민 마을에 들르는 사람이 있다면 카메라는 다른 곳에 놔두고, 편히 앉아서 한가로이 스케치나 하는 편이 좋지 않을까 생각한다. 잘 그리고 못 그리고를 떠나서, 그렇게 하는 편이 훨씬 마음 편할 것이며, 사람들과 훨씬 더 잘 융화될 것이다. 몰래 숨어서 살짝 사진을 찍는다든가 돌멩이에 얻어맞는다든가 하는 것보다는 기분도 훨씬 좋을 것이다.

시나칸탄 시에서는 산토 옥타보라는 성인聖人의 축제가 벌어지고 있었다. 그다지 큰 축제는 아니었고 시장도 서지 않으며 사람들도 많이 모여 있지 않았다. 교회 뜰에서는 밴드 연주가 있고, 불꽃놀이가 벌어지고 있을 뿐이었다.

교회의 넓은 정원에는 2층짜리 키오스크(매점)가 있고, 그곳 2층은 무대처럼 만들어져 있다. 거기에 악대가 죽 늘어서서 축제를 위한 음악을 연주하고 있다. 악대의 편성은 트럼펫이 둘, 색소폰이 둘, 트롬본이 하나, 튜바가 하나, 그리고 북이 하나였다. 이 연주자들은 다른 곳에서 찾아온 반半직업적인 사람들인 듯, 토박이 사람들과는 달리 모두 평범한 옷을 입고 있다.

이 악대는 한바탕 신나는 음악을 연주하고 나서 잠시 휴식한다. 그들이 쉬고 있는 동안, 토박이 연주자들이 교대로 연주를 계속한다. 토박이 연주자들이라고는 하지만 요컨대 평범한 그 주변의 아저씨들 셋이 있을 뿐이다. 둘은 작은 북, 하나는 간단한 피리다. 음도 작고 기세도 약하고 멜로디도 부정확하다.

하지만 2층 악대가 다시 연주를 시작하면 아래의 아저씨들은 연주를 그친다. 어느 쪽 연주자건 처음부터 끝까지 무표정하게 연주하고 있다. 흐드러지게 웃고 있는 것도 아니고 그렇다고 시무룩해 있는 것도 아니다. 표정이란 것이 전혀 없다. 연주 자체도 처음부터 끝까지 평범하고, 흥취 따위는 없다. 오직 음악만이 끊임없이 흐르고 있을 뿐이다.

불꽃놀이를 관장하는 사람은 모두 다섯 명이었다. 모두 나이가 지긋한 사람들이었다. 그런데 그들의 얼굴 역시 무덤덤한 표정이다. 복장을 보면 이들 역시 외부에서 찾아온 직업적인 사람들인 것 같았다. 아마 악대나 불꽃놀이 전문가는 축제 일정에 맞춰 이 마을에서 저 마을로 이동해가며 생계를 유지하고 있는 것 같았다.

익숙한 솜씨로 거무스름한 화약을 나무망치로 툭툭 치고 나서 그것을 통 안에 넣는다. 다 넣고 나서는 불을 붙여 피융, 하고 공중으로 쏘아 올린다. 보고 있으려니 금세라도 바로 앞에서 폭발할 것 같아 무서웠으나, 전문가들의 손에 화상 입은 상처 하나 없는 것으로 봐서 실패하는 일은 없을 것 같았다.

불꽃놀이라지만 특별히 시각적으로 아름다운 광경은 아니었다. 환한 대낮이어서 연기 외에는 아무것도 보이지 않는다. 피융, 하는 소리가 나고 공중에서 '퍽!' 하고 연기가 흩어지면 그것으로 끝이다. 쏘아 올리고 나면 아저씨들은 또 허리에 찬 플라스틱 통 안에서 거무스름한 화약을 꺼내서 나무망치로 툭툭 치고…… 이런 일이 연속적으로, 마치 영구 운동의 일부분처럼 되풀이된다. 지극히 기계적이고 사무적이다. 그동안에도 악대는 여전히 연주를 계속하고 있다.

똑같은 일이 몇 번이고 단조롭게 되풀이되는 동안, 시간만 계속 흘러간다. 하지만 교회 뜰에 편하게 앉아 아이들과 함께 그런 광경을 줄곧 보고 있어도 나로서는 그다지 지루하지 않았다. 오히려 그 안에 있는 일종의 흥겨움조차 느껴졌다. 축제란 갑자기 요란하게 시작했다가 금세 끝나고 마는 것이 아니라, 아침부터 느릿느릿 계속되는 기나긴 과정을 즐기는 거다. 우리는 어떤 경우에는 멋진 축제보다 언제 끝난다는 기약도 없이 늘어진 비참함 쪽을 즐겼다.

그런 심경은 그 지역을 여행하고 있는 동안 여러 곳에서 느낄 수 있었다. 가령 가랑비가 뿌리는 시골 산길을 차로 달리다가 커브를 돌면 거기에 새로운 풍경이 펼쳐진다. 그럴 때 눈 아래 띄엄띄엄 서 있는 민가의 지붕이나, 산허리를 잘라내어 오밀조밀 일군 밭의 모습에서 일본의 시골 풍경을 문득문득 연상할 때가 있었다. 옆에 있던 앨프레드에게 "어쩐지 일본의 시골 같은 느낌이 들지 않아?" 하고 물으니 그는 "응 그래? 이 주변에서 특히 일본적인 느낌이 든다고는 생각되지 않아. 이런 시골 풍경이란 어디에 가든 모두 비슷한 데가 있는 거 아니겠어?"라고 대답했다.

물론 어느 나라의 시골에나 비슷한 데가 있는 건 사실이다. 하지만 나는 여태껏 여러 나라를 여행하면서 여러 형태의 시골을 눈여겨봐왔지만, 그런 친근감 같은 걸 느끼기는 처음이었다. 특히 미국 동부에서 1년 반 동안 살아본 경험이 있어서 이런 풍경을 보면 "그렇구나, 이런 건 시각적으로 잘 알 수 있겠어" 하고 느낀다. 미국에서 살아보면 기분이 좋고 나쁜 것과는 관계없이, 역시 나는 다른 세계에서 살고 있구나 하는 느낌이 언제나 있었다. 원래의 장소가 아닌 데서 살고 있다는 생각. 그것은 사회적으로, 인종적으로 어떠냐 하는 문제 이전의 일이다.

그 이전에 우리를 둘러싸고 있는 정경이 시각적으로 '다른 세계'인 것이다. 거기서는 정경이 잠재적인 기억으로서 우리 마음에 직접 무리하게 호소해오는 법은 없다. 물론 아름다운 풍경을 보면 아름답다고 감동도 받지만, 그것은 어디까지나 '아름답다'는 맥락 속에서의 감동인 것이다. 하지만 내가 치아파스의 산속에서 문득 느꼈던 생각은 그런 것이 아니었다. 내가 거기서 느낀 점은 훨씬 더 먼 데까지 아득히 이어져 있어서, 보통의 말로는 제대로 표현할 수 없는 종류의 공시적共時的인 심정이라고나 할 수 있는 것이었다.

하지만 물론 내가 멕시코의 원주민들에 대해 어떤 연대감을 품고 있다는 것은 아니다. 세상일은 그렇게 간단하지가 않다. 우리는 역사적으로나 문화적으로나 인종적으로나 그들과는 너무 멀리 떨어져 있다. 하지만 그래도 나는 그 땅을 돌아다니면서, 주변 사람들에게도 다 털어놓을 수 없는 끈질긴 뿌리 같은 존재를 계속 감지할 수 있게 되었으며, 그런 걸 감지시켜주는 장소는 세계 어디를 돌아다니며 찾아보아도 그리 흔치 않을 것이라고 생각했다.

시나칸탄의 교회당에 들어가서 멋진 자주색 가운을 걸친 예수 그리스도상과 이 마을 특유의 의상을 걸친 마리아상을 바라보고 있는데 열 살쯤 되어 보이는 소년이 다가오더니 "볼펜이 갖고 싶은데 갖고 계세요?" 하고 내게 물었다. 나는 볼펜은 차 안에 두고 왔기 때문에 없다고 말했다. 그러자 소년은 "볼펜을 사고 싶은데 돈을 좀 줄 수 있나요?" 하고 말했다. 나는 1,000페소를 주었다. 1,000페소로는 볼펜을 살 수 없겠지만 잔돈이라고는 그것밖에 없었던 것이다. 그 후에 다른 사내아이가 또 와서 "미안하지만 볼펜을 갖고 계세요?" 하고 물었다. 자세한 사정은 잘 모르지만 이 마을에서는 볼펜이 제법 인기 상품인 것 같았다.

산 후안 차물라는 시나칸탄보다는 훨씬 규모가 큰 마을이며 사람들의 성품은 훨씬 적극적인 데가 있는 것 같았다. '무릉도원과 같은 마을'이라고 적혀 있는 안내 책자도 있지만 내가 받은 인상은 그 정도로 아늑한 느낌이 드는 것은 아니었다. 이 마을 사람들은 시나칸탄에서 보아오던 사람들에 비하면 훨씬 가난한 생활을 하고 있는 것 같았다.

이곳 아이들은 시나칸탄의 아이들같이 "미안하지만 볼펜을 갖고 계세요?" 하는 식으로 빙 둘러서 말하지는 않는다. 떼 지어 관광객을 에워싸고는 노골적으로 "돈 주세요, 돈 주세요" 한다. 혹은 손에 든 민속 공예품이나 선물용 상품을 내밀면서 집요하게 팔려고 한다. 차를 멈추자 한 무리의 여자 아이들이 우리를 에워싸고는 "차를 잘 봐드릴 테니까 2,000페소를 주세요" 한다(정말 잘 봐주긴 했다). 입고 있는 옷은 한결같이 누더기인데다 머리카락은 헝클어져 있고, 몸엔 때가 덕지덕지 끼어 있다. 신발이나 샌들을 신고 있는 아이는 별로 없다. 돈 대신 갖고 있던 비스킷을 나눠 주었더니 마파람에 게 눈 감추듯 아작아작 씹어 먹었다. 원주민의 생활환경 개선에 힘쓰겠다는 정부의 시책 때문인지, 이곳도 도로만은 놀라울 정도로 잘 닦여 있지만, 그 길을 걷고 있는 주민의 모습과는 어울리지 않는다.

대부분의 원주민 마을이 그렇듯이, 사람들은 모두 판에 박은 듯이 똑같은 모습들을 하고 있다. 똑같은 차림새야말로 그들이 그곳 공동체에 속해 있다는 증거인 셈이다.

여자들은 작은 아이부터 할머니까지 모두 파란색 숄을 어깨에 걸치고 있고, 허리를 감는 스타일의 검은 스커트를 입고 있다. 남자들은 삼베로 된 담요 같은 옷을 푹 뒤집어쓰고, 아래는 짧은 바지를 입고 있다. 남자들은 대개 모자를 쓰고, 우아라체 샌들을 신고, 손목시계를 차고 있다.

사소한 복장의 차이만 보아도 그 사람의 신분과 계급을 알 수 있다지만 나는 아직 거기까지는 모른다. 아무튼 복장에 관해서는 여러 가지 세밀한 규정이 있는 것 같다. 그러한 마을에서 입는 옷은 선물용품 가게에서 살 수는 있지만, 산 옷을 그 자리에서 입는 건 위험하기도 하다. 왜냐하면 그런 행동은 공동체의 규정을 어기는 일이기 때문이다.

어느 마을에서나 다 그렇지만 마을 안에 들어서면 제일 먼저 교회가 눈에 띈다. 이곳 교회의 문은 산뜻한 페퍼민트 그린 색으로 칠해져 있다. '우리 마을 교회의 문은 페퍼민트 그린으로 칠하자'는 결정이 어떻게 해서 이루어지는지 물론 나는 알 까닭이 없다. 주민 총회 같은 걸 열어서 다수결로 정하는지도 모른다. 혹은 페퍼민트 그린이 옛날부터 이 마을에서 써온 색상인지도 모른다(그러고 보니 여사들이 뒤집어쓰고 있는 숄의 파란색과 비슷한 것 같기도 하다). 교회 안에 의자는 없다. '토방'이란 표현이 잘 어울리는 널찍한 바닥 위에는 소나무 가지가 쫙 깔려 있고 여기저기 촛불이 켜져 있다. 장엄하다기보다는 왠지 주술적인 분위기가 강한 교회다. 서구 교회에서 보면 이교도적이라고 해도 좋을 것 같은 이상한 공기가 감돌고 있다.

십자가 형태의 균형도 유럽 가톨릭교회의 것과는 전혀 다르다. 거기서 연주되는 음악도 교회 음악은 아니다. 이따금씩 원주민들이 교회 안에 들어와서 맨발로 솔잎을 밟으면서 제단 앞까지 가서 무릎을 꿇고 살짝 십자를 긋는다. 교회 안에 카메라를 갖고 들어갈 수는 없다. 교회 안에서 촬영하던 관광객이 주민에게 살해당했다는 곳은 사실은 이 마을의 이야기다.

교회 앞의 널찍한 광장에는 장이 선다. 이 시장은 현지인들을 위한 생필품이나 식료품을 파는 시장인데 우리의 흥미를 끌 만한 것은 별로 없다. 팔고 있는 것은 건어물, 사탕수수, 야자열매, 레몬, 바나나 같은 것들이다. 나는 이곳의 가게 좌판에서 삶은 옥수수와 '계란 타코스'라는 걸 사먹었다. 계란 타코스라면 어쩐지 맛있는 음식 이름처럼 들리지만 삶은 계란을 식혀서 그걸 토르티야로 말아서 먹는 것뿐이고, 사실 별로 맛이 없었다. 그러고서 물건 파는 여자 아이에게서 작은 장식 끈 두 개를 500페소에 샀다.

산 안드레스 라라인사르는 시나칸탄에서 좀 더 산속으로 들어간 곳에 있다. 이 마을까지 오는 길은 산 후안 차물라나 시나칸탄처럼 도로가 정비되어 있지 않기 때문에 교통편은 매우 열악하다. 도로 공사를 하는 차량이 드나드는 것으로 보아 머잖아 포장되겠지만 아직까지는 아주 열악한 상태다. 비가 조금만 와도 길은 금세 진흙탕이 되고 만다. 그래서 발목까지 진흙 속에 흠뻑 빠질 정도다. 자동차도 통행이 어려워진다.

우리 차를 앞서 가던 트럭이 진흙탕에 처박혀 꼼짝도 못하고 서 있었다. 좁은 길이기 때문에 추월할 수도 없었다. 타이어 밑에 돌멩이와 나뭇가지를 깔아보기도 하고, 모두가 뒤에서 밀기도 해서 겨우 빠져나오기까지 대충 30분쯤은 걸렸다. 그 사이에 우리도 어쩔 수 없이 뒤에서 기다리고 있었다.

일요일이 되면 라라인사르에는 꽤 큰 시장이 선다. 가는 날이 장날이라고 우리가 갔을 때는 때마침 일요일이었기 때문에 이 시장을 자세히 구경할 수 있었다. 여기서 팔고 있는 것은 일상 생활용품이다. 트럭에 짐을 싣고 도시에서 온 상인들이나 채소나 가축을 몰고 근교에서 온 농부들이 저마다 가게를 차리고, 그걸 사기 위해 부근의 원주민들이 마을 광장에 모여든다. 아직도 피가 뚝뚝 떨어지는 돼지머리가 가판 위에 나란히 놓여 있기도 하다. 마체테를 늘어놓고 팔고 있는 곳도 있다.

이곳의 인기상품은 뭐니 뭐니 해도 라디오 카세트다. 이것을 파는 가게 앞에는 사람들이 늘 붐빈다. 라디오 카세트를 산 원주민들은 그걸 갖고 모두 예의 찬차카 찬차카 하는 멕시코 곡을 틀어놓았다. 정말 못 말리는 사람들이다. 다른 나라 사람의 일이니까 어쩔 수 없지만.

이 마을 아이들은 순박한 편이다. 관광객을 봐도 그다지 집요하게 다가오지는 않는다. 그곳에서 한 아이를 만났는데 눈에 띄게 예쁜, 여덟 살쯤 된 여자 아이였다. 나는 그 아이에게서 천으로 만든 가방을 하나 샀다. 가방 자체도 비교적 예쁘게 만들어져 있었지만, 그 여자 아이가 뛰어나게 예뻤던 것도 가방을 사게 된 큰 요인이었다. 확실히 어느 세계에서나 미인은 득을 본다고 생각한다. 맨 처음 그 아이가 얼마를 불렀는지는 잊었지만, 값을 깎기도 하고 타협하기도 하며 흥정한 끝에 실제로 산 값은 4,000페소였다(여덟 살이지만 이런 흥정에는 빈틈이 없는 걸 보고 나는 탄복했다).

그런데 실제로 값을 치르려고 주머니를 뒤져보았더니 잔돈이 3,500페소밖에 없었다. 1만 페소짜리는 있었지만 거스름돈 같은 것은 아예 받을 생각도 못한다. 그래서 하는 수 없이 "안 됐지만 3,500페소밖에 없는데 어떻게 안 될까?"라고 했더니 그 여자 아이는 시무룩한 표정으로 한참 동안이나 물끄러미 내 얼굴을 빤히 바라보고 있었다. 마치 스크루지 영감을 바라보듯이. 그러더니 아무 말도 하지 않고 내가 내민 3,500페소를 받아들고 저쪽으로 달려가버렸다. 지금도 그 여자 아이의 눈망울을 떠올릴 때마다 나는 내가 그 라라인사르 마을에서 지나치게 무례한 행동을 한 것은 아닌지 마음에 걸린다.

그밖에도 몇 군데 마을을 더 방문했지만 일일이 기록하자면 너무 길어지기 때문에 간단하게 쓰겠다. 체나르오 마을에서는 에이조 군이 사진을 찍다가 머리를 얻어맞았다. 나는 늘 그랬던 것처럼 '나는 이 사람과는 무관합니다' 하는 표정으로 시치미를 뚝 떼고 어떤 종교 행렬을 구경하기도 하고 가게에 들어가서 맥주를 마시기도 했다. 에이조 군은 교회 뒤 공터에서 오줌을 누다가 욕을 얻어먹기도 했다. 지금 와서 돌이켜보면 잘

시나칸탄의 악대.

테네하파의 마을.

도 살아서 돌아왔다고 생각한다. 그 마을에는 주정뱅이들이 많았다. 벌건 얼굴을 한 중년 남자가 비틀거리면서 그 주변을 배회하고 있었고, 광장에서는 싸우는 것도 보았다.

테네하파 마을 입구에는 '싸우는 여성들의 협동조합 : 민예가게'라는 것이 있다. 스페인어로는 SOCIEDAD COOPERA-TIVA DE ARTESANIA UNION DE MUJERES EN LUCHA S.L.C.라고 한다. 자세한 건 잘 모르지만 이곳은 이 지역에서 천을 짜고 있는 여성들이 모여 조합을 만들어, 그들이 짠 천을 한 곳에 모아서 제값을 받고 파는 협동조합 운동기구인 듯했다. 상품의 유통을 일원화함으로써 가격의 하락을 막고 중간 착취를 못하게 하는 것이 이 조합의 설립 목적인 것 같았다.

가게에서 물건을 팔고 있는 사람들도 모두 이 조합원의 여자들이었다. 운동의 동기는 충분히 이해가 가지만, '싸우는 여성'이란 이름은 좀 섬뜩하였다. 이런 말을 하면 페미니스트들로부터 반발을 사겠지만, 물건을 파는 가게라면 좀 더 부드러운 명칭을 붙여도 좋으련만, 하는 생각이 든다. 사상은 사상이고 사업은 사업이 아닌가.

아니나 다를까, 안으로 들어가서 "값을 좀 깎아주실 수 없습니까?" 하고 흥정을 했더니 즉석에서 "노"라는 대답이 나왔다. 이것은 조합의 공정 가격이기 때문에 값을 깎아 팔 수는 없다

는 것이었다. 직물의 권위자인 앨프레드에게 물었더니(이 사람
은 여러 방면의 권위자다) "물건은 좋지만 조금 비싸다"는 것이었다.
나도 '조금 비싸다'고 생각했다. 게다가 멕시코에 오고 나서부
터 물건 값을 깎는 데는 매우 익숙해졌기 때문에 공정 가격대
로 산다는 것이 다소 손해를 본다는 느낌이 들었다.

결국 아무것도 사지 않고 나왔다. 나중에 책에서 읽어보았
더니, 이 공정 가격에 관해서는 마을 내부에서도 옥신각신 격
론이 벌어졌다는 것이다. 어떤 종류의 내부 격론이었는지는
잘 모르지만, 여성이 관련된 내부 분쟁에는 가능한 한 관여하
지 않는다는 것이 나의 기본 방침이고, 그것이 '싸우는 여성들'
이 관련된 내부 분쟁이라면 더욱더 그래야 한다고 본다.

내가 보기엔, 이 주변의 원주민 마을에서는 일반적으로 남
성들은 예부터 전해 내려오는 농경 경제에 종사하는 한편, 여
성들은 관광객을 상대로 하는 서비스 산업에 종사하고 있다.
예부터 남자는 밭을 갈고 여자는 베를 짜는 것인데, 그 짜인
베가 돈이 된다는 사실을 안 여성들의 눈은 어쩔 수 없이 공동
체 내부로부터 차츰 밖을 향해 열려간다.

그리고 그것이 어떤 경우에는 '싸우는 여성들의 협동조합'
으로까지 발전하는 것이다. 물론 이러한 급진적 방식이 순순
히 진행되어 나가는 것이 아니라, 앞에서도 말했듯이 내부 분

쟁이 일어나거나 혹은 기존의 질서를 유지하려는 카시케(지주)에 의해 심한 압박과 방해를 받는다. '싸우는 여성들의 협동조합' 운동이 앞으로 얼마나 성공을 거두게 될지는 물론 모르지만, 산속의 작은 마을에서 여성들이 중심이 돼 만든 새로운 유형의 경제구조가 조금씩 생겨나고 있다는 건 부정할 수 없는 사실이다.

새 도로가 개통되면 그만큼 관광객도 많이 찾아올 것이고, 관광객이 늘어나면 그만큼 상품판매도 늘어날 것이다. 그리고 그런 경제구조의 변화는 농경 경제에 의해 성립되어 있던 원주민의 공동체 구조를 크게 바꾸어놓게 될 것이 틀림없다. 그것은 아마도 피할 수 없는 역사적인 과정일 것이다. 외부의 역사가 차츰 그들을 따라잡고 있는 것이다.

치아파스를 떠난 이후에는 더 이상 그런 공동체적인 원주민 마을의 모습을 볼 수 없게 되었다. 치아파스에서 그다지 멀지 않은 라칸돈의 깊은 정글 속에 살고 있는 전설의 원주민들도 이제는 전통적인 삶의 터전을 잃어버렸다. 그래서 많은 사람들은 고향을 버리고 일터를 찾아 도시로 나가버렸다. 비행기로 내려다보면 알게 되지만 정글이라고 말할 만한 곳은 이제 거의 남아 있지 않다. 예전엔 그 광대한 대지를 짙은 녹색으로 뒤덮고 있던 거대한 정글도 85퍼센트는 이미 벌채되어버렸다고 한다. 거기에 남은 것이라고는 시뻘건 흙이 어기저기 노출된, 애달픈 열대우림의 잔해뿐이다.

아마도 그렇게 해서 사람들은 공동의 꿈을 서서히 포기할 것이다. 마음을 서로 합치는 일을 포기할 것이고, 먼 곳에서 들려오는 소리에 가만히 귀 기울이는 일을 포기할 것이다. 그것은 어떤 의미에서는 애처로운 일이다. 왜냐하면 치아파스의 깊은 산속에서 내가 만난 원주민들은 정말 가난하긴 했어도 확고한 가치관과 세계관을 가진 긍지 높은 사람들이었기 때문이다.

나는 문화 인류학자도 아니고 단지 이 마을에서 저 마을로 며칠 동안 구경하며 돌아다닌 관광객일 뿐이어서 그럴듯한 말을 할 자격 같은 건 없지만, 앞으로 그곳에 외부의 이런저런 시스템이 꾸역꾸역 들어와 자리를 잡으면 그들의 그런 긍지가 제대로 남아나지 않고 종전의 가치관이 제대로 보존되지 않았을 때 그들에게 무슨 일이 일어날까를 생각하면 다소 암울한 심정이 되고 만다.

멕시코 정부는 원주민의 생활환경 시설을 현대화하는 데 힘을 쏟고 있다. 그건 그것대로 물론 좋은 일이라고 생각된다. 그들은 도로를 닦고, 학교를 짓고, 의료 시설을 확충한다. 그것이

개발의 세 가지 큰 기둥이다. 하지만 그런 현대화는 이제까지 거의 고립 상태에 있던 원주민 마을의 구조를, 그리고 거기에 속해 있는 사람들의 의식을 크게 바꾸어놓고 말 것이다.

고향 마을에서 도시로 나온 한 원주민 청년의 이야기를 들은 적이 있다. 그 청년은 고향 마을에 살고 있던 때는 한 번도 굶은 적이 없었다. 가난한 마을이기는 했지만 굶주림이란 걸 그는 모르고 지냈다. 왜냐하면 그 마을에서 혹시 그가 끼니를 굶어야 할 일이 생긴다면, 누군가에게 "안녕하세요?" 하고 인사만 하면 되었다. 그렇게 하면 상대방은 그 목소리를 듣고 "아이구, 배가 고픈 것 같구나. 우리 집에 와서 밥을 먹으렴" 하고 말소리만 듣고도 상대방이 밥을 먹었는지 굶었는지, 건강 상태가 좋은지 나쁜지까지 금세 다 알아차리고 마는 것이다. 그런 이심전심의 분위기에서 그는 자라났던 것이다.

그래서 도시에 나온 지 아직 며칠 지나지 않았을 때는 그 원주민 청년은 배가 고프면 이 사람 저 사람을 향해 "안녕하세요?" 하고 인사하며 돌아다녔다. 하지만 어느 누구 하나 밥을 먹여주지 않았다. 그들은 단지 "그래, 잘 있었지?" 하고 인사를 받아줄 뿐이었다. 그는 배가 고파 목소리가 나오지 않을 때까지 "안녕하세요?" 하면서 돌아다녔다. 그러나 어느 누구도 "우

리 집에 와서 밥을 먹어라"라고 말해주지 않았다. 그제야 겨우
그는 여기서는 아무도 말의 울림이란 걸 이해하지 못한다는
것을 알아차렸다.

차가운 가랑비가 내리는 치아파스 산골짜기를 며칠 동안 돌
아다닌 후에는 유카탄 반도의 풍경은 의외로 평범하게 느껴졌
다. 공기는 한결 무덥고, 사람들의 모습은 어딘지 모르게 애달
프게 보였다. 산을 내려옴과 동시에 나의 귀는 그때까지 줄곧
감지해오던, 뭔가 남몰래 간직해왔던 은은한 메아리 같은 걸
상실해버린 듯했다. 그것은 좀 이상야릇한 감정이었다.

지금도 책상에 앉아 이렇게 글을 쓰고 있자니, 라라인사르
마을에서 돈 500페소가 모자란다는 내 얼굴을 언제까지고 물
끄러미 바라보며 장사를 하던 예쁜 여자 아이의 눈이 떠오른
다. 그때 그 여자 아이의 눈빛에는 뭔가 내 마음을 뒤흔들어놓
는 것이 있었다. 어느 누군가와 그런 식으로 눈을 마주쳤던 건
생각해보면 나로서는 아주 오랜만이었다. 500페소(약 20엔)의
돈을 에워싸고 우리는 긴 시간 동안 꼼짝 않고 상대방의 눈을
들여다보고 있었던 것이다.

겨우 20엔 때문에 그랬느냐고 생각하는 사람이 있을지도
모르고, 나 자신도 그땐 그렇게 생각하지 않은 것도 아니었다.

"하는 수 없잖아. 안됐지만 지금 호주머니엔 이것밖에 없어" 하고. 하지만 물론 돈 문제만은 아니다. 그것은 나와 그 여자 아이 사이의 의사소통 문제이며, 이심전심의 문제가 아니었을까 하는 생각이 든다.

언젠가는 커서 그 여자 아이도 역시 '싸우는 여성' 중의 한 사람이 될지도 모르겠다는 생각이 든다. 하지만 그때쯤이면 아마 치아파스 산속의 원주민 마을들도 그 모습이 현재와는 크게 달라져 있을 것이다.

●

우동 맛기행

세토나미카미

슈도시마 섬

마루가메시

이야카와

다카마쓰 시

고토쿠 선

사카이데 시

가가와 현

고토히라 궁

사누키 산맥

요산선

1990년 10월, 잡지《하이패션》의 젊고 아름답고 지적인 편집자 마쓰오 씨가 나를 만날 때마다 고향인 사누키(讚岐, 지금의 마리가와 현) 우동이 기가 막히게 맛있다고 자랑을 늘어놓기에(자랑할 것이 우동 말고는 없는 것인지), '그렇다면 한 번 먹으러 가볼까?' 하는 가벼운 마음으로 취재 여행을 떠나게 되었다. 동행자는 안자이 미즈마루安西水丸 씨. 우리 세 사람은 우동을 실컷 먹으러 돌아다녔다.

과연 마쓰오 씨가 그렇게 자랑할 만큼 정말 맛있었다. 다시 한 번 '나카무라 우동' 집에 가보고 싶은 생각이 문득 든다. 취재하던 중에 짬짬이 고토히라 궁의 계단을 뛰어 올라갔던 것도 좋은 추억이었다.

어쩌면 가가와香川 현이라는 고장에는 그밖에도 여러 가지로 깜짝 놀랄 만한 일이 있을지도 모른다. 그런데 내가 가가와에 가보고 무엇보다도 놀란 점은 우동집 수가 그렇게 많을 수 없다는 것이었다.

우동집 말고 다른 간판 중에 간신히 기억나는 것은, '남에게 친절하게 대합시다'라는 라이온스 클럽이 세운 입간판과 '그곳'이라는 주점의 간판 정도이다. 나는 자질구레한 일들에 대해 이러쿵저러쿵 떠들어대는 걸 그다지 좋아하지 않지만, 가게의 이름을 '그곳'이라고 붙인 주인의 심정은 잘 이해할 수 없다.

'남에게 친절하게 대합시다'라는 간판도 상당히 문제가 있다. 이 간판은 고토히라 궁 부근의 길모퉁이에서 보았는데, 불쑥 그런 글을 읽으니 무슨 소린지 도무지 이해할 수 없었다. 표어라는 것은 좀 한정된 메시지를 담아야 하지 않겠는가. 정말 시코쿠四國 사람들은 무슨 생각을 하고 있는지 모르겠다.

아무튼 가가와 현에는 우동집이 많다. 인구 1인당 우동집 수의 통계를 낸다면, 틀림없이 가가와 현은 전국에서 1위를 차지

할 것이다.

나는 솔직히《하이패션》이라는 잡지에서 이런 '시코쿠 우동 여행' 같은, 그다지 패션과는 관련 없는 취재를 한 것에 대해서 다소 미안하게 생각하고 있다. 왜냐하면 '사누키 우동'과 패션 사이에는 거의 아무런 관련이 없기 때문이다.

원래 이러한 기획은《태양》이나《사계절의 맛》, 혹은 백번 양보해서《미세스》같은 잡지에서 다루어야 할 것이다. 그런데 어떻게《하이패션》에서 이런 취재를 기획했느냐 하면, 담당 편집자인 마쓰오 씨가 가가와 현 출신이어서 나와 만나면(어쩌면 가가와 현 출신자의 화제는 일반적으로 상당히 한정되어 있는지도 모른다) 우동 얘기를 했기 때문이다.

나도 원래 우동을 좋아하는 편이라서 마쓰오 씨가 우동 얘기를 꺼내면 무척이나 맛있을 거라는 생각이 들었다. 얘기를

듣고 있는 동안 왠지 우동이 먹고 싶어졌다. 마쓰오 씨는 군침과 콧물을 거의 함께 줄줄 흘리면서 우동 얘기를 했다. 그렇다면 어쨌든 시코쿠까지 우동을 먹으러 가서, 그것을 취재 기

사로 만드는 게 어떻겠느냐는 결정을 내렸다.

처음에는 꼼 데 가르송의 쇼에 관한 기사를 써달라고 의뢰해왔지만 나는 그런 건 잘 모르고 우동에 관한 글이라면 쓸 수도 있다고 가볍게 농담조로 말하다 보니, 정말 우동에 관한 취재를 하게 되어버린 것이다. 이것은 뜻하지 않은 우연이라고 할 수밖에 없다.

그래서 안자이 미즈마루 씨에게, "함께 시코쿠로 우동을 먹으러 가지 않으시겠습니까?" 하고 말했더니 "아, 좋습니다"라고 흔쾌히 응해서 셋이서 어슬렁어슬렁 시코쿠까지 2박 3일 일정으로 여행을 떠났다. 쾌청한 가을날 느긋하게 시코쿠 관광을 하면서 '사누키 우동'을 마음껏 먹어보자는 생각이었다. 10월 말이었는데도 시코쿠는 티셔츠만 입어도 땀이 날 정도로 따뜻했다.

혹시 독자들 중에는 우동집 같은 건 전국 어디를 가나 거기서 거기 아니냐고 생각하는 사람이 있을지 모른다. 그러나 분명히 그런 견해는 잘못된 것이다.

가가와 현에 있는 우동집은 다른 지방 우동과는 근본적으로 다르다. 한마디로 상당히 깊은 맛이다. 마치 미국 남부 골짜기의 작은 도시에서 메기 튀김을 먹고 있는 것 같은 느낌까지 준다.

오가타야 우동집

시코쿠에 도착해 맨 처음 들어간 우동집은 가게에 들어가 앉
자 우선 무를 가는 강판과 길이 20센티미터쯤 되는 무를 식탁
에 차려놓았다. '이게 도대체 뭘까' 하고 주위를 둘러보니 손님
들이 모두들 진지한 표정으로 무를 강판에 북북 갈고 있었다.
나도 어쩔 수 없이 오른손엔 무를 들고 강판을 왼손으로 잡고
무를 북북 갈았다.

주문한 우동이 나올 때까지는 15분 정도가 걸리니까 그렇게
무를 가는 것이 무료함을 달래는 데 도움이 될 수도 있겠지만,
식당 안의 손님들이 다들 너나없이 무를 갈고 있는 정경은 상
당히 기묘하게 보였다. 무를 가는 것은 개인적인 작업이 아닐
까 하고 문득 생각했다. 고생한 작업이라고 할 수는 없겠지만
그렇다고 해서 단체로 모두 함께하는 작업은 아니다. 하지만
아무려면 어떻겠느냐는 생각도 들었다.

더구나 무가 딱딱해서 가는 데는 손바닥 힘과 팔 힘이 상당
히 필요하다. 나는 대체로 팔 힘이 있는 편이라고 생각하지만
("이럴 때만 쓸모가 있다니까" 하는 말을 아내에게 자주 듣는다), 무를 가느
라 숨이 찼다. 작년에 두 사람 다 심장 발작이 일어났다던가
하는 노인 부부가 이곳에 우동을 먹으러 오면 어떡할까, 하고

오가타야 우동집에서

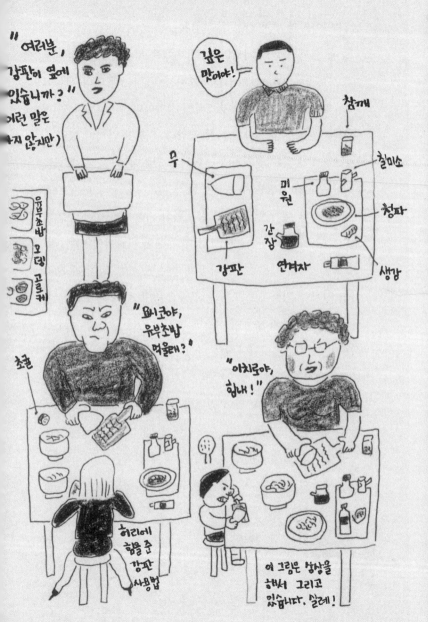

남의 일이지만 무척 걱정이 되었다.

무와 함께 초귤이 나왔다. 식탁 위에는 시치미(七味素 고추, 깨, 진피, 앵속, 평지, 삼씨, 산초를 빻아서 섞은 향신료-옮긴이)와 파와 생강이 놓여 있다. 파는 흰 파가 부드러운 청파이다. 또 참깨가 있다. 뚜껑을 돌려서 깨를 갈게 되어 있었다. 그리고 간장이 있었고, 튜브에 들어 있는 연겨자와 조미료가 있었다. 나는 이 취재를 하면서 열 집 가까운 우동집에 들어가봤는데, 거의 모든 가게에 조미료가 놓여 있었다. 가가와 현의 많은 사람들은 우동에 조미료를 쳐서 먹는 듯했다. 상당히 특이한 식습관이었다.

그리고 어째서 우동집에 간장이 놓여 있는지 궁금하게 생각하는 사람이 있을지도 모른다. 간장은 우동에 쳐서 먹는 것이다. 시원한 국물의 우동이 나오면 손님이 간장을 듬뿍 쳐서 그대로 먹어버리는 것이다. 이른바 '간장 우동'이다.

모처럼 시코쿠까지 왔으니 나도 그 특이한 '간장 우동'을 시식해보았는데, 상당히 맛이 있었다. 간단하게 먹을 수 있는 메밀국수와 같은 느낌이었다. 오래되어서 불어버린 우동은 그렇게 먹기가 어렵겠지만, 새로 뽑은 우동에 간장을 치고 양념은 파만 넣어서 후루룩 후루룩 먹는 우동은 자신도 모르게 무릎을 탁 칠 만큼 그럴 듯한 맛이 있다.

이 우동집은 '오가타야'라는 식당으로 상당히 유명한 곳인 듯했다. 우동발이 약간 단단한 편이다. '간장 우동'은 곱빼기가 400엔이고, 보통은 300엔이다. 도쿄의 우동집과 비교하면 싼 편이지만, 가가와 현의 우동집의 표준 가격으로 보면 다소 비싼 편이다.

가세에는 우동뿐만 아니라 오뎅이나 유부 초밥 등이 놓여 있어서, 먹고 싶은 사람은 뷔페 식으로 적당히 갖고 와서 우동과 함께 먹는다. 어느 우동집이나 대체로 이런 식으로 운영하고 있는 것 같았다.

우선 이런 집이 초보자에게 맞는 우동집이다. "음, 바로 이 맛이야!" 하는 느낌을 받는다. 그러고 나서 좀 더 깊은 맛을 느끼기 위해 자리를 옮긴다.

나카무라 우동집

그다음에 찾아간 곳은 마루가메丸龜 근처에 있는 '나카무라 우동'집인데, 이곳은 그야말로 대단했다. 우동집들 중에서도 최고로 깊은 맛을 지닌 곳이었다. 교통이 매우 불편한 지역에 있는데다 가게가 있는 장소도 알기 어려워서 일반 여행자에게는 권하기가 미안하지만, 광적으로 우동을 좋아하는 사람에게는 꼭 한 번 시식해보라고 권하고 싶다. 고생해서 찾아가 볼 만한 가치가 있는 우동집이다.

우선 첫째로, 이 식당은 거의 논바닥 한가운데에 있다. 간판도 걸려 있지 않다. 입구에 '나카무라 우동'이라고 쓰여 있지만 그것도 일부러(라고 생각되는데) 도로에서는 보이지 않게 되어있다. 안쪽까지 빙 돌아 들어가지 않으면 우동집임을 전혀 알 수 없도록 되어 있다. 주인이 상당히 비뚤어진 마음씨를 가진 우동집이다.

우리는 택시를 타고 갔었는데 운전기사 아저씨도 "허어, 이런 곳에 우동집이 다 있었군! 전혀 모르고 있었는걸!" 하며 깜짝 놀라는 것이었다.

가게는 무척 작았다. 우동집이라기보다는 건설 현장의 자재 창고처럼 보였다. 대충 주워다 놓은 것 같은 작은 탁자 몇 개가 늘어서 있을 뿐이다. '나카무라 우동' 집을 경영하고 있는 사람들은 나카무라 씨 부자父子였다. 하지만 내가 그 식당에 들어갔을 때는 나카무라 씨도 그의 아들도 없었다. 끓는 물이 들어 있는 커다란 가마솥 앞에서 한 아저씨가 혼자서 우동을 열심히 삶고 있을 뿐이었다.

나는 그 아저씨가 아마 나카무라 부자 중 한 사람일 거라고 생각하고 말을 건넸지만 "아닙니다, 저도 손님입니다" 하는 대답을 들었다. 이 식당에서는 늘어놓은 우동 사리를 손님이 마음대로 삶아 다시 국물(맛국물)이나 간장 등을 넣어서 먹고, 돈을 두고 나가는 것이다. 정말 파격적인 곳이다. 로마에 가면 로마의 풍습을 따르라고, 우리도 우동 사리를 마음대로 직접 삶아서 다시 국물을 부었다.

우동 그릇을 들고 밖으로 나가서(가게 안이 너무 좁았다) 돌 위에 걸터앉아 후루룩 후루룩 우동을 먹었다. 아침 9시가 조금 넘은 시간이었다. 날씨도 좋고 우동도 기가 막히게 맛있었다. 아침부터 돌 위에 걸터앉아서 우동을 정신없이 먹고 있으니, 점점 '세상이야 어떻게 돌아가건 말건 내 알 바 아니다'라는 기분이 드는 것이 아주 이상했다. 개인적인 생각으로는, 우동이라는 음식에는 뭐랄까, 인간의 지적 욕망을 마모시키는 요소가 들어 있는 것 같다.

그러는 사이에 나카무라 씨가 나타났다. 아들도 나왔다. 아버지가 새 우동 반죽을 하고 있는 동안 아들의 이야기를 듣기로 했다.

"벌써 18년째 우동집을 하고 있습니다." 아들이 말했다.

그전에는 양계장을 했는데, 앞쪽 제재소에서 너무 시끄러운 소리가 나서 닭이 알을 낳을 수 없었다고 한다. 그래서 우동집을 시작했다는 것이다. 양계장에서 돌연 우동집으로 업종을 바꾼 발상도 대담하다고 할 수 있지만, 어쩌면 가가와 현에서는 그다지 부자연스러운 일이 아닐지도 모른다. 그러나 그런 말을 듣고 나서 자세히 보니, 우동집 건물이 왠지 모르게 닭장처럼 보였다.

우동집 건물 뒤쪽엔 파밭이 있었다. 한 손님이 "아저씨, 파가 없는데요" 하고 주문을 했더니 나카무라 씨가 "뒤꼍의 밭에 가면 얼마든지 있으니까 드시고 싶은 만큼 캐다 드세요" 했다고 한다.

아무튼 와일드한 우동집이다. 그럭저럭하는 동안 나카무라 씨가 우동 사리를 새로 만들어 내놓았다. 그 사리를 살짝 삶아 파와 간장을 쳐서 맛있게 먹었다. 이것은 더할 수 없이 맛있었다. 그전에 먹은 우동도 상당히 맛있었지만, 새로 뽑은 우동의 향기로움과 반죽의 절묘함을 비교하면, 한 단계 더 높은 수준이었다. 이 우동은 이번 취재 여행 동안 먹어본 수많은 우동 중에서 최고의 걸작이었다. '나카무라 우동' 집에 가서 갓 뽑은 우동 사리를 맛본 사람은 행복한 사람이라고 말할 수 있을 것이다.

'나카무라 우동' 집에서는 반죽을 발로 밟아 만든다. 반죽하는 기계가 없으면 보건소에서 영업 허가를 내주지 않으니 개점할 때는 일단 중고 기계를 들여놓았지만, 검사가 끝나자 그

나카무라 우동집에서

나카무라 우동집 뒤쪽에는 아름다운 산누기 후지산이 펼쳐져 있다.

나카무라 우동집의 포렴

가게 뒤쪽의 텃밭

묵묵히 일하는 나카무라 씨

인터뷰에 대답하는 나카무라 씨의 아들 (꽤 멋있다.)

편찬자 마츠오

나카무라 우동집의 안뜰에서

다음부터는 기계 따위는 사용하지 않고 줄곧 두 발로 밟아서 반죽하고 있다. "그렇게 하지 않으면 맛이 없지라" 하고 나카무라 씨의 아들은 단호하게 말했다.

솔직히 나카무라 씨 부자는 겉보기에도, 말하는 내용도, 그리고 영업 방침도 상당히 괴팍하고 과격하다. 하지만 우동은 그 어느 곳과도 비교할 수 없을 정도로 맛있다. 도쿄 말씨로, "그렇게 하지 않으면 맛이 없어요" 하고 말하면 '흥, 정말 그럴까?' 하고 반박하고 싶어지지만, "그렇게 하지 않으면 맛이 없지라" 하고 말하면 그 소박한 힘에 그저 수긍할 수밖에 없을 것 같은 느낌이 든다.

식탁 위에는 파, 생강(손님이 직접 강판에 간다), 시치미, 조미료, 간장이 놓여 있다. 우동에 넣는 재료로는 지쿠와(생선살을 길쭉하게 빚어 대꼬챙이에 꿰어 굽거나 찐 관 모양의 음식-옮긴이) 튀김, 오뎅이 있다. 튀김은 나카무라 씨의 아들이 직접 튀겨낸다. 우동 사리는 보통 80엔이니 상당히 싸다(집에 가져가는 건 50엔). 혼자서 대개 다섯 사리 정도는 먹고 간다지만, 나는 가가와 현 주민이 아니니 세 사리쯤 먹으면 충분할 것 같았다.

대개는 단골손님들이어서 이 집의 우동을 먹기 위해 일부러 먼 곳에서 찾아오는 사람도 많다고 한다('먼 곳에서'라고 해도 물론 오키나와沖縄나 홋카이도北海道에서 비행기를 타고 오는 정도는 아니고 이웃 도시나 그 근처에서 오는 사람들이다). 먹는 사람의 취향에 따라 계란이나 무를 가지고 와서 먹을 수도 있다. 술은 팔지 않지만 개인적으로 얼마든지 가져와도 될 것 같은 분위기이다. 이런 이색적인 우동집은 좀처럼 그 유례를 찾아볼 수 없을 것 같다. 그러나 일부러 무를 들고 우동을 먹으러 갈 사람이 과연 있을까?

야마시타 우동집

이 식당은 아야가와綾川라는 강기슭에 있어서, 가게 앞에는 옛날에 밀가루를 빻는 데 사용했던 물레방아가 남아 있다. 이 식당에도 간판은 걸려 있지 않다. 입구 옆에 '우체국 집배원 휴게소'라는 표찰이 걸려 있을 뿐이다. 가가와 현의 우체국 집배원들은 모두 우동집에서 휴식을 취하는 거라고 생각했다.

그러고 보니 예전에 들었던 이야기가 생각났다. 도쿄에서 가가와 현으로 전근해온 샐러리맨이었는데, 일과를 마치고 나오는 길에 상사가 "어때, 출출하지 않나?" 하기에 대폿집이나 단란주점에 가는 것으로 알고 쫓아갔는데, 웬걸 가보니 우동집이었단다. 둘이서 후루룩 후루룩 우동을 먹고 헤어졌다는데, 필경 지어낸 얘기는 아닌 듯했다. 지방의 풍습치고 꽤 호감이

가는 풍습이라고 생각된다.

'야마시타 우동집'은 처음엔 제면소였는데, 우동을 내놓는 것은 서비스와도 같은 의미였다. 우동 사리를 사러 온 손님이 "우동을 먹었으면……" 했기 때문에 어쩔 수 없이 식탁을 놓고 물을 끓이고 간장과 우동 국물을 두면서 장사를 시작했던 것이다. 그래서 식탁 바로 옆에는 제면 기계가 주욱 늘어서 있다.

가가와 현에는 이렇게 우동집을 겸한 제면소가 많다. 도쿄식으로 말하면, 가게 한쪽 구석에서 샌드위치를 만들고 커피도 내놓는 제과점과 같다고나 할까. 간단한 데콜라(합성수지를 가공한 윤기 나는 특수한 종이판으로 가구에 붙인다-옮긴이)를 바른 탁자 두개와 파이프 의자가 열서너 개쯤 있는 정도다. 참깨, 생강, 조미료, 간장, 파 등 필수 양념은 모두 갖추어져 있다.

우동은 한 사리에 100엔이고 지쿠와 튀김은 70엔이다. 제면소에서 갓 만들어서 그런지 우동은 과연 천하일미였다. 옛날식 부뚜막에 걸린 커다란 가마솥에서는 물이 펄펄 끓고 있다.

주인인 야마시타 씨의 이야기를 들어보았다.

"전후戰後에는 국내산 밀이 별로 없어서 맛이 많이 변했습니다. 내가 어렸을 때는 이 지방에서 수확한 밀을 빻아서 우동을 만들었는데, 정말 맛있었습니다. 지금은 대부분 호주산 밀을 쓰고 있지요."

그러나 수입 밀이라 하더라도 닛신 제분은 가가와 현에만은 특별히 배합한 밀가루를 공급하고 있다. 가가와 현 사람들은 특히 우동에 대해서 매우 엄격한 기준을 갖고 있기 때문에 타지역에 판매하는 보통 밀가루를 이 지역에 공급했다가는 금세 사용자들의 불만이 쇄도한다고 한다. 가가와 현에 보내는 밀가루 포대에는 가가와 현의 마크가 찍혀 있었던 것을 나도 직접 보았다. 정말 철저했다.

가모 우동집

계속 우동만 먹어대니까 아무리 우동을 좋아한다고 해도 점점 뱃속이 이상해졌지만, 다음 차례인 '가모 우동집'으로 향했다. "이렇게 우동만 먹으니까 아닌 게 아니라 좀 괴롭기도 한걸" 하고 미즈마루 씨도 말한다. 나도 물론 이제 그만 우동이 아닌 다른 음식을 먹고 싶었다. 이를테면 카레라이스 같은 것. 하지만 철저하게 우동을 먹겠다는 목적으로 취재차 시코쿠까지 왔으니 후회해봤자 이미 때는 늦었다. 이렇게 된 이상 위장이 받아들이는 한 계속 우동을 먹을 수밖에 없는 것이다. 그래서 '가모 우동집'으로 갔다.

순수하게 장소로만 본다면 나는 이 우동집이 가장 마음에 들었다. 이 식당은 말 그대로 논 한가운데에 있다. 가게 밖에 놓여 있는 평상에 걸터앉아서 눈앞에 펼쳐진 널따란 논에서 벼이삭이 하늘거리는 것을 보며 우동을 먹는다.

벼이삭이 가을바람에 살랑살랑 흔들리고 있다. 바로 앞에는 조그만 강이 흐르고 있다. 하늘은 한없이 높고 어디선가 새 울음소리가 들려온다. 보통이 80엔, 곱빼기는 140엔이다. 반찬으로 크로켓과 계란이 식탁 위에 놓여 있다. 우동은 물론 맛있다. 그 고장 사람들의 추천을 받아서 우동집을 돌아다니고 있으니 우동 맛은 어느 집이나 최고 수준이었다.

미즈마루 씨는 반찬으로 크로켓을 먹었다. "와, 이거 정말 맛있는데요?" 식당 한쪽 구석의 가스풍로 위에서는 죽순이 부글부글 소리를 내며 끓고 있다. 그 고장 사람들이 잠깐 들러서 우동을 사 먹는 곳 같은 느낌이 드는, 지방색이 상당히 강한 식당이어서 자못 친밀한 분위기가 있다.

마쓰오 씨도 지금은 《하이패션》에 근무하면서 CDG(COMME des GARÇONS)가 어떻다느니, 잇세이가 어떻다느니 하면서 잘난 척하며 떠들어대고 있지만 고교 시절에는 학교에서 돌아오는 길에 이런 우동집에 들러 콧물을 훌쩍거리며 우동을 먹었을 거라는 생각이 들었다.

이쯤에서 우동 먹기를 잠시 중단하고 가가와 대학 농학부 교수로서 우동의 권위자인 마나베 마사토시眞部正敏 씨를 찾아갔다. "《하이패션》에서 대체 무슨 취재입니까?" 하고 의아해하는 그를 찾아가서 우동 이야기를 들었다. 마나베 교수는 '사누키 우동 연구회'의 회장직을 맡고 있었으며《사누키 우동》이라는 그럴싸한 회보까지 발간하고 있다.

얼마 전에는 중국까지 가서 면류의 교류를 추진하고 왔다니까, 정말 대단하다. 이 회보에는 재미있는 읽을거리가 꽤 많다. 이 잡지를 읽으면 가가와 현 주민은 어쩌면 우동에 관한 것 외에는 아무것도 생각하고 있지 않는 듯한 느낌까지 들 정도다.

마나베 교수는, 현재 '사누키 우동'에 쓰이는 밀은 호주산의 ASW(오스트레일리아 스탠더드 화이트)라는 품종이라고 했다. 이것은 호주인이 우동용으로 품종 개량을 해서 일본 시장을 대상으로 특별히 생산하고 있는 밀이라고 한다. 향기가 있고 끈기가 있으며 맛이 순한 상품上品이다. 게다가 국내산 밀보다 원가가 월등히 싸기 때문에 눈 깜짝할 사이에 일본 시장을 석권해버렸다. 그것이 1970년대 중반의 일이다.

나도 여러 우동집에서 우동의 원료인 밀가루 포대를 점검해 봤는데, 어느 집이나 전부 같은 브랜드의 밀가루를 사용하고

있었다. 그러니까 정확하게 말한다면, ASW 도입 이전의 '사누키 우동'과 그 이후의 '사누키 우동'은 맛이 변한 것이다. 실제로 '야마시타 우동집' 주인은 "물론 옛날 우동이 더 맛있었다"고 말했다.

그러나 마나베 교수는 꼭 그런 것은 아니라고 말했다. "맛이라는 건 기억에 따르기 때문에 어느 쪽이 맛있다든가 맛이 어떻게 달라졌다든가 딱 부러지게 말하기는 어렵다"는 것이었다. 분명히 일리가 있는 말이다. 이런 문제는 가가와 현 내에서도 여러 가지 논쟁을 불러일으키고 있는 화제가 아닐까? 어쩌면 자치단체장 선거의 논점이 되었을지도 모른다.

그러나 어쨌든 간에 일본 내의 어느 곳에서나 우동 맛이 똑같다면 얼마나 재미가 없을까 하고 나는 생각해본다. 가가와 현에서 사용하는 밀의 품질이 한 단계 높은 상품이라는 것이 사실이더라도 역시 '사누키 우동'에는 '사누키 우동'에서만 느낄 수 있는 고유한 맛이 있어야만 한다. 이처럼 깊이, 어쩌면 두터운 신앙심 같은 열정을 가지고 우동을 사랑하고 있는 사람들은 일본 전체를 찾아보아도 절대로 찾을 수 없기 때문이다.

만일 어쩌다가 호주와 일본이 국교 단절을 해서 밀가루 수입이 전면 중단되어 우동이라는 음식 자체가 없어져버린다면, 적어도 가가와 현에서는 혁명 같은 것이 일어나지 않을까 하고 나는 이따금씩 생각하곤 한다.

마나베 교수로부터 우동에 관한 흥미로운 여러 가지 학술적인 이야기를 들었지만 다 이야기할 만큼 여유가 없기 때문에 다음 우동집으로 옮겨가겠다.

구보 우동집

이 식당도 제면소가 직접 운영하는 우동집이지만, 다카마쓰高松 시내에 있어서 다른 우동집에 비하면 우선 우동집으로서의 체제는 제대로 갖추고 있다. 밖에서 볼 때도 제대로 갖춰진 우동집의 모습이다. 우리가 찾아갔을 때는 아침 9시가 조금 지났을 때였는데, 식당 안은 이미 손님들로 가득 차 있었다.

아침 식사를 하기 전에 우동을 먹는 사람이 많아서 가가와 현의 우동집은 아침 일찍 문을 연다. 이 집의 우동 국물은 건해삼의 맛이 짙게 배어나 상당히 맛이 있었다. 주인한테 얘기를 들어보니 건해삼의 우동 국물은 해삼을 꺼내는 타이밍이 상당히 어렵다고 한다. 여기서는 우동과 간장 우동이 반반씩 팔리고 있다고 한다.

손님들은 모두 대단히 효율적으로 우동을 먹고 있었다. 대개 남자 한 사람이 들어와서 간략하게 주문을 하고, 적당히 크로켓이나 유부 초밥을 카운터에서 가져다가 익숙한 솜씨로 양념을 쳐서 말없이 후루룩 후루룩 들이마시고, 다 먹고 나면 돈을 놓고 휙 나가버린다. 굉장히 거칠다. 필립 말로도 가가와 현에서 태어났다면 틀림없이 이런 식으로 우동을 먹었을 것이다. 강하지 않으면 우동을 먹지 못한다, 친절하지 않으면 우동을 먹을 자격이 없다, 운운하면서 말이다.

이곳은 보통이 120엔, 곱빼기가 190엔, 그리고 특대가 260엔이었다.

그밖에도 여러 우동집을 돌아다녔지만 일일이 다 쓰려면 한도 끝도 없으니 생략하기로 한다. 왠지 1년분의 우동을 사흘 동안 다 먹어 치운 것 같은 기분이 들 정도로 여러 종류의 우동을 먹었다. "이거 원, 콧구멍에서 우동 가락이 나올 것 같은데요" 하고 마쓰오 씨가 말했다. 마쓰오 씨는 취재를 하던 중에 지독한 감기에 걸려 줄곧 코를 풀고 있었으니 정말 한두 줄기는 나왔는지도 모른다.

그러나 어쨌든 가가와 현의 우동은 누가 뭐래도 맛있었고, 그 여행을 끝낸 후에는 우동에 대한 나의 생각도 완전히 바뀌어버린 것 같다. 나의 우동관에 '혁명적인 전환'이 있었다고 해도 과언이 아니다. 나는 예전에 이탈리아에서 살았을 때, 토스카나의 키안티 지방으로 여러 차례 여행을 하고 와인 공장을 돌아다닌 후에 와인에 대한 생각이 완전히 바뀌어버린 경험이 있는데, 이번의 우동 체험은 그에 버금가는 것이었다.

가가와 현의 시골에서 먹은 우동에서는 단단히 뿌리를 내린 생활의 분위기가 배어났다. 아아, 이 고장 사람들은 이런 것을 이런 식으로 먹으며 살고 있구나 하고 절감할 수 있었다. 가가와 현 사람들이 우동에 대해서 얘기할 때는 마치 가족의 일원에 대해서 얘기하고 있을 때와 같은 따스함이 있었다. 누구나 다 우동에 대한 추억을 갖고 있었으며, 그 추억을 그리운 듯이 얘기해주었다. 그런 분위기는 정말 좋은 것이며, 그런 따스함에서 맛이 배어나는 것이라고 나는 생각한다.

그리고 '나카무라 우동'은 정말 굉장했다!

노몬한의 녹슨 쇳덩어리 묘지

러시아

신바얼후줘치　민저우리

하이라얼

노본한 마을

초이발산

습부르

하루하 강　하얼빈

울란바토르

창춘

몽골국

네이멍구자치구

동 해

베이징

다롄

중화인민공화국

1994년 6월 《태엽 감는 새》 제3부에서 노몬한과 만저우에 대해 썼더니 《마르코 폴로》라는 잡지에서 실제로 그곳에 가보지 않겠느냐고 제의해왔다. 나도 오래전부터 가보고 싶었던 곳이었기에 얼른 수락했다. 꽤 변경이어서 인민해방군과 몽골군의 막사에 묵으면서 여행을 했다.

혼자 쉽게 갈 수 있는 곳이 아니었다. 동행자는 마쓰무라 에이조 군. 책 표지에 사용한 사진은 내가 지참한 '현장 감독'이라는 카메라로 "기념사진을 찍어달라"고 하면서 촬영을 부탁한 것이다. 포탄의 파편은 아직도 소중히 간직하고 있다. 그러나 양고기만으로 하는 식사에는 질렸다.

다롄에서
하이라얼까지

아주 오랜 옛날 초등학생 시절에 역사책에서 노몬한 전투의 사진을 본 적이 있었다. 지금도 분명히 기억하고 있지만, 그 사진에는 기묘하게 뭉툭한 낡아 빠진 탱크와 비행기 사진이 실려 있었다. 그리고 1939년 여름 만저우에 주둔한 일본군과 소비에트 몽골 인민공화국(외몽골) 연합군 사이에 만주국 국경선을 둘러싼 치열한 전투가 벌어지고, 일본군이 큰 피해를 입고 격퇴당했다는 짧은 기술이 있었다.

그것은 그로부터 2년 후에 발발한 태평양 전쟁에 관한 요란한 기술과 비교하면 '아주 조그만 에피소드' 같은 짧은 기술이었다. 그러나 그 이후 어찌 된 셈인지 내 머릿속에는 이 노몬한 전투(그것은 정식 선전 포고를 거친 전쟁이 아니었기 때문에 오랫동안 '노몬한 사건'이라는 어중간한 이름으로 계속 불려왔지만, 사실은 치열한 '실제' 전투였다. 몽골 사람들은 '할힌골 전투'라고 부른다)의 정경이 선명하게 새겨져버린 것 같았다.

그 후에도 노몬한 전투에 관해 기술한 책이 눈에 띄면 열심

노몬한 전투의 전적지에 버려진 소련군의 중형전차.

히 읽었지만 유감스럽게도 관련 책자가 그리 많지 않았다. 그
러나 4년 전쯤에 이런저런 사정으로 미국에서 살게 되면서 내
가 다니던 대학의 도서관을 목표도 없이 어슬렁거리고 있을
때, 서가에서 노몬한 전투에 관한 오래된 일본 서적이 꽤 많이
보관되어 있는 것을 발견했다.

특별히 '운명적인 해후'라고 할 정도는 아니었지만 그래도
인간은 묘한 곳에서 묘한 것과 부딪치는 법이다. 어쨌든 나는
그 책들을 빌려서 틈나는 대로 읽었다. 그 결과 나는 몽골의

이름도 없는 초원에서 펼쳐졌던 그 피비린내 나는 단기간의 전쟁에 나 자신이 지금도 역시 어렸을 때와 마찬가지로 강하게 이끌리고 있음을 깨달았다. 왜 그런지는 알 수 없지만 어쨌든 나는 그 전쟁에 빠져들고 있었다.

노몬한 전투에 대해서 경이적일 정도로 세부적인 일까지 상술한 대작《노몬한》을 쓴 미국인 선생 사학자 앨빈 D. 쿡스가 그 서문에서 밝힌 바에 따르면 그도 역시 어느 날 신문기사에서 노몬한에서의 전투에 관한 짧은 기사를 읽고 난 뒤 '왜 그런지는 알 수 없지만' 그 전투에 사로잡혀버렸다고 한다.

그의 그런 그 기분을 '왜 그런지는 잘 모르지만' 나는 잘 알 수 있다. 하지만 나는 프린스턴 대학 도서관에서 노몬한 전투에 관한 서적을 여러 권 읽는 동안, 그리고 그 전투의 실태가 머릿속에 비교적 선명하게 떠오르면서, 나 자신이 강하게 이 전투에 이끌리는 의미를 어렴풋하게나마 파악할 수 있었다. 그것은 이 전투의 성립이 어떤 의미에서는 '너무나도 일본적이며 일본인적'이었기 때문이 아닐까 하는 느낌이었다.

물론 태평양 전쟁의 발발이나 경위도 넓은 의미에서는 분명히 일본적이지만, 하나의 견본으로 이끌어내기에는 스케일이 너무 크다. 그것은 이미 하나의 형태로 규정된 역사적 비극으로서, 마치 기념비처럼 우리 머리 위에 우뚝 솟아 있다.

하지만 노몬한의 경우는 그렇지 않다. 그것은 4개월도 채 안 되는 국지전이었으며, 요즘 식으로 말한다면 '한정된 전쟁'이었다. 그럼에도 그것은 근대 일본인의 전쟁관과 세계관이 소비에트(또는 비非 아시아)라는 새로운 전쟁관과 세계관에 완벽할 정도로 격파당하고 유린당한 최초의 체험이었다.

그러나 유감스럽게도 군 지도자는 그곳에서 거의 아무런 교훈도 얻지 못했으며, 당연히도 그것과 완전히 똑같은 양상이 이번에는 압도적인 규모로 남방의 전선에서 되풀이되었다.

노몬한에서 목숨을 잃은 일본군 병사는 2만 명 정도였지만, 태평양 전쟁에서는 실로 200만 명이 넘는 병사들이 전사했다. 그리고 가장 중요한 것은 노몬한에서도 뉴기니에서도 대부분의 병사들이 거의 의미 없는 죽음을 당했다는 것이다. 그들은 일본이라는 밀폐된 조직 속에서 이름도 없는 소모품으로서 아주 운 나쁘게 비합리적으로 죽어갔던 것이다. 그리고 이 '비합리적인 죽음', '운 나쁨' 혹은 '비합리성'을 우리는 '아시아성性'이라고 부를 수 있을지도 모른다.

전쟁이 끝난 뒤 일본인은 전쟁을 증오하고 평화를 (좀 더 정확히 말하면 평화롭게 지내는 것을) 사랑하게 되었다. 우리는 일본이라는 국가를 결국에는 파국으로 이끈 그 '비합리성'을 전근대적인 형태로 타파하려고 노력해왔다. 자신의 내부에 있는 비효

율성의 책임을 추궁하는 것이 아니라 외부로부터 강요당한 것으로 생각하고, 외과 수술이라도 하는 것처럼 단순히 그것을 물리적으로 배제했다. 그 결과 우리는 분명히 근대 시민 사회의 이념에 따른 합리적인 세계에 살 수 있게 되었으며, 그 합리성은 사회에 압도적인 번영을 가져다주었다.

그럼에도 나를 비롯한 많은 사람들은 많은 사회적 국면에서 우리가 이름도 없는 소모품으로서 조용히 평화적으로 말살되어가고 있는 건 아닐까 하는 막연한 의혹에서 지금까지도 좀처럼 벗어날 수 없다.

우리는 일본이라는 평화로운 '민주 국가'에서 인간의 기본적인 권리를 보장받으며 살고 있다고 믿고 있다. 하지만 정말 그럴까? 표면을 한 껍질 벗겨내면, 그곳에는 역시 이전과 비슷한 밀폐된 국가 조직이나 이념 같은 것이 면면히 숨 쉬고 있지는 않을까?

내가 노몬한 전투에 관한 수많은 서적을 읽으면서 계속 느꼈던 점은 그런 공포였는지도 모른다. 55년 전의 작은 전쟁으로부터 우리는 그다지 멀리 떨어져 있지 않은 것이다. 그 공포란 우리가 품고 있는 어떤 종류의 각박한 밀폐성이 다시 언젠가 그 과잉된 압력을 어딘가를 향해 무서운 기세로 뿜어대지 않을까 하는 공포이다.

뉴저지 주 프린스턴 대학의 조용한 도서실과 창춘長春에서
부터 하얼빈으로 향하는 혼잡한 열차 속이라는 아주 동떨어진
두 장소에서 본 젊은이들의 연애 풍경들은 일본인인 나를 왠
지 거북하게 만들었다. 이제 우리는 어디로 가려 하는 것일까?

나와 사진 담당인 에이조 군은 이번에 2주일 동안 노몬한의
싸움터를 찾아가보았다. 전반에는 중국의 네이멍구자치구 쪽
에서, 후반에는 몽골국 쪽에서 방문했다. 엄밀히 말해, 노몬한
마을 바로 뒤에 있는 국경을 넘기만 하면 그곳은 이미 몽골국
(이하 몽골이라고 부른다)의 할흐 강이었다. 그러나 유감스럽게도
현재는 양국의 이해관계가 복잡하게 뒤얽혀 있어 그렇게 간단
히는 갈 수 없다. 그래서 다시 베이징으로 돌아가 그곳에서 비
행기로 울란바토르까지 간 뒤 또다시 중국 국경까지 가는 지
프차로 먼 길을 가는 아주 복잡한 경로를 밟게 되었다. 그런
의미에서 이 부근은 정치적으로 아직도 꽤 '까다로운 편'이다.
중국과 몽골의 관계는 최근에 와서 상당히 개선되었지만 국경
부근의 민족 문제는 조용하면서도 무거운 불씨를 끌어안고 있
는 셈이다.

사실 나는 중국엔 정말 처음으로 갔는데, 나리타成田 공항에

서 직접 다롄으로 가면 단 네 시간밖에 걸리지 않는다. 열 시간 이상 걸려 미국 동부에 갔다 왔다 한 걸 생각하면 국내 여행이라고 할 정도로 싱거운 느낌이다. 그러나 "아니, 벌써 도착했어?"라고 말하고 싶을 정도로 단시간의 이동치고는 그 감각적인 갭이 너무도 컸다.

다롄에서 화장실에도 다녀올 수 없을 정도로 만원인, 그야말로 중국적 혼란의 극치라고 해야 할 3등차에 실려서(사실 창춘까지는 비행기로 갈 예정이었지만 특별한 이유도 없이 비행이 취소되어 갑자기 기차를 탔던 것이다), 하룻밤 열두 시간을 흔들리며 파김치가 되어서 창춘 역에 도착했을 때쯤에는 뇌 조직이 주위의 동적動的인 정경에 맞춰져 대대적으로 다시 조립된 것 같은 느낌이 들었다.

중국이라는 나라를 처음으로 보고 우선 가장 먼저 깜짝 놀란 점은 사람이 많다는 점이었다. 일본에도 물론 사람들이 많지만 일본은 국토 자체가 비좁으니 이해할 수 있다. 그처럼 좁은 곳에 살고 있으니 다소 혼잡한 것쯤은 서로 참고 살아야 한다고 생각하니까. 하지만 중국의 경우는 나라가 한없이 넓은데 인구 또한 그 넓은 국토를 가득 채울 정도로 많은 것이다. 어디를 가나 정말 인간들뿐이고 인간이 없는 정경이라는 건 전혀 생각할 수 없다.

이런 표현은 어쩌면 오해를 불러일으킬지도 모르지만, 나 같은 인간은 '난징 대학살'이라든가 '만인갱萬人坑'과 같은 전쟁 중에 중국 대륙에서 자행된 대량 학살 사건을 다룬 책을 일본에서 읽고 있으면 일단 사건의 경위는 머릿속에서 파악할 수 있어도 숫자의 스케일 면에서는 어딘가 받아들일 수 없는 구석이 있었다. 아무리 인간을 한꺼번에 죽인다 해도 현실적으로 정말 그렇게 많이 죽일 수 있는지 실제적으론 고개를 갸웃거리게 되는 것이었다. 어쩌면 일본의 대부분 독자들도 나와 똑같은 감상을 품고 있지는 않을까?

하지만 실제로 중국에 와서 공원의 한쪽 구석이나 역 대합실 같은 곳에 앉아서 주위를 오가는 사람들의 모습을 멍하니 바라보노라면 확실히 그런 사건이 실제로 있었을지도 모르겠다는 생각이 문득 들었다. 아무튼 그 정도로 인구수가 많은 것이다.

어디선지 모르게 꾸역꾸역 인간들이 나타난다. 그것은 비단 도시뿐만 아니라 시골도 마찬가지다. 어떤 종류의 교통수단이든 간에 엄청나게 많은 사람 때문에 넋을 잃을 정도이다. 거리를 걸어가는 사람들은 장소를 상관 않고 담배꽁초를 버리거나 침을 뱉거나 고함을 치거나 멋대로 물건을 팔고 산다.

그런 광경을 오랫동안 바라보고 있으면, 그러는 동안 수량적인 감각이 한 단계쯤 어처구니없이 달라지는 게 아닌가 하는 두려움을 느끼게 된다. 어쩌면 중국에 건너온 일본 군인들의 감각을 근본적으로 뒤집어놓은 것도 이렇게 압도적인 물리적 수량의 차이였던 건 아닐까 하는 생각마저 들었다.

다롄의 거리에서는 뜻밖에도 메르세데스 벤츠가 눈에 많이 띄었다. 그것도 190 같은 일반 모델이 아니라 500이나 600 같은 대형이었다. 도대체 어떤 부류의 사람들이 그런 고급차에 타고 있는지 나는 전혀 짐작할 수 없었다. 그밖에도 아우디라든가 토요타 크라운 같은 대형차가 거리를 씽씽 달리고 있었다.

어쨌든 도로 상황은 최악에 가깝지만 자동차는 모두 달리고 싶은 대로 달리고 사람들은 모두 걷고 싶은 대로 걸어 다닌다. 내가 그런 흐름에 따라갈 수 있게 되기까지는 상당히 많은 시간이 걸렸다. 아니, 나는 끝내 마지막까지 따라갈 수 없었다.

나는 지금까지 로마나 이스탄불, 뉴욕처럼 교통이 상당히 혼잡한 장소에서도 별다른 불편을 느끼지 않고 차를 운전해봤지만, 중국의 도시 교통의 과격함에는 그야말로 압도되어버렸다. 할 말을 잃었다. 이런 곳에서는 아예 운전대는 잡고 싶지도 않았다.

"어째서 길에 신호등이 거의 없는 거죠?" 하고 중국인에게 물어보면 하나같이 "달아봐도 헛일이에요, 신호등이 있어도 아무도 지키지 않으니까요" 하고 대답한다. "글쎄, 모두 제대로 신호를 지키면 교통 정체도 훨씬 줄어들 텐데" 하고 모두들 남의 일처럼 말하지만 아무도 질서를 지킬 생각은 하지 않는다.

자동차는 주위가 어두워져도 라이트를 켜지 않는다(시력이 좋기 때문이라는 설도 있고 에너지를 아끼기 위해서라는 설도 있다). 횡단보도가 있어도 경고를 하듯이 경적만 한 번 울릴 뿐 속도는 전혀 늦추지 않는다. 나는 그런 운전 풍토가 무서워 일몰 뒤에는 호텔에서 한 발자국도 밖으로 나가지 않았다. 대낮에도 거리 곳곳에서 각종 접촉 사고와 이런저런 말다툼을 목격했다.

전 세계의 자동차 회사들이 유일하게 남겨진 대형 시장으로서 중국을 호시탐탐 노리고 있다. 그러나 만일 중국의 자동차 수가 지금보다 더 늘어난다면, 아마도 엄청난 악몽(중국에 관한 것은 대개 모두 자릿수가 달라지는 경향이 있는 것 같다)에 시달리게 될 것이다. 그도 그럴 것이, 지금 이대로도 이미 충분히 '통상적인 의미의' 악몽이라고 부르는 데에 부족함이 없기 때문이다.

그러나 사람들이 그런 사태를 특별히 악몽으로 받아들이고 있지는 않은 것 같다. 머지않아 중국 전국토가 베트남 국경에서부터 만리장성에 이르기까지 교통 정체와 대기 오염, 담배 꽁초와 베네통 간판으로 뒤덮이고 말 것이라는 사실은 어쩌면 역사적 필연이라고 해야 할까, 아무튼 틀림없는 사실이 아닐까 싶다.

창춘은 원래 만주국의 새로운 수도인데, 이곳에서 나는 어떤 연유로 동물원을 취재하게 되었다. 이 동물원은 '신징 동물원'으로 1941년에 개설되었지만 1945년 소련군의 침공과 함께 폐쇄되었다. 그리고 그 동물원은 폐허처럼 남아 있었는데 1987년 창춘 시 당국에 의해 다시 동물원으로 복원되었다.

지금의 정식 명칭은 '창춘 동식물 공원'이라고 불리고 있다. 주요 동물로는 호랑이, 판다, 코뿔소, 코끼리, 원숭이, 얼룩말 등이 있다. 그러나 아직 연 지 얼마 안 된 탓인지 동물 수가 그다지 많지는 않았다. 더구나 엄청나게 넓어서 하나의 동물 구역에서 다른 구역에 도달할 때쯤에는 모두 지쳐버린다.

나는 동물원을 좋아해서 여행할 때마다 이곳저곳의 여러 동물원을 방문했지만 이 정도로 '동물 밀도'가 낮은 동물원은 처음이다. 그곳의 동물들을 전부 보려면 지칠 대로 지쳐버린다. 우리는 끝내 판다 우리를 찾을 수 없었다. 도중에 만난 젊은 남자에게 판다가 어디에 있느냐고 물었더니 "나도 한참 찾아 돌아다니고 있지만 아직 찾지 못했습니다" 하고 크게 낙담한 듯이 대답하는 것을 보면, 그 고장 사람이라도 보통 힘든 일이 아닌 듯했다.

호랑이는 굉장히 넓은 바위산과 같은 장소에서 사육되고 있었다. 호랑이는 보기에도 느긋하니 기분 좋게 살고 있는 것 같았지만, 구경하는 사람은 까마득히 먼 곳에서 바라봐야만 했다. 쌍안경이라도 쓰지 않으면 호랑이들의 모습은 아주 조그맣게밖에는 보이지 않는다.

그러나 호랑이산 뒤쪽으로 돌아가보니 '포호조상抱虎照像'이라고 쓰인 입간판이 있었다. 그 간판의 의미는 '호랑이 새끼를 끌어안고 있는 모습을 찍어준다'는 것이다. 요금은 자신의 카메라로 찍으면 10위안元이라고 했다. 10위안이라면 일본 화폐로 130엔쯤 된다. 호랑이굴에 들어가지 않으면 호랑이 새끼를 잡을 수 없다는 말이 있지만, 130엔을 내면 호랑이굴에 들어가지 않고 진짜 호랑이 새끼를 안아볼 수 있으니 뜻밖의 기회가 아닌가. 과연 중국이다 싶었다.

하지만 사육사가 데리고 나온 '호랑이 새끼'를 보고 나는 몹시 당황했다. 예상했던 것보다 훨씬 덩치가 컸던 것이다. 나는 기껏해야 좀 큼직한 고양이 정도나 될 거라고 상상하며 안심하고 있었는데, 영락없이 호랑이였다. 다리도 내 팔보다 훨씬 굵었다. 이빨도 모두 제대로 돋아 있어서 행여 물기라도 하면 커다란 구멍이 뚫릴 것 같았다.

'어이, 정말로 저걸 안아볼 거야?' 하고 생각했지만 나 자신이 먼저 말을 꺼낸 일이니 지금 와서 못하겠다고 말할 수는 없었다. 사육사에게 "물지 않습니까?" 하고 물어봤지만 "괜찮아요, 걱정 안 하셔도 돼요" 하고 말할 뿐이었다. 하지만 나의 짧은 체류 경험으로 미뤄봐도 중국인의 "괜찮아요, 걱정 안 하셔도 돼요"라는 말은 몹시 걱정해야 될 정도의 말이다.

실제로 내가 안자마자 호랑이는 아니나 다를까 목을 뒤로 돌려 나를 물려고 했다. '중국까지 와서 호랑이한테 물릴 수는 없지' 하고 생각하면서 필사적으로 힘을 주어 버둥거리는 호랑이를 끌어안고 사진을 찍었다.

터키의 깊은 산속에서 쿠르드족 게릴라에게 포위당했을 때도 적잖이 무서웠고 멕시코에서 사살된 것으로 보이는 시체를 발견했을 때도 무서웠지만, 호랑이를 끌어안고 있을 때는 정말 무서웠다. 그때 찍은 사진을 보면 표정이 잔뜩 일그러져 있다. 중국의 동물원은 중국의 다른 여러 가지 것과 마찬가지로 우리의 상상을 초월할 만큼 과격한 면이 있다. 어중간한 것은 일절 없다고 생각된다.

내가 본 이 호랑이는 태어난 지 2개월 되었다고 했는데(정말일까? 2개월치고는 지나치게 큰 느낌이 드는데), 이름이 아직 없는 것 같았다. 내가 "이름이 뭐죠?" 하고 묻자 '당신 바보 아냐? 호랑이 새끼에게 이름 같은 걸 붙이다니!' 하는 듯이 나를 빤히 쳐다 보았다. 잘 모르지만 중국에서는 동물원의 호랑이에게 이름을 붙이지 않는 것 같다. 분명히 판다에게는 이름을 붙인 것 같았지만.

동물원은 건물이 전체적으로 낡아 빠져서 마치 폐허처럼 보였다. 나는 동물원 관계자에게 "전쟁 전 시설을 그대로 사용하고 있는 것 같군요" 하고 묻자 "아닙니다. 새로 열 때 전에 있던 건물을 없애고 전부 새로 개축했습니다"라고 대답했다. 그러나 아무리 봐도 7, 8년 전에 만들어진 건물로는 보이지 않았다. 건물의 콘크리트 벽은 세월의 세례를 받기라도 한 것처럼 음울한 검은색으로 변색되어 있고, 사방에 리어왕의 주름살이 연상되는 깊은 균열이 생기고 있었다. 무너져가고 있는 부분도 있었다.

내가 그 말을 듣고 미심쩍어 하자 그 사람은 과거의 건물을 파괴했다는 걸 증명해주기 위해 우리를 옛날의 호랑이 우리로 데려가 주었다. 분명히 그곳에는 옛날의 콘크리트 토대 자국이 남아 있었다. 하지만 그 파괴된 50년 전의 콘크리트 토대가 7년 전에 만든 새로운 콘크리트 벽보다 훨씬 새롭고 튼튼해 보이는 건 어쩔 수 없었다.

중국의 여러 도시를 여행하면서 곰곰이 생각한 것은 중국인

건축가에게는 새로 지은 빌딩을 마치 폐허처럼 보이게 하는 특이한 재능이 있는 것 같다는 점이다. 예를 들어 외국인을 상대로 하는 고층 호텔에 들어가면, 물론 다 그런 것은 아니지만, 우리는 그곳에서 황폐한 광경을 자주 목격하게 된다. 엘리베이터의 패널은 흉하게 절반쯤 벗겨져 있고, 천장 구석에는 원인을 알 수 없는 구멍이 뚫려 있으며, 욕실 문의 손잡이는 절반쯤 떨어져나가고 없다. 전기스탠드의 목은 부러져서 축 늘어져 있고 세면대의 마개는 닳을 대로 닳아 있다.

벽에는 심리 테스트라도 하는 것처럼 비가 샌 얼룩이 있다. 그래서 "여기는 아주 오래된 호텔이군요" 하고 말하면 "아닙니다, 아니에요. 작년에 새로 지은 호텔입니다" 하고 대답한다. 어디서 어떤 식으로 이런 재능이 생겨나서 전국에 보급되었는지는 잘 모르겠지만, 창춘 동물원도 아마 그런 건축가 중 한 사람이 실력을 있는 대로 발휘해서 만들었음에 틀림없다.

그러나 이 동물원은 상당히 재미있었다. 그리고 넓기도 넓은데다 수풀은 많고 찾아오는 사람은 적으니 당연한 일이겠지만, 젊은 아베크족이 많았다. 전 세계 어디서나 젊은 사람들은 모두 즐거워 보인다. 이곳 창춘에서도 물론 마찬가지여서 모두 즐거운 일을 하느라 바쁜 탓인지, 일부러 돈을 내고 날뛰는 호랑이를 끌어안은 얼빠진 사람은 나 하나뿐이었던 것 같다.

창춘 동식물 공원에서 호랑이와 기념 촬영하는 모습.

하얼빈 역 앞 거리. 비는 그친 듯하지만 우산을 쓰고 지나간다.

하얼빈에서는 본의 아니게 병원 순례를 하게 되었다. 3등석에 앉아 있는데, 건너편에 앉아 있던 젊은 남자가 창문을 계속 열어놓은 덕분에 눈에 이물질이 들어갔던 것이다(하지만 그 사람은 꽤 친절한 사람으로, 내가 열차에서 내릴 때 좌석에 워크맨 전지를 두고 내리자 일부러 달려와서 전해주었다). 나는 아직 그때는 중국 여행의 초보자여서 진행 방향 쪽 창가에 앉으면 좋지 않다는 사실을 모르고 있었던 것이다.

중국인은 아주 속 편하게 창밖으로 온갖 것을 버려대기 때문에 창을 열고 창가에 앉아 있으면 생각지도 못한 재난을 만날 수 있다. 맥주병이나 밀감 껍질, 닭뼈나 가래침, 코를 푼 휴지 등 여러 가지 이물질이 불쑥불쑥 창밖을 날아 지나가서, 자칫하면 부상을 입거나 비참하고 슬픈 지경에 빠질 수도 있다.

눈에 이물질이 들어간 것쯤은 운이 좋은 편인지도 모른다. 그렇지만 아파서 눈을 뜨고 있을 수 없어 하얼빈 역 근처에 있는 '철도 중앙병원'이라는 곳을 찾아갔다.

건물은 꽤 관록이 있어 보이는, 요컨대 굉장히 낡은 곳이었다. 진료 수속은 매우 간단해서, 접수대에 이름을 쓰자 곧바로 안과 진료실에 안내되었다. 그곳에서 무술이라도 배운 듯한 근육질의 중년 여의사가 고함을 쳐대며 눈을 씻고 이물질을 끄집어냈다. 대기하지 않아도 되었고 안약까지 주었지만 요금은 3위안(40엔 정도)이었다.

아무튼 대단히 저렴한 치료비였다. 이상하게 생각하며 "이째서 이렇게 진료비가 싼데도 병원이 텅 비어 있나요?" 하고 중국인에게 물어보자 '별걸 다 물어보는 웃기는 녀석이군' 하는 의아스러운 표정이다.

"이 정도가 텅 빈 겁니까? 다른 데도 모두 이렇습니다. 중국인은 병원을 자주 찾지 않으니까요" 하는 대답이었지만, 과연 사실일까? 일본에선 병원이라는 병원은 언제나 만원이어서 무슨 이상이 있어 진찰을 받으러 가면 대기실에서 하루 종일 기다리기가 일쑤인데 말이다. 여러 가지 일을 겪으면 겪을수록 중국이라는 나라는 나로서는 점점 더 이해할 수 없는 나라였다.

그날 저녁때부터 갑자기 다시 눈이 심하게 아프기 시작했다. 이물질은 일단 제거되었지만 가벼운 결막염에라도 걸린 듯 눈꺼풀 안쪽이 따끔거리고 눈물이 멈추지 않았다.

그래서 이번에는 '하얼빈 시립 병원'이라는 곳을 찾아갔다. 그전에 쑹화 강 근처의 '인민해방군 병원'이라는, 정면에 마오쩌둥의 거대한 동상이 서 있는 자못 근엄한 병원에 갔지만 (왜냐하면 이 병원 바로 옆에서 눈이 아프기 시작했기 때문에), 이곳은 5시에 진료 시간이 끝나서 '시립 병원'으로 가야 했다.

'시립 병원'의 안과 의사는 권태로운 느낌의 역시 중년 여의

사였다. 그 의사는 고맙게도 먼저의 의사보다 훨씬 조용해서 전혀 무섭지 않았다. 역시 눈을 씻어내고 안약과 연고를 주었고, 요금은 3위안이었다. 아무래도 3위안이 중국의 이 지역에서 안과 치료 시 받는 정해진 진료비인 듯했다.

치료를 끝내고 문화대혁명 시대부터 생겨난 듯한 쌀쌀한 미소를 지으며, "잠들기 전에 연고를 바르면 바로 나을 겁니다" 하고 그녀는 조용히 말했다. 시립 병원도 텅 비어 있어 대기 시간은 필요 없었다.

내 경험으로 미루어보면, 특히 안과 치료에 관한 한 중국의 의료 시스템은 상당히 훌륭했다. 진료비가 싸고 빠른 시간 안에 치료가 가능했으며 의사들도 능숙했다(적어도 서툴지는 않았다). 하지만 중국의 병원은 뭐랄까, 분위기가 너무 어두웠다. 일본의 병원에 비해 조명 자체가 물리적으로 어두워서 그럴지도 모르지만 전체적으로 중국의 병원에는 프란츠 카프카적인 무거움과 가슴 답답함이 드리워져 있다. 어딘가 문을 얼핏 잘못 알고 연다면 그 안쪽에서는 뭔가 또 중국적으로 엄청난 정경이 펼쳐지고 있지 않을까 하는 초현실적인 공포를 나는 문득 느꼈다. 눈의 이물질을 제거하는 정도라면 그나마 괜찮지만, 그 이상의 병으로 오랫동안 그곳에서 신세지고 싶은 생각은 추호도 없다.

하이라얼에서
노몬한까지

하얼빈 역에서 다시 열차를 타고 하이라얼로 향했다. 이번의 좌석은 '연와 침대'라는 중국의 열차 중 가장 훌륭한 좌석이었다. 완전 예약제의 칸막이식 침대석이어서 전과는 달리 아주 편했다.

화장실에 다녀오는 동안 누군가에게 자리를 빼앗기는 일노 없다. 어린애가 바닥에 오줌을 누는 일도 없다. 저녁때 열차에 올라타고 느긋하게 쉬면서 시바스 리갈을 마실 수 있다. 엘러리 퀸의 《그리스 관 미스터리The Greek Coffin Mystery》를 읽다가 졸리면 자고, 잠을 깨어보면 이미 네이멍구에 도착해 있는 것이었다.

굳이 문제가 있었다면 베개 색깔이 너무 요란했다는 점인데, 뭐 그리 대단한 일은 아니었다. 화장실은 언제나처럼 참을 수 없을 지경이었지만 그 역시 언제나처럼 체념하면 되는 일이다.

승무원이 많은 양의 더운 물을 포트에 넣어주었기 때문에 가지고 있던 아오야마 '다이보'의 원두를 끄집어내어 객실 안에서 커피를 탔다. 중국에서는 알려진 대로(혹은 모르고 있을지도 모르지만) 맛있는 커피라는 건 존재하지 않기 때문에, 스스로 재료와 도구를 갖고 가서 타 먹을 수밖에 없다.

네이멍구에 들어서자 주위의 풍경이 완전히 달라졌다. 그때까지는 평평한 초록의 평원이 계속되고 있었지만 아침 5시에 잠에서 깨어나 창의 커튼을 열자 그곳은 이미 산속이었다. 몇 개인가의 역을 통과하고 또 몇 개인가의 도시를 통과했다.

아침에는 추운 듯, 7월인데도 많은 사람들이 윗저고리나 코트를 입고 있었다. 역에 있는 사람들의 얼굴 모습도 약간 달랐다. 중국 동북부 사람들은 대체로 색깔이 검고 눈이 움푹 들어간 모습들이다. 얼굴이 갸름하고 키가 큰 사람이 많지만 이 근처에 오면 조금씩 몽골계의 얼굴로 변해간다. 전체적으로 둥글고 광대뼈가 튀어 나와 있고 약간 납작한 느낌의 얼굴이 많아진다. 그리고 입고 있는 옷 색깔이 마치 민족의상처럼 화려해진다. 승마풍의 장화를 신은 남자 수가 많아진다.

그때까지 창밖에는 끝도 없이, 정말 짜증스러울 정도로 평평한 초록색의 초원이 펼쳐지고 있었지만 일단 산으로 들어서자 그런 전원 풍경은 일변하고 초원 여기저기에 소나 돼지의 모습이 보였다.

채찍 대신 막대기를 손에 든 어린애가 돼지 떼를 몰고 어딘가로 이동해간다.

물웅덩이에서는 집오리가 목욕을 하고 있다. 야쿠시라는 역에서는 많은 사람들이 일제히 열차에 올라탔다. 왜 그런지는 몰라도 자전거를 들고 열차에 타려던 한 남자를 갑자기 경찰관이 붙잡아 마구 두들겨 패고는 연행해갔다.

통역의 말에 의하면(나와 에이조 군은 대개 언제나 우리끼리 내키는 대로 여행하곤 했지만, 이번 취재 여행은 받아들이는 쪽의 사정상 통역 신세를 졌다), 이 야쿠시라는 도시에는 임업 노동자가 많아서 사람들의 기질이 상당히 거칠고 문화대혁명 당시에는 굉장히 많은 사람들이 이곳에서 살해됐다고 한다. 몇 명 정도나 죽었느냐고까지 물어보지는 않았지만 중국 사람이 '많았다'라고 표현한 걸 보면 틀림없이 정말 많은 사람이 살해됐을 것이다. 그렇게 생각하며 창문으로 풍경을 보고 있으니, 왠지 상당히 황량한 도시처럼 보였다.

시가지 교외에는 벽돌로 지은 조그맣고 허름한 집들이 빽빽이 늘어서 있었는데, 어느 집 지붕에나 TV 안테나가 삐죽 솟아 있다. 집은 모두 단층인데, 기다란 대나무 장대 같은 것을 세우고 그 위에 안테나를 달아놓고 있었다. 그것은 마치 벌거벗은 잡목림처럼 보였다. 뭐라고 꼬집어 말할 수는 없지만 아무튼 기묘한 광경이었다. 일본의 맨션 베란다에 늘어서 있는 위성 방송 안테나와 그 분위기가 아주 비슷했다.

정보라는 것은 마치 아메바처럼 장소와 상황에 따라서 정말 여러 가지 형태를 취하는 것 같다. "한 마을에 커다란 공동 안테나를 세우면 되겠죠. 하지만 중국인들은 그런 일을 하지 않습니다. 모두가 제각기 멋대로 하기를 좋아합니다"라는 설명이었다. 일본 역시 남의 일만은 아니다.

일단 네이멍구에 들어서자 그다음부터는 대개 비슷한 광경의 연속이었다. 풀어놓고 기르는 소와 돼지, 붉은 벽돌로 만들어진 조그만 마을, 푸른 하늘을 향해 흰 연기를 뿜어내고 있는 공장의 굴뚝, 안테나가 지붕마다 빽빽하게 세워져 있는 촌락, 군데군데 흐르는 강, 자전거를 타고 철도 건널목이 열리기를 기다리고 있는(아마도 작업장으로 향하고 있는 것 같았다), 볼이 빨간 젊고 건강해 보이는 여성들, 그리고 철로 연변에 서서 그냥 열차가 지나가는 것을 바라보고 있는 노인. 역 건물에는 한자와 함께 수염을 기세 좋게 튕겨 올린 것 같은 몽골 문자가 쓰여 있다.

아침이 되자 같은 방을 쓰는 여성의 남편(아마 마흔쯤 되었을 것이다)이 우리 객실로 들어왔다. 그는 러시아와의 국경에 있는 만저우리滿洲里에서 개인적으로 교역을 하고 있는 사람으로, 지금 아내와 어린애들을 데리고 그곳으로 되돌아가는 길이라고 했다. 러시아인이 원하는 것을 중국에서 가지고 가고, 그 대신 중국인이 원하는 것을 러시아에서 가지고 온다. 단순하다고 보면 매우 단순한 경제 행위지만 경기는 나쁘지 않은 것 같았다.

겉으로 보기에는 그다지 부자처럼 보이지는 않았지만 일등 침대 요금을 지불하는 것쯤은 아무것도 아닌 듯했다. 차표를 사려고 해도 침대차가 만원이어서 한 사람 좌석밖에 구하지 못했다고, 그는 졸린 듯한 표정으로 말했다. 잠에서 깨어난 부인 대신 그 침대에 기어 들어가 쿨쿨 잠들었다. 내가 하이라얼에서 내릴 때도 그는 여전히 잠을 자고 있었다.

기차에서 내릴 때 나는, 이 사람은 어떤 운명을 더듬어왔고 또 지금부터 도대체 어떤 운명을 더듬어가게 될까 문득 생각했다. 그리고 이대로 만저우까지, 그리고 국경을 넘어 러시아까지 줄곧 그의 뒤를 따라가서 그에 대한 여러 가지 일을 확인하고 싶다는 열망에 사로잡혔다. 나는 이따금 그런 얼토당토 않은 호기심에 사로잡히는 경우가 있다. 하지만 물론 그런 일을 할 수는 없다. 그래서 단념하고 하이라얼 역에서 내렸다.

하이라얼의 거리는 어딘지 모르게 개척 시대의 도시를 연상시킨다. 아마도 도로가 넓고 먼지도 많아 보이고, 하늘이 높고 단층 건물이 많기 때문일 것이다. 그리고 무엇보다도 길을 걸어가는 사람들의 모습이 어딘지 모르게 거칠어 보이기 때문일 것이다.

경제 성장으로 사람이 들끓는 다롄('다롄을 북방의 홍콩으로 만들자!')이나 창춘과는 달리, 이곳에는 메르세데스 벤츠도 거의 없고, 말보로 담배 광고판도 보이지 않았다.

마치 시곗바늘이 5, 6년 전으로 돌아간 듯이 하이라얼의 거리에는 자전거가 엄청나게 많았다. 연해 지방에서 내륙으로 들어가면 경제 상태의 격차가 눈에 띈다. 하지만 그것과 반비례하듯이 하늘은 푸르고 공기는 점점 더 맑아진다.

하이라얼은 네이멍구자치구의 도시이지만, 시내에 사는 사람들 중 태반은 몽골인이 아니라 '한인'이다. 몽골인이나 그밖의 소수 민족은 시외 곳곳에 뭉쳐서 살고 있다. 역사적으로는 나중에 이곳에 이주해온 한인들이 경제적으로는 지역 실권을 장악하고 있었던 것이다.

그러나 몽골인과 한인의 피는 오랫동안 뒤섞여서, 그 결과 이 고장 사람들의 얼굴 모습이나 걸음걸이는 지금까지 내가 보아온 '본토'의 중국인과는 상당히 달라 보였다. 하이라얼은 개방적인 도시이지만 이곳에는 역사적인 낡은 건조물도 특별히 없고 명소나 유적 같은 것도 없기 때문에, 관광을 목적으로 이 도시를 방문한 사람들은 아마 시간을 보내는 데 고생하게 될 것이다. 실제로 이 도시를 찾는 외국인 관광객은 옛날 만주국 시절 이곳에서 거주한 적이 있는 나이 든 일본인 정도인 듯 했다.

하이라얼에서 거의 유일하게 제대로 관광 설비를 갖춘 '망회루'라는 전망대가 시내의 약간 높은 산 위에 있어서, 우리는 그곳에 올라가보았다. 3년 전에 세워졌다는 그 전망대는 최근에 세워진 중국 건조물의 예에 빠지지 않게, 이미 어느 정도 폐허화되어서 벽에는 균열이 생기고, 천장에는 뭔지 알 수 없는 구멍이 뚫려 있었다.

전망대에서 시내를 바라보기보다는 전망대 자체를 바라보고 있는 편이 흥미로웠을 정도였다. 하지만 어쨌든 그곳에서는 멀리 시가지를 한눈에 내려다볼 수 있다. 전망대 바로 발밑에는 구관동군과 관계가 있는 듯한 낡은 벽돌 건물이 늘어서 있다.

관동군은 다가올 소련군의 침공에 대비해서 하이라얼 교외의 산에 '하이라얼 성'이라고 불리는 대규모의 지하 '영구' 요새를 만들었다. 그것은 소련의 강력한 기계화 부대를 저지하고 그곳에서 장기전을 치르기 위해 만들어진 것이었다. 군은 강제 징용한 중국인 노동자를 이용해서 공사를 했는데, 그 공사 과정에서 극히 가혹한 노동 조건으로 인해 수많은 노동자가 목숨을 잃었다. 그리고 어찌어찌 살아남은 사람들도 요새가 완성되었을 때는 기밀을 지키기 위해서(입을 막기 위해서) 집단 살육되었다.

그 산 근처에 시체를 한꺼번에 던져 넣은 만인갱이 있고, 그곳에는 또 약 1만 명의 중국인 직공들의 뼈가 묻혀 있다고 하이라얼에서 우리를 안내해준 가이드가 말했다.

"일본 군인들은 직공들의 목에 철사줄을 꿰어서 그곳에 끌고 가 죽였습니다. 파헤쳐 보니까 철사줄로 목이 묶인 채 모두 백골이 되어 있었습니다."

산 위에서 보니 초록의 초원에서 그곳만이 뚜렷하게 벌거벗은 흰 흙인 채로 동산처럼 부풀어올라 남아 있었다. 1만 명이나 살해되었다고 하는 그의 말 어디까지가 정확한 역사적 진실인지 물론 나로서는 정확하게 증명할 방법이 없지만, 적어도 하이라얼에 사는 중국인들은 그것이 역사적 진실이라고 지금까지도 굳게 믿고 있는 것 같았다(비슷한 내용의 이야기를 현지에서 여러 번 들었다).

결국은 그것이 가장 중요한 일이 아닐까 하고 나는 생각한다. 전쟁 중에 일본의 군대가 중국의 다른 지역에서 저지른 너무도 많은 편집광적 행위에서 유추해보면 그런 일은 분명히 (혹은 상당히 높은 확률로) 여기서도 자행되었을 것이며, 그때 살해된 중국인 수가 설사 1만 명이었든 5,000명이었든 2,000명이었든 간에, 그 수치의 변화에 따라 현재 사태의 본질이 크게 달라지는 것은 아니다.

문제의 그 비밀 요새에도 찾아가보았다. 산이라기보다는 약간 높은 언덕에 가까운 것으로, 그 꼭대기로부터 종횡무진 구멍을 파대고 산을 온통 개미집처럼 만들어놓은 장대한 요새였다. 완만한 산허리에는 무너져내린 깊은 대전차호가 지금까지도 여기저기에 남아 있었다.

아무튼 요새는 철저하게 기밀이 유지되어, 미로와 같은 지하 통로가 대체 어디까지 뻗어서 통해 있는지 그 전모는 지금까지도 밝혀지지 않았다고 한다. 콘크리트는 어떠한 심한 포격이나 폭격에도 견뎌낼 수 있도록 엄청나게 두텁게 만들어져 있고, 더구나 곳곳에서 아주 튼튼한 철제문이 앞길을 가로막고 있었다.

어떤 방법을 써봐도 그 문들을 열 수 없기 때문에 어쩔 수 없이 그때 그대로 방치해두고 있다고 한다. 나도 손전등을 들고 안에 잠깐 들어가 봤지만 그 안은 완전히 칠흑 같은 암흑이고 공기는 냉동실처럼 차가웠다. 요새 안에는 병원에서 식료저장고까지, 장기적인 싸움에 필요한 건 무엇이든지 갖추어져 있었던 것 같다고 안내인이 말했다.

아주 오래전, 아직 독일이 통일되기 전의 동베를린에서 나는 나치스가 만든 똑같은 지하 요새를 보러 간 적이 있다. 그것 역시 소련 탱크 부대의 공격에 대비한 것으로서, 이와 비슷한 높이의 언덕 위에 있었고, 헤르만 괴링이 '난공불락'이라고 장담한 훌륭한 요새였지만 결국 아무런 도움도 주지 못했다. 역사가 증명하고 있듯이 난공불락의 요새 따위는 세계 어디에도 존재하지 않는 것이다.

요새 위의 지면을 걷고 있으니, 환기 구멍 같은 잔해가 군데군데서 눈에 띄었다. 1945년 여름 국경을 넘어서 만저우 방면으로부터 침공해온 소련 제36군은 400대의 탱크로도 이 견고한 지하 요새를 공략하지 못하고, 그 환기 구멍으로 지하에 가스를 주입했다고 한다. 그리고 출구를 봉쇄하고 철저한 섬멸전을 전개했다.

내가 중국 쪽의 몽골에서 가장 놀란 점은, 제2차 세계대전이나 노몬한 전투의 흔적이 도처에 원형 그대로 남아 있다는 사실이었다. 그것도 대개의 경우, 원폭 돔처럼 정확한 목적을 위해 '보존되고 있는' 것이 아니라 단지 방치된 채로 그곳에 남아 있는 것이다. 일본에서는 도저히 생각할 수 없는 일이다.

그래서 그런 것을 실제로 눈으로 보면 "그래, 생각해보면 겨우 50년 전에 전쟁이 끝났구나. 50년은 바로 얼마 전의 일에 지나지 않는 거야" 하는 감개를 느끼게 된다. 일본에서 살고 있으면 50년이라는 세월은 거의 영원처럼 느껴지기도 하지만 말이다.

하이라얼에서 신형 랜드크루저(구하기가 여간 힘들지 않았다)를 타고 신바얼후줘치新巴爾虎左旗라는 시까지 갔다. '치'라는 것은 옛날부터 있는 몽골의 행정 구역인데, 이 도시는 그 '치'의 행정을 관장하고 있었다.

이곳은 이른바 미개방 지역으로, 정부의 허가 없이 외국인은 들어갈 수 없고 사진 촬영도 상당히 제한되어 있었다. 그런 곳이니 호텔도 물론 있을 리 없기 때문에 해방군의 '초대소'(군 관계 내방자의 접대 숙박 시설-옮긴이)에서 숙박했다. 군대가 운영하는 곳이라서 대우가 형편없었고 저녁때까지는 물이 전혀 나오지 않았다.

복도 문 앞에는 원색적인 가래침 단지가 영화 〈바톤 핑크 Barton Fink〉의 한 장면처럼 죽 늘어서 있다. 변소는 수세식이지만 물이 나오지 않으니 어디에나 대변이 그대로 남아 있어서 그 냄새가 여기저기서 진동하고 있었다.

건물에 처음 들어갔을 때 왠지 모르게 거대한 공중변소 같은 냄새가 난다는 막연한 인상을 받았는데, 과연 그럴 만한 이유가 있었던 것이다. 하지만 이곳에 도착할 때쯤에는 그런 것도 그다지 신경을 건드리지 않았다.

하이라얼에서 이 도시까지는 랜드크루저로 네 시간쯤 걸렸다. 길(이라고 해야 할까, 혹은 그에 준하는 것)은 눈에 보이는 범위 내에는 아무것도 없는 초원을 관통해가는 상당히 험한 길이었고, 아래위로 흔들림이 그칠 새 없이 계속되어서 속이 메슥거렸다. 운전사는 이 길을 오가는데 굉장히 익숙한지 커다란 웅덩이들을 아슬아슬하게 피하면서 시속 70킬로미터 정도로 달렸다.

대개는 웅덩이를 무사히 피했지만 이따금 미처 피하지 못해서 쾅 하고 창문에 머리를 부딪치거나 하마터면 혀를 깨물 뻔하기도 했다. 그런 일이 네 시간씩이나 계속되니까 정말 짜증스러워졌다. 그러나 곧 판명되겠지만, 이런 일은 내가 그 후에 맛보게 될 일에 비하면 그야말로 새발의 피였다.

신바얼후쥐치는 하이라얼의 거리를 훨씬 더 원시적이고 거칠게 만들어놓은 것 같은 도시인데, 영화 〈셰인Shane〉에 나오는 개척자의 거리(잭 팰런스가 농민을 권총으로 무정하게 쏴 죽이는 그 진흙투성이의 거리)를 상상하면 충분할 것이다. 휑뎅그렁하게 넓기만 한 비포장도로가 거리 한가운데에 똑바로 뻗어 있고, 그 양쪽에 쓰러져가는 허름한 건물들이 늘어서 있다.

자동차가 적어지고 말에 탄 사람들의 모습이 눈에 띄게 많아졌다. 사람들의 복장이 좀 더 화려해지고 동물들도 겁 없이 그 주위를 어슬렁어슬렁 배회하고 있다. 중국 '본토'에서 몽골 자치구의 하이라얼에 왔을 때도 사람들의 모습과 형태의 변화에 상당히 놀랐지만, 하이라얼에서 이 고장에 오니 또다시 차원이 다른 세계에 온 듯한 느낌이 들었다.

우선 첫째로, 이 거리를 걷고 있는 사람들은 아무리 봐도 건실한 지방민이 아니었다. 이곳 사람들의 얼굴은 지금까지 여행시에서 보아온 농민들의 얼굴과는 전혀 다른 세계에 속해 있었다. 이들을 보니 이곳은 영락없는 채집 유목민의 땅이며 이들이야말로 이곳에 살고 있는 유목민들이라는 실감이 났다.

이 지방 사람들은 지금까지 외국인을 그다지 구경한 적이 없는지, 우리가 밖으로 나가면 우리를 자세히 훑어보았다. 그 시선들에는 거의 아무런 감정도 담겨 있지 않은 것 같았다. 신기해서 본다기보다는 단지 이질적인 존재여서 봐둔다(설마 채집까지는 하지 않겠지만)는 쪽에 가깝다.

특별히 악의는 없겠지만 그렇게 바라보는 행위가 나로서는 이해가 되지 않았다. 구멍이 뚫어질 정도로 응시당하는 것은 그다지 기분 좋은 일은 아니고, 응시하는 상대가 군인일 경우엔 "좀 위험하지 않을까?" 하는 분위기가 한층 더 강해진다. 인민군의 젊은 병사들은 대개 모두 칠칠치 못하게 셔츠 단추를 한두 개 풀어놓고 모자를 삐딱하게 쓴 채로 담배를 꼬나물고 있기 때문에, 옛날의 닛카쓰 영화에 나오는 깡패의 똘마니들처럼 보이기 때문이다.

이렇게 그다지 정이 간다고는 할 수 없는 신바얼후쥐치의 거리를 떠나 또다시 울퉁불퉁한 길을 세 시간쯤 달려서 노몬한의 마을로 향했다. 비가 내리면 도로가 진흙탕이 되어 타이어가 빠져 도저히 통행할 수 없게 된다는데, 우기인데도 다행히 우리는 비를 만나지 않고 무사히 도착할 수 있었다.

하지만 생각해보면 자동차를 얻어 타면서 험한 길에 대해 투덜투덜 불평을 늘어놓는다는 것 자체가 애초에 사치스러운 얘기이다. 기록을 읽어보면, 노몬한 전투에서 싸운 일본군 병사들 대부분은 멀리 하이라얼에서부터 완전 군장을 하고 도보로 국경 지역까지 약 220킬로미터의 황야를 행군해왔던 것이다. 엄청난 체력이라고 할까, 지구력이라고 할까. 그런 얘기를 들으면 옛날 사람들은 정말 대단했다고 감탄하게 된다.

하지만 '보병에게 통상 기대되는 행군 속도는 한 시간에 6킬로미터'(앨빈 D. 쿡스 저, 《노몬한》)라니, 그런 행군이 휴식 없이 4, 5일쯤 계속되면, 아무리 건강한 병사라 하더라도 대개 전투에 들어가기 전에 극도의 피로에 도달해 있었을 것이 틀림없다. 더구나 그들은 아무것도 보이지 않는 초원 한가운데서 만성적인 물

부족에 시달리고 있었을 테니까, 정말 힘들었으리라고 생각한다. 어쨌든 자동차로 달려도 짜증날 정도의 거리였으니까.

그러나 실제로 그 당시 일본군은 민간 차량을 징용해서 긁어모아도 병사를 수송할 만큼 충분한 자동차를 갖출 수 없었을 것이다. 구할 수 없는 것은 어쩔 수 없는 것이다. 철저한 보급 루트를 구축하고 나서 새롭게 조직적 공세로 옮겨간 소련군과는 전략에 대한 발상 자체가 달랐던 것이다(이것은 몽골 쪽에 가보고 새삼스럽게 실감하게 되었다).

책에서 읽으면 다만 'ㅇㅇ부대는 하이라얼에서 국경 지역까지 도보로 행군했다'라고 밖에 쓰여 있지 않으며, 읽는 사람도 '아아, 그랬구나' 하고 막연히 알게 될 뿐이지만, 실제로 현장에 가보면 그 행위가 의미하는 현실적인 처참함 앞에 아연해져 말을 잃을 정도이고, 또 그만큼 당시의 일본이라는 나라가 얼마나 가난했던가를 뼈저리게 느끼게 된다. 일본이라는 가난한 국가가 살아남기 위해서 중국이라는 가장 가난한 국가를 '생명선을 유지한다'는 대의명분 아래 침략했으니, 생각해보면 참 어처구니없는 얘기인 것이다.

이 지역 벌레들의 공세는 정말 대단했다. 바람이 불고 있는 동안은 괜찮지만 일단 초원의 바람이 그치거나 혹은 바람이 닿지 않는 장소에 들어가면, 이 세상의 온갖 벌레가 인간을 향해서 일제히 덤벼든다. 파리나 모기, 등에나 날개미 등은 물론이고 그밖에 이름도 모르는 날개 달린 벌레들이 앞 다투어 옷에 새까맣게 달라붙는다.

7월에 들어서자 초원에 비가 자주 내려 생겨난 물웅덩이에서 엄청난 수의 벌레가 발생한 것이다. 모기는 인정사정없이 피부를 찌른다. 그 불쾌감은 다 표현할 수가 없다. 더워도 모자를 쓰고 긴 소매에 옷과 긴 바지를 입고, 선글라스를 끼고 입 주위에 타월을 두르는, 저 옛날의 전공투全共鬪 스타일이 아니면 여기서는 살아남을 수 없다.

노몬한에서 전투가 벌어졌던 때도 우리가 그곳을 방문한 것과 거의 같은 계절이었다. 병사들도 똑같이 벌레에게 시달림을 당했을 것이다. 일본군 병사는 휴대용 모기장을 준비해갔기 때문에 피해가 적었지만 소련군은 그런 준비가 없었기 때문에 혼쭐이 났다는 기록이 남아 있다. 전통 깊은 소련군도 여름의 몽골 초원에서의 전투에 관한 노하우까지는 연구의 손이 미치지 못했던 것이다.

그러나 고립된 장소에서 중상을 입은 일본군 병사들은 무수한 파리 떼에 시달리게 되었다.

"보통 쉬파리 같으면 알에서 구더기가 되려면 사흘이 걸립니다만 이곳 노몬한의 파리 알은 10분도 안 되는 사이에 구더

기가 됩니다. 마술이라고밖에는 생각할 수 없을 정도의 속도입니다. 구더기는 시체 위를 기어 다니면서 부드러운 부분부터 먹기 시작합니다. 이것은 사망자뿐만 아니라 부상자에 대해서도 마찬가지입니다."(이토 게이치,《조용한 노몬한静かなノモンハン》에서)

이 문장을 읽었을 때도 상당히 충격을 받았지만, 실제로 이곳에 와서 벌레들의 습격을 받자 그 혐오감을 훨씬 더 실감할 수 있었다.

노몬한이라는 곳은 매우 작은 촌락으로, 얼마 전까지는 인민 공사였지만 지금은 '솜'이라는 단위, 즉 보통 마을로 되어 있다(지금은 인민 공사라는 것은 거의 남아 있지 않다. 인민복을 입고 있는 사람들이 없는 것과 마찬가지로). 마침 이 계절에는 노몬한 솜에 사는 사람들이 가축을 이끌고 여름 야영지로 이동하기 때문에 그 후에는 책임자 같은 사람과 그 가족, 그리고 어린애들만이 남아서 솜을 관리하고 있었다. 빈집을 지키고 있는 것과 같다. 마을은 텅 비어 있고 흙투성이의 검은 돼지가 커다란 물 엉덩이에서 뒹굴고 있었다. 카메라를 들이대자 어린애들은 와 하고 놀라며 사방으로 뿔뿔이 도망쳤다. 훨씬 멀리서 망원 렌즈를 사용해도 모두 눈치채는 것이었다.

"꽤나 눈들이 좋은 모양이군요!" 에이조 군이 감탄했다.

그러고 보니 몽골 지역에 들어와서부터는 안경 쓴 사람들을 거의 볼 수 없었다(설마 눈이 나쁜 사람이 모두 소프트 콘택트렌즈를 끼고 있는 것은 아닐 것이다).

솜 안에는 소규모의 전쟁 박물관이 있었는데, 그곳에는 일본군의 유품도 전시되어 있었다. 총기에서 수통, 통조림, 안경 같은 것까지 온갖 군장품이 전시 상자 안에, 마치 초등학생의 분실물처럼 죽 전시되어 있었다. "국경을 넘은 몽골 쪽에도 비슷한 박물관이 있는데, 그쪽은 훨씬 대규모이고 전시해놓은 것도 모두 훌륭한 것들입니다" 하고 안내해준 사람이 말했는데, 나중에 가보니 실제로 그 말 그대로였다.

하지만 여기에서 국경까지는 정말 엎어지면 코가 닿을 정도였지만 유감스럽게도 국경을 넘어갈 수가 없었다. 철조망이나 담벼락 같은 눈에 보이는 국경선이 있는 것은 아니었지만, 어쨌든 시야가 미치는 범위 안에서 가로막은 것도 없고 도망치거나 숨을 수도 없는 초원이니, 국경을 넘은 인간은 눈이 좋은 몽골군의 감시병에게 금세 발각되어 붙잡히고 만다. 그래서 철조망 같은 건 특별히 필요 없는 것이다.

해가 지면 몽골의 하늘은 수많은 별들로 뒤덮인다. 여름 해 질녘에 보는 초원의 풍경은 호흡이 멎을 정도로 아름답다. 그러나 물도 거의 나오지 않고 경작도 전혀 할 수 없는 벌레 투성이의 이 땅을 둘러싸고 55년 전 사람들은 피투성이의 싸움을 벌이고, 그곳에서 수만 명이나 되는 병사늘이 총에 맞고 화염 방사기에 불태워지고, 탱크의 캐터필러에 깔려 죽고, 포격에 의해서 참호가 무너져 생매장되고, 혹은 포로가 되느니 죽겠다고 자결하고, 또 그것의 몇 배나 되는 사람들이 깊은 부상을 입고 팔이나 다리를 잃었을 거라고 생각하니, 참으로 암담한 심정이었다.

이 근방은 원래 유목민이 가축을 이끌고 계절마다 이곳저곳으로 이동하는 '어느 누구의 것도 아닌' 토지였다. 그곳에서 전투가 일어나야만 했던 거의 유일한 이유는 군의 체면과 '운이 좋으면' 하는 모험적인 의도뿐이었다. 고향에서 멀리 떠나 구더기투성이가 되어서 심한 고통 속에서 죽어가야 했던 당시의 청년들은 죽어도 눈을 감지 못할 정도로 억울하지 않았을까.

그날 밤에는 노몬한 마을에서 양고기와 배갈을 대접받고 난생처음으로 술에 취해 의식을 잃었다. 완전히 필름이 끊겨버렸다. 얘기를 들어보니 그 배갈은 알코올 도수가 65도나 된다고 했다. 그것을 네댓 잔이나 스트레이트로 마셨으니 견뎌낼 재간이 없었던 것이다.

다음 날 아침 정신을 차려보니 신바얼후쥐치의 숙소 침대 안이었다. 그 후유증으로 그로부터 한 달이 지난 지금도 맥주 이

신바얼후쥐치에서 노몬한으로 가는 길.

외의 술은 거의 마시지 못하고 있다. 그 정도로 독했던 것이다.

울란바토르에서
할한골 강까지

노몬한 마을에서 몽골 국경까지는 손에 닿을 정도로 가깝지만 유감스럽게도 그곳을 넘어갈 수 없다, 는 것은 앞에서도 썼다.

국경선은 굉장히 길지만 현재 중국에서 몽골로 들어가는 루트는 극히 한정되어 있다. 더군다나 비행기를 이용하는 것 이

외의 방법은 분명히 '비현실적'이라고까지 말할 수 있다.

다만 운 좋게 올해 7월 초 몇 주만 특별 조치로 신바얼후쪄치 부근의 국경을 개방해서 그 지방 사람들의 왕래를 허가한다는 소식이 들려왔기 때문에 '운이 좋다'고 기뻐하고 있었지만 그 역시 직전에 아무런 설명도 없이—이 부근에서는 흔히 있는 일 같지만—갑자기 연기되어버렸다. 중국과 몽골의 관계는 최근에 상당히 개선되었는데, 어째서 양국 간의 통행을 그처럼 불편하게 극단적으로 방치해두는지 생각해보면 정말 이상하다.

군이 이유를 생각해보자면 우호적인 관계에 있다지만 현실적으로는 양국의 경제적인 격차가 압도적이며 중국(한인)의 급속한 경제 진출을 두려워하는 몽골 측의 사정과, 그리고 또 국경을 사이에 두고 인위적으로 선을 그어 분할된 상태에 있는 몽골 민족이 합쳐지기를 바라는 중국 측 사정에 의해서, 교류의 진전에 있어 양쪽 모두에게 브레이크가 걸린 것이 아닐까 하는 게 나의 상상이다.

어쩌면 그 부근의 정치적 재편성이 상당히 급속도로 진행되어갈 것 같다고 생각되는데, 나로서는 그것이 유고슬라비아처럼 비참하게 되지 않기를 기원할 뿐이다(왜냐하면 내외 몽골에서 내가 만난 사람들은 모두 좋은 사람들이었기 때문이다). 어쨌든 흐름을 무리

하게 가로막는 이 '스테이터스 쿠오(Status Quo 현상 유지)'의 상태
는 그다지 오랫동안 계속되지는 않을 것이다.

그런 연유로, 베이징에서 비행기로 울란바토르로 들어가 비
행기를 바꾸어 타고 초이발산까지 가서, 그곳에서 지프차로
할힌골 강까지 광대한 초원을 끝도 없이 횡단하여 가까스로
도착한 것이 사흘 전에 묵었던 노몬한 마을의 바로 건너편이
라니 정말 할 말을 잃는다.

그러나 그처럼 멀리 빙 돌아서 온 덕분에 몽골 초원의 광대
함만은 제대로 실감할 수 있었다. 몽골의 초원을 횡단하는 것
이 어떤 것인지 어쩌면 독자들은 제대로 상상할 수 없을지도
모르지만, 엄청나게 넓은 바다를 조그만 나룻배로 가로질러
가는 것이라고 생각하면 될 것이다.

초이발산 마을에서 할힌골 강까지는 약 375킬로미터쯤 된
다. 375킬로미터라면 대충 도쿄東京에서 나고야名古屋까지의
거리지만, 길은 지독히도 험해서 도중에 식사나 휴식 시간을
넣으면 열 시간은 족히 걸린다. 하지만 그동안 스쳐 지나가는
자동차는 정말 손으로 꼽을 수 있을 정도로 적다.

주위는 그야말로 평평한 초원으로, 시야가 닿는 곳은 어디
까지나 초록의 초지가 이어지고 있다. 실제로 이곳은 바다라
고 생각하는 편이 감각적으로는 오히려 이해하기가 쉽다. 끝

도 없이 이어지는 이상한 요동은 조그만 보트가 물결을 가르고 가는 느낌과 비슷하다고 할 수 있다.

바다와 다른 점은 이따금 야생동물의 모습을 목격할 수 있다는 점이다. 초원이니 풀은 확실히 풍부하지만 부근에 일정한 양의 물이 없기 때문에 방목에 적합한 지역은 한정되어 있어서, 보이르 호수 근처를 빼놓으면 가축의 모습은 거의 찾아볼 수 없다. 그 대신 사람도 거의 살고 있지 않아서 그곳엔 가지각색의 야생동물이 인간과는 무관하게 제멋대로 자유롭게 살아가고 있다. 영양, 몽골 매, 학, 늑대, 커다란 들쥐, 토끼…… 그밖에 이름도 모를 여러 가지 동물을 길가에서 꽤나 많이 목격했다.

전신주가 있으면 그 꼭대기에는 언제나 커다란 몽골 매가 앉아서 먹이를 구하기 위해 그 날카로운 눈으로 사방을 노려보고 있었다. 그 부근은 몽골어로 '도르노드(동쪽)'라고 불리는 지역으로, 그런 횅뎅그렁한 초원 외에는 볼 만한 것이 아무것도 없었다.

도르노드의 초원은 옛날엔 바다 밑바닥이었다고 하는데, 그런 탓에 때때로 해양 생물의 화석이 발견되곤 한다. 표고標高는 몽골에서 가장 낮고, 여름이면 엄청나게 덥다. 인구는 불과 9만 명인데, 가축 수는 200만이라고 안내서에 쓰여 있다. 그런 지역을 일부러 찾아오는 이색적인 외국인 관광객은 당연히 그다지 많지 않다. 좀 더 분명히 말하면 거의 없는 실정이다.

하지만 이 지역은 군사적으로는 중요한 의미를 지니고 있으며(중국, 러시아 양국과 국경을 접하고 있다), 그래서인지 교통편은 기대 이상으로 좋았다. 모스크바에서 초이발산까지 직접 열차가 통과할 수 있게 되어 있어서, 이 철도 루트는 노몬한 전투, 혹은 만저우 침공 때 매우 유효하게 이용되었다.

옛날엔 초이발산에서 만저우—몽골 국경 부근의 톰스크 기지—까지 병력과 군사 물자를 보급하기 위한 전용 철도가 부설되어 있었던 모양이지만, 그것은 지금은 존재하지 않는다(있었다는 설명만 들었다). 어쨌든 병참에 관해서는 소련군은 관동군과는 반대로 엄청나게 신중하게 계산하고 행동했다. 소련 측에서 보면 유럽 전선과 극동 전선 사이에서 철도를 이용하여 얼마만큼 유효하고 빠르게 병력과 장비를 왕복시킬 수 있느냐는 것이 군사상 가장 중요한 사항이었다. 그리고 그 시스템을 정비하기 위해서 전력을 기울였다.

무슨 일이 있어도 유럽과 극동의 양면 작전을 회피하고 머리를 잘 굴려서 한번에 한쪽을 처리하자는 것이 소련의 절대적인 기본 방침이었다. 그래서 노몬한 전투를 끝낸 직후에 소련이 폴란드를 침공하고, 또 1945년 8월(독일이 항복한 지 3개월 후)에 그들이 만저우를 침공한 것은 기본적으로는 조금도 이상할 게 없는 일이었다.

노몬한 전투, 대일 전쟁 뒤에도 페레스트로이카에 의해서 근년에 몽골과의 군사 협정이 파기될 때까지는, 소련군이 이 부근에 상당히 대규모의 부대를 주둔시키고 있었으며, 그 덕택에 초이발산의 공항은 몽골의 공항치고는 신기하게도 활주로가 제대로(다소 균열은 가 있지만) 포장되어 있었다.

공항엔 건물 같은 게 없어서 비가 오면 우산을 받쳐들고 오랜 시간 기다려야 하지만, 그나마 고마워해야 한다. 우리가 탄 러시아제의 조그만 쌍발 프로펠러기의 화물칸에는 관이 한 개 실려 있었지만 이것도 불평을 늘어놓을 만한 일이 아니었다.

여기서 우리의 안내를 맡아준 사람은 몽골군의 현역 장교였다. 어째서 군인이 일부러 우리의 가이드를 맡아주는지 나로선 도무지 이해가 가지 않았지만 결국 '외국인이 국경 부근을 멋대로 배회하는 것은 좋지 않다'는 우려와 '가이드 수입으로 미국 달러가 들어오니까' 하는 실리가 두 가지 커다란 이유였을 것이다. 즉 군 쪽에서 보면 외화 벌이의 아르바이트와 감시역을 겸하고 있는 셈인 것이다.

몽골에는 현재 이렇다 할 산업도 없고 국제적으로 통용되는 달러가 매우 부족하기 때문에, 여행자에게 사사건건 모든 장소에서 탐욕스럽게 미국 달러를 요구한다. 이 나라의 관광 산업은 유감스럽게도 여행자 수를 조금이라도 늘리려기보다는 몇 사람 안 되는 여행자로부터 조금이라도 많은 돈을 뜯어내려는 단계였다(한 세대 전의 중국과 비슷하다). 그러나 거꾸로 말해 미국 달러만 내놓으면 모든 것을 살 수 있고 모든 일이 해결된다는 얘기도 된다.

솔직히 말해 이번 취재에 관해 우리는 "뭐요?" 하고 놀랄 정도로 고액의—물론 몽골의 물가로 쳐서 그렇다는 얘기지만—돈을 몽골의 여행사로부터 요구당했다. 하지만 이를 대신할 수 있는 다른 선택지 같은 건 현실적으로 없었다. 개인 자격으로 자동차를 대절해 도르노드의 국경 지구에 갔던 사람이 현지의 여기저기에서 국경 경비대에 의해 말도 못 붙여보고 쫓겨났다는 얘기를 이전부터 들어왔고, 모처럼 시간을 내서 큰맘 먹고 취재를 갔다가 그런 꼴을 당하면 체면이 말이 아니다. 그렇다면 돈이 좀 더 들더라도 처음부터 군인 안내원을 데리고 가는 쪽이 오히려 현명하지 않겠느냐는 얘기가 되고 만다. 솔직히 그다지 내키는 방법은 아니지만.

안내를 해준 사람은 촉만트라라는, 선글라스를 낀 약간 근엄한 중위—별이 두 개 그려진 계급장을 보고 중위려니 짐작한 것이지만—였다. 거기에 전속 운전사인 나슨잘그르라는 아저씨(이 사람은 아마 중사쯤 될 것이다)가 따라붙었다. 지프차는 멋이라곤 없는 러시아제군용 지프차였다. 문이 네 개지만 앞뒤 창이 열리지 않는데다가(열리는 것은 3각창뿐이었다), 차 안에 휘발유통을 몇 개씩이나 싣고 있어서 엄청나게 냄새가 났다. 게다가 모두 담배를 뻑뻑 피워댔다.

아주 위험한데다가 도무지 숨을 쉴 수 없었다. 승차감이나 성능도 미쓰비시의 파제로 같은 것에 비하면 전자동 세탁기와 빨래동 정도의 차이가 났다. 아무튼 그런 차를 편도 열 시간 이상을 타고 가야 했으니 닥치는 대로 아무거나 붙잡고 저주하고 싶어졌다고 해도, 나 자신만의 잘못은 아닐 것이다.

그러나 현지 사람들은 산뜻한 일본제 4륜 구동차보다는 오히려 이런 단순하고 못생긴 차를 좋아하는 것 같다. 도로 상태가 완전히 엉망이어서 '있으면 다소 편리할지는 모르지만 없어도 괜찮은' 각종 계기나 장치가 이것저것 붙어 있지 않은 쪽이 오히려 고장이 적고 사용하기 쉽기 때문이다. 운전자로서는 손댈 방법이 없는 블랙박스 같은 게 전혀 없고, 모든 것이 표면에 노출되어 있으니 만일 어딘가 고장 나도 손수 간단히 고칠 수 있으며, 휘발유나 오일이나 라디에이터 액 같은 것에 이것저것 사치를 부리지 않는다.

근처에 있는 건 오줌이든 술이든 아무것이나 일단 넣어두면 목적지까지는 달리는 형태의 자동차이다. 초원 한가운데서 한겨울에 돌연 자동차가 고장 나면 자칫 잘못하다가는 그대로 죽을 수밖에 없는 참으로 심각한 환경이기 때문에, 이 부근 운전자들의 세계관과 시부야 근처에서 토요일 밤에 자가용을 몰고 있는 불량배의 세계관에 상당한 차이가 있다 해도 전혀 이상하다고 할 수 없을 것이다.

중위는 우리가 울란바토르 여행의 알선을 부탁한 여행 대리점의 사장과 육군 유년 학교인가 어딘가에서 동기생이었다면서 "소홀함이 없도록" 대하라는 지시를 받은 듯 "무사의 상법" 식으로 익숙하지 못하면서도 여러 가지로 신경을 써주었다.

도중에 군대의 주둔소에 들러 그곳에서 우유가 들어간 차, 치즈와 양고기가 들어간 만두를 대접받았다. 그렇기는 해도 나는 노몬한 마을의 양고기 요리와 배갈의 후유증으로 거의 식욕을 잃었고 에이조 군 역시 위장 상태가 나빠서(이 사람은 겉으로 보기에는 뱀이든 개구리든 무엇이든지 왕성하게 먹어버릴 것 같은 얼굴인데, 알고 보면 속은 퍽 예민하다), 우리 두 사람 모두 거의 식사에는 손을 대지 않았다.

그러나 몽골에선 이런 행위는 실례가 되는 일이며, 촉만트라 중위는 "왜 안 드시죠? 여행할 때 음식을 잘 먹지 않으면 몸을 지탱할 수가 없을 텐데요" 하면서 우리에게 열심히 권했다.

게르에서 양젖으로 만든 치즈와 우유를 넣은 차를 대접받았다.

배갈과
다 먹은 양 뼈.

그러나 우리는 미안하지만 도저히 먹을 생각이 들지 않았다. 아무리 실례가 된다고 해도 우리는 일단 취재차 왔기 때문에 몸을 생각할 수밖에 없다고 말했다.

그러나 중위는 아무래도 위장에 문제가 없는 듯, 지프차 안에서도 배갈을 계속 마셔대고 있었다. 그런 세탁 건조기 같은 지프차 안에서 잘도 먹고 마신다고 마음속으로 감탄하고 있었지만 그 사람에게는 그다지 대단한 일도 아닌 것 같았다.

"글쎄요, 술이라도 마시지 않고는 이렇게 오랜 여행은 할 수가 없잖소." 중위는 말했다.

"일본인은 위의 구조가 태어날 때부터 다르니까, 여행하는 동안에는 음식을 그다지 많이 먹지 않소." 나는 적당히 거짓말을 해두었다. 그다지 이해하는 듯 보이진 않았지만.

우리가 목표로 한 도시라고 할까 촌락은 솜베르(유럽의 지도에는 대개 '차가누르'라고 쓰여 있다)라는 곳인데, 이곳은 노몬한 전투에서 최고의 격전지였던 할힌골 강과 홀스테인 강의 합류점—일본군은 '가와마타川又'라고 불렀다—의 언덕 위에 있다.

솜베르 오보에는 호텔 같은 편리한 시설이 없어서 군의 초대소에서 신세를 지기로 했다. 장교 전용의 꽤 훌륭한 숙박 시설이었지만 유감스럽게도 물은 나오지 않았다. 그래서 이도 닦을 수 없고 세수를 할 수도 없었다. 물론 수세식 변소 같은 것도 없었다. 펄펄 끓이면 물 정도는 마실 수 있을 거라고 생각했지만, 물병 속의 물에는 여러 가지 이물질이 떠 있어서 제정신으로는 도저히 마실 수 없었다.

몽골 사람들은 상관 않고 그대로 꿀꺽꿀꺽 마셨지만 그런 물을 마시면 우리는 도저히 몸을 회복할 수 없을 것이다. 가져갔던 소량의 생수를 모두 마셔버린 후로부터 열두 시간 동안이나 갈증을 참을 수밖에 없었다. 상당히 힘이 들었다.

기지 안이어서 밤 10시에 소등하고 술은 절대로 안 된다고 했지만 군인들은 모두 자정이 넘을 때까지 깨어 있었고, 전등을 켜 놓은 채 왁자지껄 술을 마셔대고 있었다. 중국인에게 그 얘기를 하자 "중국의 인민 해방군은 규율이 엄해서 그런 일은 절대로 있을 수 없다"고 말했다. 몽골의 군대는 까다로운 규율 없이 적당히 즐기면서 근무하고 있는지도 모른다. 어쨌든 이 나라에서는 군대든 소등 시간 이후든 술을 권하면 거절하는 사람이 거의 없는 것 같았다.

이튿날 아침 촉만트라 중위가 기지 안에서 계급이 가장 높은 남소라이 중령(이 사람도 중령쯤 될 거라고 적당히 짐작했다)을 우리에게 소개해주었다. 남소라이 중령이 우리를 따라와서는 국

초원을 손금 보듯 잘 알고 있는 남소라이 중령.

몽골군 주둔소 앞에서 기념 촬영. 오른쪽에서 두 번째가 촉만트라(아마도) 중위와 그 아들.

경 지역을 여기저기 안내해주겠다고 나섰다. 친절한 건지 그 저 한가한 건지 잘 알 수 없시만, 솔직히 이 사람은 몽골 육군 중령이라기보다는 센다가야 상점가의 '가을철 교통안전 주간 대기소'에서 아침부터 빈둥거리고 있는 동네 아저씨처럼 보였다. 혹은 망해가는 스모 클럽의 알코올 의존중에 걸린 보스처럼 보이기도 했다. 나쁜 의미로 이렇게 말하는 것은 아니다.

이런 사람이 정말 제대로 안내할 수 있을지 내심 의심스러웠는데, 역시 사람은 겉보기와는 다른 법이다. 이 사람은 국경 지대의 초원 구석구석까지 마치 자기 집 안방처럼 훤히 알고 있었다(솔직히 나는 그림으로 그리려면 우리 집 방의 배치 정도도 제대로 생각나지 않는다).

그는 거의 길도 없고 아무런 이정표도 없는 횅뎅그렁하게 넓은 초원에 지프차를 신나게 달리면서 "저쪽으로 똑바로"라든가 "자, 왼쪽으로"라든가 "저 언덕을 넘어서"라고 운전사에게 정확한 지시를 내리면서 우리를 여러 곳으로 요령 있게 안내해주었다. 만일 그 사람이 없었더라면 아마 우리는 막막한 초원에서 그저 우왕좌왕했을 것이고, 잘못하다가는 길을 잃었을지도 모른다.

나는 어딜 가나 제복을 입은 군인이나 경찰을 보면 왠지 모르게 몸이 굳어지는 경향이 있는데(이것은 세대적 기억 때문일지도 모른다), 남소라이 중령은 현실적으로 무척 도움이 되는 사람이었다. 그렇게 생각하고 자세히 보니 이따금 번쩍 빛나는 눈매가 날카로웠다. 그에 대해 의심을 품었던 것이 미안했다.

아무튼 이 사람들은 이 지역의 구석구석까지를 훤히 알 정도로 진지하게 국경 경비에 임하고 있는 것 같았다. 야음을 틈타 국경을 넘으려 하다가는 금세 붙잡혀버릴 것이다. 내가 그에게 "국경을 넘어서 밀수를 하려는 사람이 있습니까?" 하고 질문을 하자 그는 가타부타 대답은 피했지만 밀수꾼이 없지는 않은 모양이다. 몽골에서는 고급 소비 물자가 부족해서 중국에서 비디오나 카메라와 같은 공업 제품을 가지고 들어오면 꽤 괜찮은 돈벌이가 된다.

할힌골 강은 마치 뱀이 기어가는 것처럼 구불구불 구부러진 강이다. 물의 흐름이 상당히 빠르고 군데군데에 모래톱이 있다. 아무것도 없는 광활한 초원을 여행하다 보면 그 푸른 강물의 흐름과 강기슭에 무성히 자란 초록색의 선명한 관목은 마치 생명 그 자체처럼 싱싱하게 눈에 비친다.

소련과 몽골 연합군이 있던 강의 서안西岸은 높은 언덕이고, 일본군이 있던 동안東岸은 넓은 골짜기 같은 저지대이다. 그 때문에 특히 포격전에서 일본군은 지형적으로 상당히 불리했다.

언덕 위에서는 쌍안경으로 보면 20킬로미터 너머의 노몬한 마을까지 분명하게 바라볼 수 있다. 물론 소련과 몽골 연합군 사령관 주코프 원수는 그 언덕 위에 튼튼한 지하 사령소를 설치하고 싸움터를 한눈에 내려다보면서 지휘했다. 그에 비하면 동안에서는 강을 따라서 병풍처럼 깎아지른 듯이 우뚝 솟아 있는 흰 벼랑이 보일 뿐이다. 실제로 강의 양안에 서서 각각의 해안을 바라보면, 그 조망의 차이에 새삼스럽게 깜짝 놀라게 된다.

솜베르 부근의 가와마타 남쪽에는 콘크리트로 만든 꽤 훌륭한 다리가 놓여 있다. 이 다리가 완성된 것은 약 10년 전인데, 그 이전에는 군사용 가설교를 빼놓으면 이 강에는 항구적인 다리라는 것이 하나도 없었다. 마을 사람들은 말을 타고 건너기도 하고 겨울에는 강물이 얼어서 그 위를 건널 수 있기 때문에 "다리 같은 건 없어도 특별히 불편한 점은 없다"고 했다. 아마 지방 주민의 편의를 도모하기보다는 군사용 차량을 통행시킬 목적으로 이 다리를 만들었을 것이다.

하지만 알고 보면 사람보다는 동물이 훨씬 빈번하게 이 다리를 이용하고 있다. 우리 일행이 그 다리를 건널 즈음엔 다리 한가운데에 소 떼가 모두 엎드려 있었는데, 그 녀석들을 일으켜 세워서 다리를 건너는 데 꽤 많은 시간이 걸렸다. 다리 위는 말똥과 소똥투성이였고, 물론 냄새도 고약했다. 당연한 애

몽골군 주둔지 입구에 세워진 간판.

기지만 '매디슨 카운티의 다리'와는 전혀 다른 분위기다.

남소라이 중령이 우리를 처음 데리고 간 곳은 옛날에 상당히 치열한 전투가 벌어진 것으로 짐작되는 고지였다. 가와마타에서 남동쪽으로 20분쯤 지프차를 타고 달려간 곳에 이 고지가 있다. 물론 길 같은 건 전혀 없다. 이 고지의 정확한 이름은 알 수 없다. 지도를 살펴보면 아마도 격전지로 유명한 '노로고지'(당시 일본군의 호칭)나 그 근처가 아닐까 추측되지만 정확하지는 않다.

아마도 옛날에는 완만한 초록의 언덕이었던 것이 소련군의 집중 포격 탓에 그 모양이 변형되어 초록은 몽땅 패어 나가고 모래땅이 사방에 노출된 것으로 보인다. 8월 후반 소련과 몽골 연합군의 대공세 때, 피비린내 나는 포위전이 전개되었던 듯하다. 경사면의 모래땅 위에는 당시의 치열했던 전투 흔적이 고스란히 그대로 남아 있다.

주위에는 포탄의 파편과 총탄과 구멍이 뚫린 통조림 깡통들이 어지럽게 흩어져 있었다. 불발로 끝난 것처럼 보이는 포탄의 일부까지 떨어져 있었다. 나는 그 광경의 한가운데에 서서 한참 동안 말을 잊고 있었다. 아무튼 55년이나 지난 전쟁인 것이다. 그것이 마치 바로 몇 년 전에 행해진 것처럼, 비록 시체나 핏자국 따위는 보이지 않지만 전쟁의 뚜렷한 흔적이 거의 손을 타지 않은 상태로 내 발밑에 어지럽게 흩어져 있었던 것이다.

아마도 건조한 기후인데다 사람의 발길도 거의 없던 덕에 그런 잡다한 철제품들이 원형을 그대로 간직한 채 그곳에 남겨졌을 것이다. 쇠는 대부분 갈색으로 녹슬어 있기는 했지만 손으로 집어들어도 으스러지지는 않는다. 표면만 발그레할 뿐 녹을 벗겨내자 그 밑에서는 싱싱할 정도의 '쇠'가 아직도 숨 쉬고 있었다. 그 정도로 대량의 쇳조각이 이렇게 좁은 장소에 집중 살포되었다는 사실에 대해서, 나는 어리둥절할 수밖에 없었다.

역사적으로 분류한다면 우리는 '후기 철기 시대'에 속해 있는 것이 아닐까. 거기서는 대량의 강철을 유효하게 상대방에게 살포한 쪽이, 그리고 그것에 의해서 조금이라도 많이 상대방을 제압한 쪽이 승리와 정의를 손에 넣는 것이다. 그리고 '변변치 않은' 초원의 한쪽 구석을 자랑스럽게 손에 넣을 수 있는 것이다.

이 충격적인 광경을 잊지 않기 위해 발밑에 떨어져 있던 총탄 한 개와 포탄 일부를 주워서 비닐봉지에 넣어 일본으로 가지고 돌아가기로 했다. 특별히 기념품이 필요했던 건 아니다.

다만 잊지 않는 것이 어쩌면 내가 할 수 있는 유일한 행위인 것 같았다. 그리고 나는 그 단서 같은 것으로 뭔가 한 가지 남겨놓고 싶었던 것이다.

다시 30분쯤 더 안쪽으로 들어가니 초록의 초원 한가운데에 소련군의 중형 탱크 한 대가 버려져 있었다. "좀 더 큰 전쟁의 흔적 같은 것이 있으면, 그것을 사진으로 찍고 싶은데요"라고 말하는 에이조 군의 요청에 따라, 남소라이 중령이 "그렇다면……" 하고 우리를 그곳으로 안내해주었던 것이다.

그 탱크는 포탑이나 기총 같은 것은 철거되어 있었지만 나머지는 거의 그대로, 아주 깨끗하게 원형을 유지하고 있었다. 아마도 전투 중에 파괴된 것을 일본군의 탱크가 로프로 견인하려고 했지만 마음대로 되지 않아서 방치한 듯, 와이어로프가 연결된 채로 남아 있었다.

어딘가로 옮겨가서 고철로 팔면 어느 정도 돈이 될 수 있을 거라고 생각했지만, 몽골인은 아무래도 고철 회수와 같은 골치 아픈 일에는 그다지 흥미가 없는 것 같았다. 위치가 좋지 않아 트럭으로 들어가기 곤란한 장소였기 때문인지도 모르고, 혹은 회수해봐도 추가로 드는 운송비용이 더 비싸게 먹히기 때문인지도 모른다. 어쨌든 그 덕분에 초원 곳곳에 갖가지 철제품이 그대로 방치되어 있어서, 우리는 지금까지도 당시의 치열한 '강철 전쟁' 흔적을, 그 노골적인 소비의 면모를 눈앞에서 마주할 수 있다.

이처럼 옛날의 전쟁 흔적이 고스란히 보존되어 있는 장소는 전 세계를 뒤져봐도 다시 찾아볼 수 없을 것이다.

몇 곳의 싸움터를 더 둘러본 후에 우리는 솜베르의 훌륭한 전쟁 박물관을 견학했다. 솜베르는 확실히 변경으로밖에 볼 수 없는 빈약한 마을이지만, 전쟁과 관련된 기념비만은 꽤 훌륭하게 갖추고 있었다. 이 박물관은 아주 당당한 건축물로, 전시품도 풍부해서 당시의 귀중한 자료나 각종 무기와 군용품 등이 솜씨 좋게 정리되어 보존되어 있었다. 그런 걸 보면 몽골인들이 노몬한 전투, 즉 할힌골 강 전쟁에서의 승리를 얼마나 중요하게 생각하고 있는가를 잘 알 수 있다. 일본군을 자신들이 주장하는 국경선까지 다시 격퇴시켰으니 대단한 승리가 아닐 수 없다. 그러나 그와 동시에 그런 대규모적이고 웅변적인 영웅 예찬은 할힌골 강 전쟁이 몽골이라는 소규모 국가에게 가져다준 피해가 얼마나 막심한 것이었는가를 말없이, 그러나 생생하게 시사하고 있는 것처럼 생각되었다. 러시아는 글라스노스트 정책에 의해서, 지금까지 숨겨져 있던 다양한 역사적 자료를 공개하고 있는데, 그 자료에 따르면 할힌골 강 전쟁은 지금까지 소련 측이 주장해온 것처럼 소련과 몽골 연합군의 '압도적인 빛나는 승리'가 아니었다. 그 승리를 얻기 위해서 그들이 치러야만 했던 희생은 일본군 못지않게 심각하고 엄청난 것이었음을 알 수 있다. 앞으로 좀 더 많은 자료가 공개된다면 노몬한 전투, 즉 할힌골 강 전쟁에 대한 역사적 평가 또한 크게 달라질 것이 틀림없다. 이 전쟁 박물관의 관장은 우리를 환영해주고 자신이 앞장서서 열심히 관내를 안내해주었지만(꽤 친절한 사람이었다), 유감스럽게도 정전으로 캄캄했기 때문에 전시물을 자세히 보기는 힘들었다. 만성적인 전력 부족 때문에 한낮의 몇 시간 동안은 전력 공급이 중지되는 모양이었다.

솜베르에서 초이발산까지 돌아오는 길에 초원 한가운데서 늑대 한 마리를 발견했다. 몽골인은 늑대를 만나면 반드시 죽인다. 거의 조건 반사적으로 죽인다. 유목민인 그들에게 늑대라는 것은 발견 즉시 죽여야 하는 동물이다. '동물 보호'라는 개념 따위는 이 나라에는 일절 존재하지 않는다.

운전사는 아무런 의논 한마디 없이 재빨리 길을 벗어나 지프를 초원 안으로 몰고 들어간다. 촉만트라 중위는 좌석 밑에서 익숙한 솜씨로 AK47 자동 소총을 끄집어내서 총탄을 장전했다. 그는 탄환을 검은 플라스틱 서류 가방에 넣어 들고 다닌다. 그리고 지프의 문을 열어 몸을 내밀고는 도망치는 늑대를 향하여 쏘기 시작했다.

초원 한가운데서 듣는 AK47의 총성은 "탕, 탕" 하는 메마른 작은 소리여서 상상했던 것만큼 그다지 위력이 느껴지지 않았다. 영화의 사운드트랙으로 듣는 것 같은, 귀가 먹먹해지는 굉음이 아니었다. 오히려 그것은 비현실적으로 들렸다. 어딘가 훨씬 먼 곳의 세계에서 행해지고 있는, 나와는 관계없는 일처럼 느껴졌다. 나는 머릿속으로 '그래, 나는 지금 몽골의 초원 한가운데 있고 그 옆에서 촉만트라가 늑대를 쏘고 있는 거야' 하고, 마치 남의 일처럼 멍하니 생각하고 있었다.

도망치는 늑대 주위로 총탄이 만들어내는 모래 연기가 피어올랐다. 그러나 늑대는 좀처럼 총알에 맞지 않았다. 총알에 맞기는커녕 스치지도 않았다. 늑대는 지프차와의 거리를 계산하고 날쌘 동작으로 교묘하게 방향을 바꾸면서 도망쳤다. 처음에 장전한 탄창이 바닥나자 촉만트라 중위는 혀를 차면서 새로운 탄창을 능숙하게 장전했다. 이 사람은 도대체 탄창을 몇 개나 준비해 갖고 다니는 것일까?

운전사인 나슨잘그르는 아무 말도 하지 않고 입술을 지그시 깨문 채 핸들을 좌우로 꺾으면서 늑대를 몰아붙였다. 결국 처음부터 늑대에게는 승산이 없었다. 늑대의 발놀림은 자못 민

첩하고 영리하지만 유감스럽게도 늑대에게는 지구력이 부족했다.

어쩌면 늑대들은 말에게는 이길 수 있을지도 모른다. 그 확률은 대충 50퍼센트라고 몽골인들은 말했다. 그러나 은폐물도 도랑도 기복도 나무숲도 아무것도 없는 평평한 대초원 한가운데서 늑대는 4륜 구동차를 절대로 이길 수 없다. 자동차는 커다란 강철 기계일 뿐이며 따라서 결코 지치는 일이 없기 때문이다.

10분이면 늑대는 완전히 지쳐버린다. 그 폐는 이미 파열 직전 상태인 것이다. 늑대는 멈춰 서서 어깨로 크게 숨을 들이쉬고 각오를 한 듯 우리 쪽을 빤히 응시했다. 아무리 발버둥쳐도 더 이상 도망칠 수 없다는 것을 늑대는 알고 있다. 그곳에는 이미 선택의 여지라는 것이 없다. 죽을 수밖에 없는 것이다.

촉만트라 중위는 운전사에게 지프를 멈추라고 하고 라이플의 총신을 문에 고정시키고 늑대에게 조준을 맞추었다. 중위는 서두르지 않았다. 늑대가 이미 아무 데도 가지 않는다는 것을 그는 알고 있었다. 그동안 늑대는 이상할 정도로 맑은 눈으로 우리를 보고 있었다. 늑대는 총구를 응시하고 나를 응시한 후에 다시 총구를 응시했다. 온갖 강렬한 감정이 하나로 뒤섞인 눈이었다. 공포, 절망, 혼란, 곤혹, 체념…… 그리고 나로서는 잘 알 수 없는 '그 무엇'.

그 늑대는 한 방에 쓰러졌다. 한참 동안 경련을 했지만 이윽고 숨이 끊어지고 말았다. 몸집이 작은 암늑대였다. 새끼를 위해 먹이를 찾고 있었을까. 나는 깡마른 늑대가 자동차와 총탄으로부터 어떻게든 도망쳐주기를 내심 빌고 있었지만, 결국 기적은 일어나지 않았다. 죽은 늑대에 다가가보니 늑대는 공포에 떨었던 듯 똥을 싸놓았다. 어깨 바로 뒤에 총탄이 명중해 있었다.

총탄 자국이 그다지 크지는 않았다. 윗저고리의 단추 정도 크기의 동그란 피 얼룩이 있을 뿐이었다. 나슨잘그르가 주머니에서 잘 드는 커다란 수렵용 나이프를 꺼내서(이 사람들은 언제나 자동 소총이나 나이프 같은 걸 가지고 다니는 듯했다), 늑대의 꼬리를 요령 있게 싹둑 잘라냈다. 그리고 그 잘라 낸 꼬리를 늑대의 머리 밑에 놓았다. 몽골인의 수렵에 대한 주문 같은 이런 의식은 '또다시 이런 사냥감을 만날 수 있기를!' 하는 의미를 갖고 있다고 한다.

늑대를 죽이고 나자 그 후부터 우리는 모두 이상하게 말수가 적어졌다. 오랫동안 아무도 거의 입을 열지 않았다. 나슨잘그르는 기묘한 러시아어로 된 레게음악의 테이프를 덱에 집어넣고 듣기 시작했다. 석양이 초원의 서쪽으로 서서히 기울며 저녁 하늘을 물들이고 있었다. 하늘이 푸른색에서 남색으로, 그리고 감색으로 물들어가는 초원에서, 우리는 줄곧 서쪽으로 달렸다. 마치 가라앉아가는 태양을 어디까지나 뒤쫓아가려는 것처럼. 하지만 말할 필요도 없이 이번에는 우리에게 승산이 없었다. 주위가 어두워지면 여기저기서 토끼가 도로를 가로질러 갔다. 낮 동안에는 몽골 매가 노리고 있어 굴 밖으로 나올 수 없었던 토끼들이 해가 지기를 인내심 깊게 기다리고 있었던 것이다.

그러고 보니, 몽골 매의 모습은 이미 어디에도 보이지 않았다. 틀림없이 매들은 이 초원 어딘가의 보금자리에서 조용히 쉬고 있을 것이다. 내일 아침이 찾아올 때까지, 그리고 내일이 끝나고 다시 모레가 찾아올 때까지……

우리가 초이발산의 마을에 겨우 도착한 것은 결국 새벽 1시를 조금 넘어선 한밤중이었다. 아무튼 제대로 말도 할 수 없을 정도로 지쳐 있었다. 맥주를 한 컵 들이켜고 나서 그대로 침대에 쓰러졌다.

변변치 않은 마을의 변변치 않은 호텔의 변변치 않은 방이었지만(수돗물은 밤새 흘러 나와 쫄쫄거렸고, 문은 닫히지 않았으며, 천장에 매달려 있는 알전구 외에는 조명이 없어서 분위기가 영 아니었다), 그런 것은 아무래도 상관없었다. 몸을 옆으로 눕히고 잠들 수 있으면 족했다. 게다가 지금까지 내가 묵었던 전 세계의 끝에 있는 변변치 못한 호텔들을 생각한다면, 이런 건 그나마 괜찮은 편이었다. 하지만 나는 좀처럼 잠을 이룰 수 없었다. 낮 동안 강렬한 광경을 너무 많이 본 탓이었을까.

나는 새빨갛게 녹슨 소련군의 탱크나 쇳조각들이 널브러져 있는 싸움터, 촉만트라 중위에게 사살당한 암늑대의 고요한 눈을 잊을 수 없었다. 나는 문득 생각이 나서 모래언덕의 모래 속에서 주워온 포탄과 총탄의 일부분을 가방에서 꺼내 모래를 털어내고 책상 위에 올려놓았다. 그것들을 음울한 호텔 방 테이블 위에 올려놓자, 왠지 시간의 좌표축이 조금씩 느슨해지고 있는 듯한 이상한 느낌이 들었다. 이 호텔 방 안에서 본 그것들은, 내가 모래언덕 속에서 발견했을 때와 느낌이 아주 달랐다.

나는 초자연적인 대상을 숭배하는 인간이 아니다. 어느 쪽인가 하면, 일상적으로는 진지한 현실적인 인간이다. 그러나 그때만은 나는 거기서 뭔가 특별한 느낌을 가질 수밖에 없었다.

사실 이런 걸 가지고 오는 게 아니었는지도 모른다고 문득 생각했다. 그곳에 그대로 두고 왔어야 했는지도 모른다. 하지만 이미 늦었다.

한밤중에 잠에서 깨어났을 때 '그것'은 세계를 심하게 흔들어대고 있었다. 방 전체가 셰이커에 집어넣어져서 심하게 흔들리고 있는 것처럼 위아래로 크게 진동하고 있었다. 내 손조차 보이지 않는 캄캄한 어둠 속에서 모든 것이 덜컹덜컹 소리를 내고 있었다.

무슨 일이 일어났지만, 도대체 무슨 일이 진행되고 있는지 나로서는 짐작도 할 수 없었지만, 어쨌든 침대에서 벌떡 일어나 전등을 켜려고 했다. 그러나 심하게 흔들려서 바닥에 제대로 설 수조차 없었다. 전등 스위치가 어디에 있는지도 생각나지 않았다. 나는 비틀거리다가 넘어졌고, 침대의 틀을 잡고 간신히 다시 일어났다.

틀림없이 대지진이 일어난 거라고 생각했다. 우선 이곳에서 빨리 나가지 않으면 안 되었다. 나는 힘겹게 문 앞까지 가서, 손으로 더듬어 벽의 전등 스위치를 켰다.

전등을 켜는 순간 진동이 뚝 그쳤다. 불이 켜지고 암흑이 사라지자, 한순간에 방 안이 쥐 죽은 듯이 고요해졌다. 마치 거짓말처럼 아무 소리도 들리지 않았다. 더 이상 아무것도 흔들리지 않았다. 시곗바늘은 새벽 2시 반을 가리키고 있었다. 도대체 어떻게 된 일인지 나로서는 알 수 없었다.

잠시 후 나는 문득 깨달았다. 흔들리고 있었던 것은 방도 세계도 아니었고 나 자신이었다는 것을. 그런 생각을 하니 몸속까지 얼어붙었다. 손과 발의 감각을 제대로 느끼지 못한 채 나는 그 자리에 꼼짝 않고 얼어붙은 듯이 서 있었다.

그렇게 깊고 불가해한 공포를 맛본 것은 난생처음이었다. 그렇게 어두운 암흑을 본 것도 처음이었다. 여하튼 나는 그 방에 더 이상 있고 싶지 않았다. 도저히 그럴 수 없었다. 어쩔 수 없이 나는 에이조 군이 있는 옆방으로 들어가서(다행스럽게도 이 호텔 방은 어디나 안쪽에서는 자물쇠가 걸리지 않게 되어 있었다), 졸도한 듯이 깊이 잠들어 있는 그의 옆 바닥에 쭈그리고 앉아서 날이 밝을 때까지 꼼짝 않고 기다렸다.

밤은 영원히 계속될 것처럼 보였지만 새벽 4시가 조금 지나자 동쪽 하늘이 조금씩 밝아왔다. 새도 지저귀기 시작했다. 그리고 아침 햇살이 비쳐들면서 내 안에 얼어붙어 있었던 것 같은 공포도 비로소 조금씩 녹아 없어졌다. 마치 나를 둘러싸고 있던 악령이라도 떨쳐 낸 것처럼 나는 살그머니 내 방으로 돌아와 침대로 기어 들어갔다. 더 이상 무섭지 않았다. 나는 오히려 평안함을 느끼고 있었다. 그것이 어둠과 함께 어딘가로 사라진 것이다. 나는 그대로 아침 햇살 속에서 깊이 잠들었다.

울란바토르에서 베이징으로 돌아오자마자 공항에서 곧바로

비행기를 갈아타고 도쿄로 돌아왔다. 비행기 안의 NHK는 무라야마村山 수상이 나폴리 정상회담 도중 병으로 쓰러졌다는 뉴스를 보도하고 있었다.

"무라야마 수상이라고?"

내가 도쿄를 떠날 때는 분명히 하네다羽田 수상이었는데, 그리고 같은 날에 김일성 주석의 죽음이 보도되었다. 내가 만저우에서 몽골로 느긋하게 여행을 즐기고 있던 2주일 동안 이쪽 세계에서는 여러 가지 일이 나와는 무관하게 진행되고 있었던 것이다. 그로부터 약 한 달 후인 현재 나는, 몽골의 초원에서 멀리 떨어진 장소에서, 거의 반대의 극極에 있다고 할 수 있는 장소에서 이 글을 쓰고 있다.

하지만 초이발산의 초라한 호텔 방에서 내가 새벽 2시 반에 경험한 그 격렬한 세계의 흔들림은 아직도 내 안에 뚜렷하게 남아 있다. 지금까지도 그 흔들림과 공포를 나는 선명하게 생각해낼 수 있다. 그런데 그것이 도대체 무엇이었는지, 나는 지금까지도 이해하지 못하고 있다. 아주 많이 생각해보았지만, 그 사건에 대한 그럴싸한 설명을 생각해낼 수 없다. 그때 내가 느낀 공포의 정도를 타인에게 말로 전달하는 것은 불가능하다. 그것은 길 한가운데에 뻥 뚫린 구멍으로 까마득한 세계의 삼면을 들여다보는 것처럼 무서운 일이었다. 적어도 나에게는.

할힌골 강가에서.

그러나 시간이 지나면서 이렇게 생각하게 되었다. 그것은, 즉 그 진동이나 암흑이나 공포감은 외부로부터 갑자기 찾아온 것이 아니라, 오히려 나라는 인간의 내부에 원래부터 존재하고 있었던 게 아닐까 하고. 무엇인가가 어떤 계기를 만들어 나의 내부에 있는 그것을 억지로 열어버린 게 아니었을까 하고.

마치 초등학교 시절 책에서 본 노몬한 전투의 낡은 사진이 특별한 이유도 없이 나를 매료시키고, 그로부터 30년쯤 후에 멀리 몽골의 초원까지 나를 데리고 간 것과 마찬가지로……

그것은 꽤 멀리까지 나를 데려갔던 것이다.

그러나 나로서는 잘 표현할 수 없지만, 아무리 멀리까지 갔더라도 아니 멀리 가면 갈수록 우리가 거기서 발견하는 것은 단지 우리 자신 외에 아무것도 아니라는 느낌이 든다. 늑대도, 포탄도, 정전되어 희미한 암흑 속의 전쟁 박물관도 결국은 모두 나 자신의 일부에 지나지 않았던 것은 아닐까? 그것들은 그곳에서 나에게 발견되기를 꾹 참고 기다리고 있었던 게 아닐까 하는 생각도 든다.

그러나 적어도 나는 그것들이 그곳에 있다는 사실을 결코 잊어버리지 않을 것이다. 잊지 않는 것 말고 내가 할 수 있는 일은 어쩌면 아무것도 없을 테니까.

아메리카 대륙을 횡단한 여로

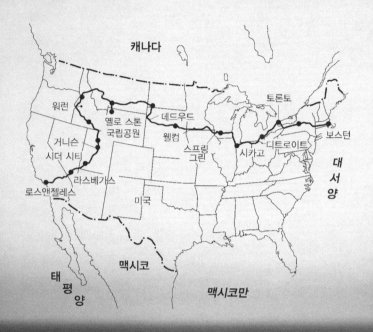

이 글은 1995년 6월 잡지 《신라》에 2회로 연재된 것인데, 이 책에 수록하기 위해 내용을 보완하였다. 동행자는 역시 마쓰무라 에이조 군. 이런 오랜 여행에 동행해줄 사진가는 이 친구밖에 없다.

실제로 핸들을 잡고 대륙 횡단을 해보니까 미국이라는 나라는 정말 엄청나게 큰 나라임을 새삼 알 수 있었다. 가는 곳마다 문화나 복장이 퍽이나 달랐다. 그리고 감탄한 점은 휘발유 값이 싸고 유료 도로가 거의 없다는 점. 그리고 식당과 숙박 시설이 구제 불능일 정도로 단조로웠다는 점이었다.

다시 한 번 횡단해보겠느냐고 누가 물으면 글쎄, 선뜻 그러겠다고 나서기는 어렵다.

병으로서의 여행, 소, 따분한 모텔

나는 오래전부터 충분한 시간을 들여 자동차로 아메리카 대륙 횡단 여행을 해보고 싶었다. 아니 좀 더 정확히 말한다면 줄곧 그 꿈을 꾸고 있었다. 누군가가 "그런 여행에 특별한 목적이 있는가?" 하고 물으면 대답하기 곤란하다. 특별한 목적 같은 건 없기 때문이다.

대서양 연안의 해변에서부터 태평양 연안의 해변까지, 산을 넘고 강을 건너, 어쨌든 미국을 단숨에 돌파해버리는 것, 그것이 내가 가지고 있던 꿈이었다. '행위 자체가 목적이다'라고 명쾌하게 단언할 수 있으면, 그것은 그 자체로 멋있겠지만…….

어쨌든 오랫동안 여행을 떠나는 행위에는 광기狂氣라고까지는 할 수 없어도 뭔가 불합리한 것이 내포되어 있다. 도대체 어째서 그런 귀찮은 짓을 해야만 하는가? 시간도 많이 걸리고, 비용도 엄청나게 들며, 게다가 굉장히 피곤한 일인데.

여행을 하다 보면 이런저런 분쟁에 말려드는 경우도 있다. 아니, 분쟁에 말려들지 않는 경우가 드물다고 말하는 편이 좋

60번 도로, 위스콘신 주 스프링 그린 부근.

을지도 모른다. 스크래블 게임(단어 만들기 게임-옮긴이)의 광고 카피는 맞는 말이다. 그 광고에서는 여행지에서 여러 가지 재난을 당하는 불쌍한 여행자가 이렇게 내뱉는다. "이럴 줄 알았으면 집에서 스크래블이나 할걸." 나는 그 광고를 볼 때마다 "그래, 정말 맞는 말이야" 하고 고개를 끄덕이곤 한다.

정말 여행이란 분쟁의 소지가 다분하다. 정말이지 집에서 스크래블이나 하고 있는 편이 훨씬 정상적이다. 그런 사실을 알고 있으면서도 우리는 저도 모르게 여행을 떠나곤 한다. 눈에 보이지 않는 힘이 이끄는 대로 비틀비틀 벼랑 끝으로 다가가는 것처럼, 그리고 집으로 돌아와 낯익은 부드러운 소파에 걸터앉아 절실하게 깨닫는다. '아아, 뭐니 뭐니 해도 역시 집이 최고야'라고. 안 그런가?

그것은 어찌 보면 병病인지도 모른다. 우리는(적어도 나의 경우엔) 서가에서 지도를 꺼내 펼친 뒤 책상 위에 올려놓고는 뚫어질 듯이 바라본다. 지도라는 것은 아주 매혹적인 것이다. 지도에는 아직 자기가 가본 적 없는 지역이 펼쳐져 있다. 조용히, 말없이, 그러나 도전적으로. 들어본 적도 없는 지명이 허다하다.

건너본 적이 없는 커다란 강이 흐르고, 본 적이 없는 높은 산맥이 줄을 잇고 있다. 호수나 하구는 하나같이 매력적으로 보인다. 변변치 않은 사막조차도 뿌리칠 수 없는 유혹을 보낸다. 지도를 펴놓고 자기가 아직 가본 적이 없는 곳을 물끄러미 들여다보고 있노라면, 마녀의 노래를 듣고 있을 때처럼 마음이 자꾸만 끌려 들어간다. 가슴이 두근두근 뛰는 것이 느껴진다. 아드레날린이 굶주린 들개처럼 혈관 속을 뛰어다니는 것을 느낄 수 있다. 피부가 새로운 바람의 산들거림을 간절히 원하고 있음을 느낄 수 있다.

문득 떠나고 싶다는 강한 유혹을 느낀다. 일단 그곳에 가면, 인생을 마구 뒤흔들어놓을 중대한 일과 마주칠 것 같은 느낌이 든다(실제로 그런 일은 매우 상징적인 영역에서만 일어나지만).

그런 연유로, 나는 (언제나처럼) 사진작가인 에이조 군과 둘이
서 2주가 넘는 미국 횡단 여행을 떠나게 되었다. 노정은 남부
를 순회하는 유명한 '루트 66' 코스가 아니라 어디까지나 나이
든 베테랑이 좋아하는 북부 순회 코스이다. 일리노이, 위스콘
신, 아이오와, 미네소타, 사우스다코타, 아이다호, 와이오밍, 유
타…… 그것도 충분히 시간을 들여서, 무미건조한 고속도로보
다는 오히려 지방색 짙은 국도 중심으로 여행을 하는 것이다.
하지만 내가 가지고 있는 폭스바겐 코라도로는 엉덩이도 아프
고 짐도 많이 실을 수 없기 때문에 장거리 여행이 힘들어서 볼
보 850에스테이트를 렌트하기로 했다. 처음에는 옛날식으로
풀 사이즈의 미제 스테이션왜건을 렌트할까도 생각했지만, 실
제로 보니 그 공룡 같은 덩치에 압도당해서 꽁무니를 빼고 말
았다. 그런 차를 종렬 주차하는 건 생각만 해도 식은땀이 난다.
볼보는 솔직히 그다지 스릴이 있는 자동차라고는 할 수 없
지만, 시트 상태가 아주 좋아서 2주일 동안 계속 앉아만 있었
는데도 몸이 쑤시지 않았다. 허리에 문제가 있는 사람이라면
그 차를 쓰는 것이 좋겠다고 생각한다.
"그런 여행에는 도저히 동행할 수 없겠어요. 나는 도쿄로 돌

아가서 편안히 쉬고 있을래요" 하는 아내를 보스턴의 로건 공항에서 나리타 행의 비행기에 태워주고 그길로 드디어 서해안으로 향했다. 여행에서 빠지겠다는 아내의 생각은 현명한 것이었다. 우리의 목적지는 약 8,000킬로미터 저쪽에 있는 로스앤젤레스의 롱 비치였다.

우선 매사추세츠에서 북부 뉴욕을 빠져나가서, 나이아가라 부근에서 캐나다로 들어갔다(나이아가라는 몇 번을 가봐도 시끄러운 곳이다). 토론토에 살고 있는 일본 문학 연구자인 테드 구센 씨의 집을 방문하기 위해서다. 한 번 놀러 와달라고 전부터 초대했기 때문에 일부러 들른 것이다. 구센 씨는 원래 미국인이지만 베트남 전쟁 때 징병당하는 게 싫어서 캐나다로 옮긴 이후 그대로 그곳에 눌러 살고 있다. 그는 토론토에서 한 시간 정도 거리에 있는 산속에 산장을 갖고 있어, 우리는 그곳에서 신세를 졌다. 꽤 깊은 산중이라 비버나 호저, 사슴, 늑대, 라쿤 같은 게 나온다고 했다. 와인을 마시면서 밥 딜런의 옛날 레코드를 듣고(그렇다, 우리는 '그 세대'인 것이다), 연어를 굽고, 뜰에서 따온 아스파라거스를 먹었다. 그리고 밤새 여러 가지 이야기를 나누었다.

캐나다에서 국경을 다시 넘어 디트로이트로 향했다. 그리고 오하이오, 인디애나를 거쳐 시카고로 갔다. 여기까지는 그다지 재미있는 일은 없었다. 오히려 지루하기 짝이 없는 여행이었다. 그냥 차를 몰고 가면서 차창에 비치는 그렇고 그런 풍경을 볼 따름이었다.

하루 평균 주행 거리는 대략 500킬로미터. 둘이서 교대로 운전하고 아무리 봐도 평범하기 그지없는 모텔에서 숙박을 하고, 아침에 팬케이크를 먹고, 점심에는 햄버거를 먹었다. 같은 일이 매일 반복되었다. 모텔 간판만 바뀌었다. 홀리데이 인, 콤포트 인, 베스트 웨스턴, 드래블 로지…….

아니, 정확하게 말하자면 지루하지만은 않았다. 지루하다고 할 수 없는 일 중 하나는, 아주 빈번하게 경찰관이 정차시키는 일이다. 그렇다고 해서 우리가 엉망으로 운전한 것은 아니었다(분명히 아무도 보지 않는 애리조나의 사막 한가운데서는 엘튼 존의 〈메이드 인 잉글랜드〉를 들으면서 시속 200킬로미터를 밟았지만, 그것은 어디까지나 아주 예외적인 일이었다). 미국의 고속도로에서는 보통 시속 24킬로미터만 유지하면 경찰관에게 단속 받는 일이 없다. 우리는 대개 시속 16킬로미터 조금 넘는 정도로 다른 자동차들의 자연스러운 흐름에 맞춰서 달리고 있다고 생각했는데, 경찰은 우리 차를 세웠다.

순찰차가 사이렌을 켜고 우리 뒤를 따라왔다. "어, 이상한데!

설마 우리 차를 세우려는 건 아니겠지?" 하고 고개를 갸웃거리고 있는 사이, 경찰이 삐뽀삐뽀 사이렌을 울리며 갓길로 차를 대라는 신호를 한다. 하지만 경찰관은 면허증을 체크하고 차 안에 머리를 들이밀고 두리번두리번 안을 둘러볼 뿐, 위반 딱지는 끊지 않는다. "앞으로는 속도 유지에 신경을 쓰십시오" 하고 경고를 줄 뿐이다.

어째서 우리만 계속 단속에 걸리는 건지 여러 가지로 생각해봤지만, 결국 우리가 다른 주(州)의 번호판이 달린 왜건을 타고 뒷유리에 검은 차양을 붙이고 있기 때문인 것 같았다. 더구나 에이조 군은 햇볕에 그을려 있어 언뜻 보면 히스패닉계의 젊은이로 보이는 외모상의 문제를 안고 있었다. 그런 모습은 분명히 마약 운반자들의 특징이다. 그래서 경찰관들은 우리의 모습 때문에 경계심이 발동해서 차를 정지시키고 짐칸에 뭔가 수상한 것을 싣고 있지 않은지 체크해봤던 것이다. 그러나 이 문제에 신경을 쓰는 건 솔직히 두 손 들었다. 언제나 어딘가에 순찰차가 숨어 있지 않을까 주의 깊게 눈을 번뜩이고 신경을 곤두세워야만 하기 때문이다. 에이조 군의 외모가 미키 마우스나 신디 로퍼를 닮았더라면 아마 이런 문제는 일어나지 않았을 것으로 생각하지만, 그런 건 그의 책임이 아니다. 아무튼 순찰차 문제를 빼놓으면 처음 5일 동안은 무척이나 지루하고 따분한 여행이었다.

여행이 간신히 다채로워지기 시작한 것은 시카고를 빠져나와 위스콘신 주로 들어가면서부터였다. 아니, '다채롭다'라는 표현은 적합하지 않을지도 모른다. 실제로 그곳에는 다채로운 요소 같은 것은 하나도 없었기 때문이다. 정확히 표현한다면 오히려 우리의 여행을 둘러싼 환경이 '더 따분해졌다'고 하는 편이 진실에 가까울지도 모른다.

그러나 그 따분함은 그때까지 우리가 여행했던 곳들에서 느꼈던 따분함과는 다른 종류의 새로운 따분함이어서, 나로서는 꽤 자극적이라고 부를 수 있었던 것이다. 그 무렵부터 겨우 우리는 미국이라는 나라의 한가운데로 들어가기 시작했던 것이다.

우선 라디오에서 흘러나오는 음악의 종류가 완전히 달라졌다. 컨트리 음악 프로그램이 압도적으로 많아지고, 재즈나 랩은 카스테레오의 서치 버튼을 아무리 눌러도 들을 수 없었다. 덕분에 나는 본의 아니게 컨트리 음악의 유행 상황에 꽤 정통하게 되었다.

사실 대개는 변변치 못한 노래들이었지만, 〈텍사스 토네이도Texas Tornado〉라는 히트곡만은 꽤 좋았다(그대는 텍사스의 회오

리바람, 나는 그대를 따라 이리저리······). 누구의 곡인지는 모르지만, 그 곡은 마치 이번 여행의 주제곡처럼 캘리포니아에 도착할 때까지 그야말로 귀에 딱지가 앉도록 몇 번이고 들어야 했다. 마이클 잭슨의 신곡 같은 것은 단 한 곡도 틀어주지 않았다. 특별히 듣고 싶은 것도 아니었지만.

모텔 방에서 TV의 아침 뉴스를 켜자, O. J. 심프슨의 재판 진행 상황에 관한 뉴스 뒤에, '오늘의 가축 시세'를 장황하게 듣는 신세가 되었다. 무슨 종의 몇 살짜리 소 값이 얼마이고, 무슨 종의 돼지 한 마리 값은 얼마라는 것을, 나이 든 뉴스 캐스터가 진지한 얼굴로 담담하게 읊조렸다. 뉴욕의 뉴스가 교통 정보를 알려주거나 하와이의 뉴스가 파도 상황을 알려주거나 하는 것과 마찬가지였다. 읊어대는 숫자에 따라서 캐스터는 약간 감탄하거나 얼굴을 찌푸리거나 할 뿐이다. 과연 미국이라는 곳은 정말 큰 나라라는 사실을 뼈저리게 실감했다.

밤이면 TV 프로그램에서는 컨트리 댄스 대회라는 것을 자주 내보내주었다. 카우보이모자를 쓰고 조각을 새겨 넣은 부츠를 신은 수많은 남자들이 머리칼을 솜사탕처럼 잔뜩 부풀리고 화려한 의상을 입은 아가씨들과 컨트리 뮤직에 맞춰 스텝을 나란히 밟으면서 흥겹게 춤추는 것이다. 단지 그뿐이지만, 한 번 보면 이상할 정도로 꽤 열심히 빠져들어 시청하게 된다.

왜 그런지 나 스스로도 알 수 없었다.

여기 와서 보니 이곳에는 컨트리 음악을 전문으로 하는 MTV까지 있었다. 아침부터 밤까지 쉴 새 없이 컨트리 뮤직 비디오를 방영하고 있다. 정말 대단했다.

자동차 창밖으로 보이는 광경은 완벽하다고 할 수 있을 정도로—아니면 예술적이라고 할 수 있을 정도로—따분해져갔다. 거기에 존재하는 것은 목장과 농장과 이따금 눈에 띄는 간판들뿐이었다. 달리고 또 달려도 목장과 농장과 이따금 나타나는 모텔의 간판밖에는 눈에 띄지 않았다. 그것들 외에는 거의 아무것도 보이지 않았다.

대부분의 길은 톨스토이 소설에 나오는 정직한 농부의 영혼처럼 애처로울 정도로 곧게 뻗어 있어, 시력만 좋으면 아주 멀리까지 바라볼 수 있다. 하지만 그렇게 멀리까지 바라볼 수 있어도 특별히 마음이 즐겁지는 않았다. 왜냐하면 아주 멀리 보이는 광경 역시 농장과 목장과 이따금 나타나는 간판뿐이기 때문이다. 이따금 스쳐 지나가는 대부분의 자동차는 가축 운반차나 픽업트럭이었다. 보스턴에서 아이오와에 찾아오는 것은 사실 나에겐, 도쿄에서 보스턴으로 찾아오는 것보다 훨씬 더 큰 문화적 충격을 주었다. 이런 곳에서 매일매일 소를 보고 컨트리 뮤직을 듣는 생활을 보내고 있으면, 굳이 프란체스카

부인(아이오와 주 매디슨 카운티의 그 사람)이 아니더라도 인생이 따분해지기도 하겠구나 생각했다.

농가는 대개 비슷한 모양을 하고 있었다. 정면에 커다란 헛간이 자리 잡고 있고, 마른 사료를 넣는 저장용 창고가 있으며, 아주 길게 쳐진 울타리가 있다. 울타리 안에는 소가 가득 차 있다. 소는 상당히 귀여운 동물이지만, 너무 많으면 역시 보기에 싫증이 난다. 이 세상일에는 대개 그런 경향—너무 많으면 보기가 싫어지는—이 있는데, 소 역시 예외가 아니었다. 자꾸 보다 보니 단지 보기 싫어질 뿐만 아니라 소를 보는 행위에서 정말로 피로를 느꼈다. 어째서 이 세상에 이렇게 많은 소가 있어야 하는지 생각하면서 짜증을 내게 된다.

자동차를 타고 아무리 달리고 달려도 그런 광경이 언제 끝날지도 모르게 끝없이 계속되었다. 마치 전에 본 소가 다시 앞질러 와서 우리를 기다리고 있는 게 아닐까 하는 엉뚱한 착각에 사로잡히기까지 했다.

엄청난 나라에 왔다는 생각이 들기도 했다. 결국 내가 지금까지 보아온 미국이라는 나라는 아주 작은 부분에 지나지 않는 것이었다.

풍경만 이처럼 따분한 것이 아니라 하루 세 끼 식사를 하는 레스토랑과 매일 밤 숙박하는 모텔도 그에 못지않게 따분해 보였다. 모든 것이 개성이라곤 없이 서로 너무도 닮은꼴이었기 때문에 그중 어느 게 어느 것이었는지 거의 구별할 수 없었다.

하룻밤 묵을 모텔을 선택하는 것은 이론적으로는 간단한 일이지만, 실제적으로는 상당히 어려운 일이다. 어디든 마찬가지니까 어딜 가도 상관없지 않은가 하고 생각하지만, 막상 구체적으로 어느 한 곳을 선택해야 할 때는 망설여진다.

저녁때만 되면 '이 정도면 괜찮겠지' 하며 될 대로 되라는 기분으로 모텔을 선택하게 된다. 매일같이 이런 선택을 계속하다 보면, 어느새 원래 자신의 내부에 있던 '무엇이 좋고 나쁜가' 하는 기본적인 가치 기준이 점점 흐려져간다.

모텔이라는 이미지가 머리에 떠오르면, 그와 동시에 머릿속에는 뿌연 안개 같은 것이 끼어들면서 우리는 엄청나게 긴 파이프 같은 모습을 한 '계속성' 속에 빨려 들어가게 된다. 거기서는 시간이 엿가락처럼 늘어난다. 앞뒤 차이를 알 수 없고, 어제와 내일, 일상과 비일상의 차이를 알 수 없게 되어 간다. 감동과 무감동의 차이도 알 수 없다. 거기에 존재하는 것은 TV와 침대와 화장실이라는 기호뿐이다.

TV와 침대와 화장실, TV와 침대와 화장실, TV와 침대와 화장실. 끝없는 반복이다. 이러한 반복이 사람의 마음을 서서히

좀먹어 들어간다.

나는 여행을 하는 동안 줄곧 여행 일지를 쓰고 있었는데(어떤 여행에서나 반드시 매일 여행 일지를 꼼꼼히 적는다. 나는 인간의 기억이라는 것을 전혀 믿고 있지 않다. 그중에서도 특히 나 자신의 기억을), 미국 중서부의 모텔과 레스토랑에 대해서는 정말 아무것도 적을 것이 없었다.

그래서 지금 수첩의 여기저기를 들쳐보아도 적혀 있는 것이라곤 거의 모텔의 이름과 방값뿐이다. 거기에는 여행지의 특징이 전혀 없는 것이다. 아니, 설사 있었더라도 그 특징에는 특별한 의미가 없는 것이다. 특별한 의미를 갖지 못한 특징이라는 것은 배열이 명확하지 않은 사전과 비슷하다. 아무리 뒤적여봐도 시간만 낭비할 뿐 아무런 소득도 없다.

하지만 단 한 가지, 우리는 그런 특징 없는 모텔에서 또 다른 특징 없는 모텔로 옮겨 다니면서, 미국의 모텔에 대해 귀중한 교훈을 배웠다. 그것은 '온수 풀장이 있는 모텔에는 들지 말라'는 것이다.

왜냐하면 우선 첫째로, 도로변에 있는 모텔의 온수 풀장이라는 것은 비좁고 대부분 물이 오염되어 있어서 도저히 제정신을 가지고는 수영할 수 없기 때문이다. 둘째로, 건물 안에 온수 풀장이 있어서(대개의 경우, 옥내 안뜰에 설치되어 있다), 건물 전체

볼보 850 에스테이트로 아메리카 8,000킬로미터의 길을 여행하였다.

모텔 알즈 오아시스. 사우스다코타 주 체임벌린.

가 습기를 머금고 있고 눅눅하기 때문이다.

요컨대 모텔 전체가 사우나 같은 곳이 많다. 우리는 이런 식의 온수 풀장이 붙은 모텔에서는 여러 번 혼쭐이 났다. 인디애나 주에서 어느 작은 마을의 모텔에 숙박했을 때는, 마치 방콕 공항에서의 환승을 상기시키는 잠 못 이루는 하룻밤을 보내기도 했다. 여러분도 부디 조심하라고 말해주고 싶다.

'온수 풀장이 있는 모텔에는 절대 들어가지 말라.' 이 말 외에 모텔에 대해서 더 얘기할 것은 거의 없는 것 같다.

레스토랑에 대해서 얘기할 만한 것은 더더욱 없다. 도대체 그곳에서 무엇을 먹었는지 나로서는 아무것도 생각나지 않는다. 배가 고팠으니 필경 무엇이든 먹긴 먹었을 텐데, 불행한 유아기의 어두운 기억처럼, 그것은 내 의식의 벽장 속 깊이 박혀 있을 것이다. 그리고 나는 구태여 그 기억을 꺼내보고 싶은 마음이 없다.

웰컴이라는 이름의 도시, 서부의 차이나타운, 유타의 사람들

미국에는 참으로 여러 가지 이상한 이름의 도시들이 있다. 미네소타 주에는 '웰컴(WELCOME)'이라는 이름의 도시가 있었다. 나와 에이조 군은 그저 넓기만 하고 평평하고, 소 외에는 거의 아무것도 보이지 않는 중서부에서 끝없이 서쪽을 향해 가느라고 꽤 지쳐 있었기 때문에, 그 간판을 본 순간 자신도 모르게 무엇에 홀리기라도 한 듯이 고속도로에서 내려오고 말았다. 그 도시에 찾아가면 혹시 좋은 일이 생기지 않을까, 뭔가 재미있는 볼거리가 있지 않을까 기대했던 것이다.

거리 입구에 'WELCOME'이라는 간단한 간판이 서 있고, 인구가 790명이라고 쓰여 있었다. 일단 거리 저쪽 끝까지 지나가보았지만 (입구 바로 앞이 이미 저쪽 끝과 닿아 있을 만큼 좁은 곳이었다), 이름 외에는 별다른 특징이 없는 흔해 빠진 중서부의 시골 도시였다.

거리에 들어갔을 때 누군가 다가와서 "우리 마을에 온 것을 진심으로 환영합니다!" 하고 인사를 해주는 것도 아니었다. 애교 넘치는 부인이 먼 곳에서 찾아온 손님에게 아이스티를 내밀어주는 것도 아니었다. 반대로 우리의 정체를 수상하게 생각한 순찰차가 한참 동안 꽁무니를 따라다니는 바람에 애만 먹었다. '웰컴'은 무슨 웰컴, 하고 한마디 해주고 싶었다.

어쨌든 이 근처의 남자들은 모두 약속이라도 한 듯이 모자를 쓰고 있었다. 스테트슨이나 혹은 트랙터 브랜드의 야구 모자형 캡. 모자를 쓰지 않고 다니는 사람은 거의 찾아볼 수 없었다. 담배를 피우는 사람이 많았고, 디카페인 커피 같은 것도 찾아볼 수 없었다. 브렛 이스턴 엘리스의 책을 읽는 사람도 없었다. 윈튼 마살리스의 팬도 (아마) 없을 것이었다. 레스토랑에는 냅킨도 없었다. 어찌된 셈인지 해마처럼 뚱뚱한 사람이 많았다. 장소에 따라서는 맥주를 주문하면 글라스 속에 올리브가 들어 있다. 도대체 무엇 때문일까? 천성적으로 상상력이 빈약한 나로서는 도저히 상상할 수 없는 광경이었다.

웰컴에서 한참 더 가면 있는 사우스다코타의 산속 마을에 옛날 차이나타운의 유적이 있다고 해서 그곳을 찾아가보았다. 사진작가인 에이조 군은 전 세계를 돌아다니면서 차이나타운만 찍고 있는 본격적인 '차이나타운 연구가'이기 때문에, 차이나타운이 있다는 말을 듣고 잠깐이라도 들르지 않을 수 없었다.

그곳은 '데드우드(DEADWOOD)'라는 이름의, 와일드 빌 히콕이 술집에서 사살당한 장소로 꽤 유명한 금광 거리였지만, 지금은 카지노 도시로 그런 대로 명맥을 유지하고 있다. 한마디로 그곳은 라스베이거스의 축소판으로, 호화스러움과 멋을 제거하고, 단지 형편없는 날씨만 심술을 부리는 장소다. 중심가에는 줄줄이 도박장이 늘어서 있는데, 똥배가 나온 선남선녀들이 잔돈이 든 플라스틱 그릇을 끌어안은 채 짤그랑짤그랑 소리를 내면서 슬롯머신 앞에 앉아 있었다. 나는 도박에는 그다지 흥미가 없기 때문에 카지노는 거의 거들떠보지도 않고,

'지하 차이나타운 투어'라는 것에 참가해보았다. 참가했다고는 하나 손님은 나와 에이조 군뿐이었다. 모두들 도박에 정신이 팔려 있어서 사우스다코타의 깊은 산속 습기에 찬 땅굴로 내려가 옛날 차이나타운의 유적을 구경하려는 별난 취미를 가진 이는 없는 것이다(그 심정을 모르는 바는 아니지만). 입구에서는 어두운 표정의 신경질적인 청년 한 사람이 지키고 있었는데, 무척이나 심심하고 따분해 보였다.

골드러시(새로 발견된 금광에 사람들이 몰려드는 일-옮긴이)로 인해 새로운 마을이 생겼다는 소문을 듣고, 중국인들은 샌프란시스코에서부터 흔들리는 마차에 몸을 싣고 원주민에게 습격까지 당해가면서 멀리 사우스다코타의 이 깊은 산속까지 찾아왔던 것이다. 마땅한 기술을 갖지 못한 떠돌이 중국인 노동자들은 어딘가에 일자리가 있다고 하면 만 리 길도 마다하지 않았다. 그러나 어째서 이곳 중국인들이 마을 지하에 대규모의 미로와 같은 것을 만들었는지, 지금에 와서는 그 이유를 정확히 알 수 없다. 이민 온 중국인들은 백인들에게 괴롭힘을 당하고 있어서, 밤에는 안심하고 거리로 나가 걸어다닐 수 없었기 때문(당시는 거친 서부의 거리였으니까)이라는 설도 있다. 반대로, 중국인들은 백인의 세계를 피해 자신들만의 세계에 틀어박혀 있고 싶어서, 지하에 작은 비밀 세계를 구축했다는 설도 있다.

거대한 들소 인형. 식당 간판인가? 90호선, 사우스다코타 주 체임벌린 부근.

사우스다코타 주 데드우드의
카지노 호객꾼.

분명히 지하 통로 안에는 아편을 먹기 위한 작은 방이나 도박을 위한 작은 방도 만들어져 있었다. 나는 지하 세계에 대해서는 옛날부터 약간 흥미가 있었기 때문에 그 미로와 같은 지하 세계를 아주 재미있게 구경했다. 모두가 함께 구멍을 파서, 하나의 마을 밑에 자신들만의 '또 다른 마을'을 만든다는 당시 중국인들의 발상과 에너지는 아닌 게 아니라 엄청났다는 생각이 든다.

내친김에 아이다호에서는 역시 옛날 차이나타운을 찾아서 워런이라는 마을에 가보았다. 이곳은 사실 굉장히 깊은 산골이어서 도로도 포장되어 있지 않았다. 일반 도로에서 옆길로 들어가 두 시간가량 걸려 간신히 도착했다. 자못 아름다운 풍경이지만, 최근 큰 산불이 났던지 숲이 무참하게 그을려 있었다. 서부 대부분의 금광 거리는 지금은 모두 고스트 타운(유령도시)이 되었지만, 이 워런만은 지금도 현역 금광 거리이다. 아니, 현역 고스트 타운이다. 왜냐하면 이곳에서 금을 캐내고 있다고는 하나 그 인원이라 해봐야 고작 스무 명 정도이기 때문이다. 그러니까 그런 사람들을 상대로 하는 조그만 살롱 같은 바가 꼭 한 집 있었다. 그밖에는 상점이고 뭐고 아무것도 없었다. 생활 물자는 헬리콥터로 운반해온다고 한다. 이 마을에 있으면, 왠지 모르게 역사의 흐름에서 소외된 장소에 잘못 들어 와버린 것 같은 느낌이 든다. 나는 이 마을의 바에 들어가서 차가운 버드와이저 맥주를 마시고, 머시룸 햄버거를 먹었다. 웨이트리스는 특별히 불친절하지는 않았지만, 얼른 먹고 나가 주었으면 하고 바라는 눈치였다. 아무래도 타지 사람이나 외국인이 환영받는 고장은 아닌 것 같았다.

바에서는 '흰올빼미 사격 대회'라고 새겨진 티셔츠를 팔고 있었다. 물론 이것은 흰올빼미 보호를 외쳐대고 있는 환경보호주의자들에 대한 앙갚음이다. 그다지 좋은 취미에서 나온 농담이라고 할 수는 없지만, 어디까지나 농담이다. 내친김에 한마디 더 한다면, 우리가 타고 간 볼보는 이 고장에 전혀 어울리지 않았으며, 워런 거리에서는 볼보는커녕 트럭 이외의 자동차를 타는 사람은 거의 한 사람도 볼 수 없었다.

골드러시의 시대에는 이 마을에도 중국인이 많이 찾아와서 금을 캐거나 밭을 일구어 채소를 가꾸거나 했다. 그들이 살았던 터나 사용했던 식기 같은 것은 지금도 그대로 남아 있었다. 이 촌락에는 농업 진흥청의 작은 출장소가 있었는데 그곳 벽에 페인트칠을 하고 있던 여고생 정도로 보이는 소녀가 친절하게 그 워런이라는 마을의 유래를 가르쳐주었다.

차이나타운 연구가인 에이조 군에 따르면 중국인 마피아의 손이 이런 벽지에도 미쳤다고 한다. 그들은 동포에게 일자리를 알선함과 동시에 도박과 아편으로 그 돈을 모조리 약탈했다고 했다. 여기서는 매춘도 성행했던 듯, 미국의 중국 처녀를 둘러싼 갖가지 전설도 남아 있는 것 같았다. 하지만 농업 진흥청 출장소에서 얻은 자료에는 도박이나 매춘에 관한 것은 한 줄도 쓰여 있지 않았다.

워런 마을에서는 그 부근에 떨어져 있는 돌멩이가 모두 신기할 정도로 눈부시게 빛나고 있었다. 마을 한가운데를 흐르고 있는 작은 시내의 밑바닥도 보기 좋게 황금빛으로 빛나고 있었다. 돌멩이를 주워서 자세히 보니, 표면에 얇은 금박이 이끼처럼 달라붙어 있었다.

처음 얼마 동안은 어쩌면 진짜 금이 아닐까 하고 꽤 열심히 그 부근의 돌멩이를 주워 모았지만, 도중에 '설마 전설의 지팡구(마르코 폴로의 《동방견문록》에 소개된 일본의 명칭-옮긴이)도 아닐 것이고, 진짜 금이 이렇게 많이 떨어져 있을 리 없겠지' 하고 바보스러운 행동을 그만두고 말았다. 별것 아닌 그저 빛이 나는 광물일 터였다. 그렇긴 해도 저 옛날의 금광 거리에서 발치의 돌이나 모래가 태양에 비쳐 황금색으로 빛나고 있는 것은 귀신에게 홀린 것 같이 기묘한 풍경이었다. 험프리 보가트의 영화 〈시에라마드레의 황금The Treasure Of The Sierra Madre〉은 그렇지 않지만, 황금이라는 것은 분명히 인간의 마음을 자신도 모르게 미치게 하는지도 모른다.

로키 산맥을 넘어 아이다호에서 유타 주로 들어가면, 서해 안이 바로 눈앞에 다가온다. 유타에서는 터프츠 대학에서 함께 연구했던 찰스 이노우에 선생(이즈미 교카泉鏡花 연구)의 부친 농장에서 신세를 졌다. 찰스 선생이 늘 나에게 "유타는 아주 좋은 곳이야, 한 번 가보면 좋아" 하고 권했기 때문이다. 찰스 선생의 부친은 일본계 2세였지만 전쟁 중에 강제 이주되어 캘리포니아에서 와이오밍 주의 수용소에 보내졌는데, 전쟁이 끝나고 나서도 고향인 캘리포니아로 돌아가지 않고 이웃 유타 주에 정착했다는 사람이다.

찰스는 맨손으로 시작해서 지금은 거니슨이라는 작은 도시의 교외에 750에이커의 농장을 소유하고 있고, 아이들은 모두 의사나 변호사, 대학 교수와 같은 전문직에 근무하고 있다.

그의 가족은 모두 모르몬교 신자로 술이나 커피를 일절 입에 대지 않으며, 일본에 선교차 왔던 적이 있었기 때문에 일본어에 대단히 능숙하다. 그 자녀들도 적절한 나이가 되면 모두 브리검 영 대학에서 교육을 받은 후 선교사로 일본에 오게 되어 있다.

전쟁이 끝나고 나서도 어째서 캘리포니아로 돌아가지 않고 모르몬교로 개종―그런 예는 극히 드물다―했는가에 대해서는 구태여 질문하지 않았지만, 수용소에 들어가 있는 동안 부친은 틀림없이 여러 가지 생각을 했을 것이다. 이웃에 살고 있는 의사인 아들 드와이트 씨(그는 나와 동갑이었다)는 "일본인은 전쟁 중에 많은 박해를 받았으며, 모르몬교 신자도 미국 역사 속에서 늘 박해만 받아왔습니다. 그런 면에서 서로 통하는 바가 있었겠죠. 어느 쪽이나 근면을 미덕으로 삼는 진지한 사람들입니다"라고 했다. 모두가 다 그렇게 생각하고 있지는 않겠지만……

스노모빌을 트럭 짐칸에 싣고, 드와이트 씨 가족들과 산 위로 눈놀이를 갔을 때(근처의 산꼭대기에는 6월인데도 눈이 남아 있었다), 나는 그에게 "당신에게 이 세상에서 가장 소중한 건 무엇입니까?" 하고 물어보았다.

"가족이지요." 드와이트 씨는 한마디로 말했다. "가족만큼 소중한 건 없습니다. 가족이야말로 모든 것의 기초이지요."

그의 트럭 계기판에는 아들이 고등학교 학생회장 선거에 입후보했을 때의 모습을 찍은 잘생긴 얼굴 사진이 들어간 유인물이 보란 듯이 놓여 있었다. 그는 고등학교를 졸업하면 일본으로 선교를 하러 가기로 되어 있었다.

아이다호 주 워런.

유타 주 거니슨에 사는 이노우에 씨.

그러나 유타 주에 있는 동안은 술을 마실 수 없어 난처했다. 종교적인 이유로 주 전체에서 술은 한 방울도 마시지 못하게 되어 있었던 것이다. 덩달아 커피도 거의 마실 수 없었다. '글쎄, 이따금 2, 3일쯤 술을 마시지 않아도 괜찮겠지' 하고도 생각했지만, 마시지 못하게 하면 더욱 마시고 싶어지는 게 사람의 마음이다. 찌는 듯한 더운 하루를 보내고 저녁때가 되면 차가운 생맥주 한 잔이 마시고 싶어진다. 하지만 어딘가에 들어가서 맥주를 주문하는 일이 그리 간단하지 않다. 거리에는 술집도 없다. 레스토랑에서도 술을 팔지 않는다. 그래서 어쩔 수 없이 아이스티나 꿀꺽꿀꺽 마셔댈 수밖에 없었다. 애리조나와의 주 경계에 가까운 시더 시티라는 도시에 도착해 모텔에 들어서자, 검은 양복에 흰 와이셔츠와 검은 넥타이 차림의 모르몬교 선교사 같은 분위기를 풍기는 청년 두 사람이 프런트에 앉아 있었다. 너무 갈증이 나서 혹시나 하는 생각에 "이 근처에 혹시 맥주를 마실 수 있는 레스토랑은 없습니까?" 하고 물어보았다. 이젠 거의 주 경계도 가깝고 하니까 혹시나 하고 생각했던 것이다. 그러나 청년들은 역시 난처한 듯이 얼굴을 찡그리면서, "아, 죄송합니다만 여기는 아직 유타 주이기 때문에 그런 것은 없습니다" 하고 정중하게(그러나 다소 냉정하게) 대답했다. '그렇게 술이 마시고 싶으면 애리조나 주까지 가서 마시고 오지 그러나?' 하는 느낌의 대답이었다. 나도 할 수만 있다면 그렇게 하고 싶었지만, 주 경계까지는 아직 두 시간이나 남았고, 이제 더 이상 운전 따위는 하기 싫었다. 지독하게 더운 날씨여서 우리는 그야말로 젖은 수건처럼 지쳐 있었고, 시원한 맥주 한 잔이 절실했던 것이다.

밖으로 나와서 여러 가지 방법으로 사람들에게 물어봤더니, 도시 끝자락에 바 같은 집이 하나 있다고 했다. 실제로 그곳까지 가봤지만 그곳은 아무리 내가 목이 마르다 할지라도 발을 들여놓고 싶은 마음이 일절 생기지 않는 곳이었다.

나는 이전에 필라델피아의 촌구석에 있는, 역시 종교적인 마을에서 한 추레한 술집에 들어간 적이 있어서 잘 알고 있는데, 그런 곳은 〈철가면〉에 나오는 지하 감옥처럼 침침한데다 분위기가 거칠고 험악해서 주변 일대의 불량배가 다 모인 집합소처럼 보이는 것이 보통이다. 그런 곳에 들어가서 맥주를 마셔봐야 맛이 날 리 없다.

어쩔 수 없이 단념하고 알코올이 빠진 맛대가리 없는 저녁 식사를 했다. 그 후에 자동차 안을 샅샅이 뒤져 며칠 전 주유소에서 산 채 그대로 방치해둔, 말 오줌처럼 미지근한 버드와이저 캔 하나를 발견했다. 그것을 호텔로 들고 와 차게 해서 두 사람이 절반씩 나누어 마셨다. 몇 모금 안 되어 안타까웠지만 정말 최고의 맛이었다.

유타 주는 풍경이 아름답고 풍토도 흥미 깊은 곳이었지만, 주 경계를 넘어서 애리조나 주로 들어가 사막 한가운데에 있는 후진 마을의 후진 바에서 차가운 버드와이저 맥주를 주문해 꿀꺽꿀꺽 단숨에 들이켰을 때는 정말 살 것 같았다. 그 순간 이 빌어먹을 세계의 피하려고 해도 피할 수 없는 현실이 내 몸에 조금씩 조금씩 스며 들어왔다. 리얼하게, 차갑게, 음, 세상에는 이런 맛이 있어야지 하고 생각했다.

애리조나를 지나(우리가 실제로 통과한 부분에 대해서 말한다면 선인장과 주유소 외에는 별다른 건 아무것도 없는 곳이었다), 네바다 주로 들어가 드디어 도박의 도시 라스베이거스에 도착했다. 나는 도박이라면 전혀 흥미가 없는 인간이지만, 모처럼 유명한 라스베이거스에 왔으니까, 하고 생각하며 해가 지고 나서 정장으로 갈아입고 카지노에 갔다.

칩을 사 가지고 룰렛대로 가서 아무래도 상관없다는 듯 여기저기에 적당히 칩을 놓고 있으려니까, 비기너스 럭(초보자의 행운-옮긴이)이라고나 할까, 운 좋게 170달러가량의 칩이 쌓였다. 얼씨구나 싶어 그 돈으로 중고 재즈 레코드를 꽤 여러 장 사들였다. 라스베이거스의 거리에도 찾아보면 중고 레코드 가게가 몇 군데 있어서, 가게에 따라서는 상당히 재미있는 레코드도 구할 수 있다.

그러나 도대체 어떤 사람이 일부러 환락의 도시 라스베이거스까지 가서 곰팡내 나는 중고 재즈 LP를 부지런히 구하며 돌아다니겠는가? 아마 170달러를 따고서도 흥분하여 공연히 들뜬 채로 룰렛대를 떠나버리는 겸허한(혹은 궁상떠는) 성격의 사람에게서나 볼 수 있는 일일 것이다.

그러나 에이조 군은 나보다 더 심해서, 슬롯머신에서 칩이 양손 가득 와르르 쏟아져나왔을 뿐인데도 긴장한 나머지 복통이 와서 방으로 돌아가 설사를 해버렸다. 나중에 초췌한 얼굴로 되돌아와서는 "전 아무래도 도박에는 소질이 없는 것 같습니다" 하고 말했는데, 아마 그 말이 맞다는 생각이 들었다. 그 역시 도박에는 전혀 소질이 없는 것 같았다. 그런 연유로 우리는 라스베이거스에서는 파산도 하지 않고 부자가 되지도 않았다. 중고 레코드 몇 장이 생겼을 뿐이다. 그러나 새삼스럽게 지미 스미스의 LP를 사가지고 도대체 어쩌겠다는 것인가?

네바다 주를 뒤로하고 우리는 여행의 마지막 일정으로 잡은 캘리포니아 주로 간신히 들어갔다. 캘리포니아로 가는 길에는 선인장 외에는 아무것도 없는 사막이 계속해서 이어지고 있었다. 그 한가운데에 고속도로가 직선으로 뻗어 있다. 다만

지금까지는 스쳐 지나가는 차가 반가워 보일 정도로 텅 비어
있던 고속도로가 갑자기 도메이(東名, 도쿄-나고야 간 고속도로) 정
도로 붐비기 시작했다. 그리고 길게 뻗은 완만한 비탈길을 올
라가서 고개를 넘자, 저 아래 도망갈 곳을 잃은 거대한 영혼과
같은 기묘한 흰 덩어리가 선명하게 보였다. 납작하고 평평한
모양을 하고 있어서, 그대로 접시에 얹어 나이프로 싹둑 자를
수 있을 것처럼 보였다. 한참 동안 생각하고 나서야 그것이 로
스앤젤레스의 그 유명한 스모그임을 알 수 있었다.

　왠지 묘한 기분이었다. 대도시의 스카이라인이 보이는 것도
아니고, 태평양의 푸른 물결이 보이는 것도 아니다. 무엇인가가
특별히 맞이해주는 것도 아니다. 고개를 넘자 저쪽에 흰 스모그
덩어리가 보이고, '아, 저것이 로스앤젤레스구나!' 하고 생각할
뿐이다. '아아, 이제 겨우 우리는 미국 대륙을 횡단하여 서해안
에 도달했구나!' 하는 깊은 감동을 거기에서 받을 수는 없었다.

　감개 같은 것은 우리가 고개를 내려와서 그 스모그 속에 완
전히 삼켜져서 6차로쯤 되는 로스앤젤레스 교외의 프리웨이
를 달리고 있을 때에야 문득 느꼈다. 이렇게 말해버리면 맛도
정취도 없겠지만 '미국은 정말 거대한 나라이고, 우리는 아주
오랫동안 여행을 했구나!' 하는 정도의 감동이 찾아왔다.

걸어서 고베까지

1997년 5월, 혼자서 니시노미야西宮에서 고베까지 걸었다. 그저 한번 걸어보고 싶었다. 이 글은 어디에 싣는다는 목표도 없이, 말하자면 나 자신을 위해 쓴 글인데, 결국 발표할 지면을 얻지 못한 채 이 책에 수록하게 되었다. 고향에 대해서 글을 쓴다는 것은 어려운 일이다. 상처를 입은 고향에 대해서 쓴다는 것은 더더욱 어려운 일이다. 더 이상 할 말은 없다. 에이조 군이 나중에 내가 걸었던 노정을 더듬어서 사진을 찍어주었다.

어린 시절의
기억

니시노미야 근처에서 고베의 산

노미야三宮까지 혼자 충분한 시

간을 가지고 걸어보려고 생각한 것은 올해 5월이었다. 우연히

1박 2일 일정으로 교토에 가야 할 일이 있어서, 내친김에 니시

노미야까지 갔다. 니시노미야에서 고베까지는 지도에서 보면

15킬로미터 정도의 거리가 된다. 결코 가까운 거리는 아니지

만 일단 걷는 데는 자신이 있고, 걸어서 가는 데 고생할 정도

로 먼 거리도 아니었다.

나는 호적상으로는 교토 태생이지만 그 직후에 효고兵庫 현

니시노미야 시의 슈쿠가와夙川라는 곳으로 이사를 가고, 얼마

후 아시야芦屋 시로 옮겨가 10대의 대부분을 그곳에서 보냈다.

따라서 놀러 가는 곳은 당연히 고베의 시내 산노미야 근처였

던 것이다. 그렇게 해서 한 사람의 전형적인 '한신칸(阪神間, 오

사카와 고베 사이 소년)'이 다시 태어나게 된 것이다.

당시의 한신칸은—물론 지금도 그럴지도 모르지만—소년

기에서 청년기를 보내기에는 꽤 좋은 장소였다. 조용하고 한

니시노미야 시 슈쿠가와의 오아시스 로드.

가하며 어딘지 모르게 자유로운 분위기가 배어나왔다. 바다나 산과 같은 자연도 가까이 할 수 있고 바로 옆에 대도시도 있었다. 음악회에 가거나 헌책방에서 싸구려 페이퍼백을 들춰볼 수도 있었고, 재즈 카페에 틀어박혀 있거나 예술 전용 극장에서 누벨바그(1950년대 후반 프랑스의 여러 개성파 영화감독들이 추구한 작품 양식-옮긴이) 영화를 볼 수도 있었다. 양복이라면 물론 반VAN 재킷이었다.

하지만 내가 대학에 입학하면서 도쿄로 올라와 그곳에서 결혼하고 직업을 가지고 나서는, '한신칸'으로 돌아간 적이 거의 없었다. 이따금 귀향하는 일이 있어도 볼일이 끝나면 곧장 신칸센을 타고 도쿄로 돌아왔다. 생활이 바빴던 탓도 있었고, 외국에서 생활한 기간도 길었다. 게다가 몇 가지 개인적인 일도 있었다. 이 세상에는 고향으로 끊임없이 회귀하려는 사람도 있고, 반대로 고향에는 돌아가지 않겠다고 우기는 사람도 있다. 양쪽을 구분 짓는 기준은 대부분의 경우 일종의 운명의 힘인데, 그것은 고향에 대한 상념의 비중과는 약간 다른 것이다. 좋든 싫든 간에 나는 후자에 속해 있는 것 같다.

본가는 줄곧 아시야 시에 있었지만 1995년 1월의 한신 대지진으로 더 이상 거기서 살 수 없게 되었고, 부모님은 그 후 곧 교토로 이사를 갔다. 그런 연유로 나와 한신칸을 이어주는 구체적인 끈이 지금은—나의 중요한 자산인 기억 외에는—이미 존재하지 않게 되었다. 그러니 진정한 의미에서 그곳을 '고향'이라고 부르기는 좀 곤란한 일이다. 그 사실은 나에게 어느 정도 상실감을 가져다주었다. 기억의 축이 몸속에서 희미한 소리를 내면서 삐걱거린다. 그것은 아주 생생한 소리로 다가온다.

그러나 반대로 생각해보면 바로 그렇기 때문에 나는 그곳을 내 발로 한 걸음씩 차근차근 걸어보고 싶다고 생각했는지도 모른다. 분명한 기반을 상실한 '고향'이 내 눈에 어떻게 비치는지 검증해보고 싶었는지도 모른다. 그곳에서 나는 도대체 나 자신의 어떤 그림자를 (혹은 그림자의 그림자를) 발견하게 될까?

그리고 또 한 가지, 2년 전에 한신 대지진이 내가 자라난 도시에 어떤 영향을 미쳤는지 알고 싶었다. 지진이 일어나고 나서 나는 고베의 거리를 여러 차례 방문하면서, 지진이 남긴 그 깊은 상처의 흔적에 충격을 받았다. 그러나 그로부터 2년이 지난 후 가까스로 안정을 되찾은 듯한 거리가 실제로 어떤 변화를 이루어냈는지, 그리고 그 거대한 폭력이 거리에서 무엇을 빼앗아가고 무엇을 남겼는지를 내 눈으로 똑똑히 보고 싶었던 것이다. 그것은 어쩌면 나 자신의 현재 모습과도 적잖이 관련되어 있을 것이기 때문이었다.

고무로 바닥을 댄 운동화를 신고 노트와 작은 카메라를 숄더백에 집어넣고 한신 니시노미야 역에 내려서, 그곳을 출발점으로 삼고 서쪽을 향해 천천히 걷기 시작했다. 선글라스가 필요할 정도로 좋은 날씨였다. 우선 남쪽 출구에 있는 상가를 빠져나갔다.

초등학교 시절 자전거를 타고 자주 이곳까지 물건을 사러왔었다. 시립 도서관이 근처에 있어서 틈난 나면 그곳에서 아동 도서를 닥치는 대로 읽어댔다. 플라스틱 모델을 파는 모형 가게도 있었다. 그래서 이 부근은 나에게는 굉장히 낯익은 장소이다.

하지만 마지막으로 이곳을 찾은 것은 상당히 오래전이어서 상가는 이제 거의 알아볼 수 없을 정도로 변해 있었다. 그 변화의 어디까지가 통상적인 시간 경과에 따른 것인지, 어디서부터가 지진의 물리적 피해에 의한 것인지 나로서는 정확한 판단을 내릴 수 없었다. 그렇지만 2년 전 지진이 남긴 상처 자국은 역시 뚜렷했다. 건물이 무너진 공터가 마치 이빨이 빠진 것처럼 드문드문 보였고, 그것들을 연결하듯이 조립식 가점포가 죽 늘어서 있었다. 로프로 구획된 공터에는 여름의 초록빛 잡초가 무성하게 자라나 있었고, 노면의 아스팔트에는 불규칙적인 균열이 남아 있었다. 널리 세상의 주목을 받으면서 급속한 부흥을 이루어내고 있는 고베의 번화가와 비교하면, 그곳에 남겨진 공백은 왠지 무겁고 둔하며, 조용하고 깊어 보였다. 물론 이런 실정이 니시노미야 상가만의 일은 아닐 것이다. 그 비슷한 상처를 계속 짊어지고 있는 장소가 고베 주위에 수없이 많고, 보이지 않는 많은 상처들이 알려지지 않은 채 존재하고 있을 것이다.

상가를 빠져나가 길을 건너니 그곳에 에비스 신사神社가 있다. 굉장히 큰 신사로, 경내에는 깊은 숲이 있다. 내가 어렸을 때 이곳은 우리 또래들에게 멋진 놀이터였다. 그러나 지금, 이곳의 상처 자국은 보기에도 안쓰럽다. 한신 국도를 따라 늘어서 있는 높다란 가로등들 대부분이 어깻죽지에서 전등 부분이 잘려나가고 없었다. 그것들은 예리한 칼로 잘려나간 머리처럼 발밑에서 제멋대로 굴러다니고 있었다. 남겨진 받침대는 의식과 방향을 상실한 석상처럼, 꿈속에 나타나는 이미지처럼 아무 말도 없이 묵묵히게 늘어서 있었다.

어렸을 때 자주 보리새우 낚시를 했던 연못의 낡은 돌다리는 무너진 채 방치되어 있었다. 낚시라고 해봐야 끈을 비끄러맨 빈 병에 밀가루 먹이를 넣어 물속에 던져뒀다가 보리새우가 들어오면 적당히 그것을 끌어올리는 간단한 일이었다. 연못의 물은 마치 오랜 시간을 들여서 푹 삶아낸 것처럼 거무튀튀하고 끈적끈적해져 있었고, 나이를 알 수 없는 거북이들이 메마른 바위 위에서 한가로이 일광욕을 즐기고 있었다. 참담한 파괴의 흔적이 곳곳에 생생하게 남아 있어서, 주변 일대는 무슨 유적처럼 보였다. 다만 경내의 깊은 숲만이 내 기억에 남아 있는 옛 모습과 다름없이, 시간을 초월해서 조용하게 자리하고 있었다.

나는 신사 경내에 걸터앉아 초여름의 태양 아래서 다시 한

번 주위를 둘러보면서 그곳 풍경에 익숙해지도록 나 자신을 맞춰보았다. 나는 그 풍경을 내 자신의 내부로 자연스럽게 받아들이려고 했다. 의식 속으로, 피부 속으로, 어쩌면 내 자신이 이런 상처를 입은 건지도 모른다는 생각을 하면서.

슈쿠가와

니시노미야에서 슈쿠가와까지 걸었다. 정오가 되려면 아직 시간이 남아 있었다. 빨리 걸으면 약간 땀이 날 정도의 따뜻한 날씨였다. 내가 지금 어디쯤 걷고 있는지 지도를 보지 않아도 짐작은 가지만, 거리에 대한 자세한 기억은 나지 않았다. 옛날에 자주 걸었던 길인데도 전혀 기억나지 않았다. 어째서 이렇게 기억이 나지 않을까, 하고 이상하게 생각했다. 아니 솔직히, 혼란스러웠다고 해야 할 것이었다. 마치 밖에 나갔다가 집에 돌아와 보니 가구의 위치가 전부 바뀌어 있는 것 같은 느낌이었다.

그러나 그 이유는 금세 알 수 있었다. 공터의 장소가 네거티브 필름과 포지티브 필름처럼 뒤바뀌어 있는 것이었다. 즉 옛날에 공터였던 땅은 이제는 공터가 아니고, 공터가 아니었던 곳은 지금은 공터로 바뀌어 있는 것이었다. 대체로 전자는 공터가 택지로 변했기 때문이며, 후자는 대지진에 의해 낡은 가옥이 소멸했기 때문이다. 그런 두 가지 작용이 서로 겹쳐지면서, 내 기억 속에 있던 과거의 거리 풍경이 상상 속에서만 남아 있게 되어버린 것이다.

내가 옛날에 살던 슈쿠가와 근처의 낡은 집도 없어졌다. 그 뒤에는 연립 주택들이 죽 늘어서 있었다. 근처에 있던 고등학교 운동장에는 지진 피해자들을 위한 가설 주택이 지어져 있었고, 우리가 옛날에 야구를 하면서 놀던 자리에는 그곳에 살고 있는 사람들의 세탁물이나 이불 등이 이지러이 널려 있었다. 아무리 눈을 부릅뜨고 바라봐도, 옛날 모습은 거의 찾아볼 수 없었다. 강물은 그때와 다름없이 맑고 아름다웠지만, 너무도 단정하게 콘크리트로 발라 놓은 강바닥을 보니 왠지 모르게 기묘한 느낌이 들었다.

바다 쪽을 향해 조금 걸어가다가 근처의 조그만 초밥집에 들어갔다. 일요일 점심때여서 배달 주문으로 바쁜 것 같았다. 배달을 나간 젊은 친구는 좀처럼 돌아오지 않고, 주인은 주문 전화를 받느라 정신이 없었다. 일본 어느 곳에서나 볼 수 있는 풍경이었다. 주문한 음식이 나올 때까지 멍하니 TV를 보면서 맥주를 마셨다. TV에서는 효고 현 지사가 나와서 지진 후 복구 현황에 대해 초대 손님과 뭔가 얘기하고 있었다. 어떤 얘기를 하고 있었는지 생각해내려고 해도 지금은 완전히 잊어버렸다.

옛날엔 제방을 올라가면, 바로 눈앞에 바다가 펼쳐져 있었다. 나는 어렸을 때, 여름이 되면 매일같이 그곳에서 헤엄을 치며 놀았다. 바다도 좋아했고 헤엄치는 것도 좋아했다. 고기도 잡았다. 매일 개를 데리고 산책도 했다.

그냥 그곳에 꼼짝 않고 앉아 있는 것도 좋았다. 밤중에 집을 빠져나와 친구들과 함께 해안으로 가 여기저기서 나무들을 모아 모닥불을 피웠다. 바다 냄새와 파도 소리, 바다가 운반해오는 것이라면 나는 다 좋아했다.

그러나 지금 거기에는 바다가 없다. 사람들은 산을 깎아내어 그 대량의 흙을 트럭이나 컨베이어 벨트로 해변까지 운반해서 바다를 메웠다. 산과 바다가 근접한 한신칸은 그런 토목 작업에는 참으로 이상적인 장소였다. 산이 깎여나간 자리에는 깨끗한 주택이 세워지고, 매립된 바다에도 역시 아담한 주택들이 들어섰다. 그런 공사가 이루어진 것은 내가 도쿄로 올라가고 나서 얼마 후 고도성장 시대를 맞이해 전국토의 개혁 붐이 한창 일고 있을 때였다.

나는 지금 가나가와神奈川 현 해안 거리에 집이 있어 도쿄와 그 도시 사이를 왔다 갔다 하며 생활하고 있는데, 이제는 그 해안 거리가 나에게―유감이라면 매우 유감스러운 일이지만―고향보다 더욱 강하게 고향을 생각나게 해준다. 그곳에는 아

직도 헤엄칠 수 있는 해안이 있으며, 푸른 산이 나를 맞이해준
다. 나는 그런 것을 나름대로 지켜가려 하고 있다. 이미 지나가
버린 광경은 두 번 다시 원래 모습으로는 되돌아오지 않기 때
문이다. 사람들의 손에 의해 고삐가 풀린 폭력 장치는 결코 제
자리로 돌아오는 법이 없다.

제방 너머, 옛날에 고로엔香爐園 해수욕장이 있던 부근은 주
위가 매립되면서 아담한 하구(혹은 연못)로 바뀌었다. 그곳에서
는 한 무리의 윈드 서퍼들이 서핑에 여념이 없었다. 그 바로
서쪽에 보이는 옛날 아시야 해변에는 고층 아파트가 모노리스
(하나의 거대한 돌로 만들어진 건조물-옮긴이)의 무리처럼 밋밋하게 늘
어서 있었다.

해변에서는 왜건 등의 차를 타고 찾아온 몇몇 가족이 휴대
용 가스풍로를 가지고 와서 바비큐를 준비하고 있었다. 이른
바 '아웃 도어'다. 고기나 생선을 굽는 흰 연기가 일요일의 화
려한 정경의 일부로 횃불처럼 하늘을 향해 조용히 피어오르고
있었다. 하늘에는 구름 한 점 없는 5월 오후의 한가한 풍경이
었다. 나무랄 데라곤 없다고 해도 좋을 징조였다. 그러나 콘크
리트 제방에 걸터앉아 옛날에 바라보았던 그 바다 부근을 뚫
어질 듯이 바라보고 있으면, 그곳의 모든 사물이 마치 타이어
바람이 빠지는 것처럼, 내 의식 속에서 조금씩 조용히 현실감

을 상실해갔다.

그 평화로운 풍경 속에는 폭력의 잔재 같은 것이 존재하고 있음을 부정할 수 없었다. 적어도 나에게는 그렇게 느껴졌다. 그 폭력성의 일부는 우리의 발밑에 숨어 있고, 또 다른 일부는 우리 자신의 내부에 숨어 있다. 하나는 다른 하나의 메타포이기도 하다. 어쩌면 그것들은 상호 교환이 가능하다. 그것들은 같은 꿈을 꾸는 한 쌍의 짐승처럼 그곳에 잠들어 있는 것이다.

작은 강을 건너서 아시야 시로 들어섰다. 옛날에 다니던 중학교 앞을 지나서, 그때 살았던 집 앞을 지나 한신 아시야 역까지 걸어갔다. 역 앞에 붙은 포스터를 보니까, 일요일(오늘이다) 2시부터 고시엔甲子園 구장에서 '한신 야쿠르트'의 낮 경기가 열린다고 한다. 포스터를 보고 있자니 갑자기 고시엔 야구장에 가고 싶어졌다. 갑자기 예정을 바꿔 오사카 행 전철을 탔다. 시합이 막 시작되었으니까 지금 가면 3회 정도부터는 볼 수 있을 것이다. 여행은 내일 다시 하면 되겠지.

고시엔 야구장은 내가 어렸을 때와 거의 똑같았다. 좀 묘한 표현이지만 나는 마치 시간이 탈선한 것 같은 그리운 위화감을 절실하게 느꼈다. 달라진 것이 있다면 물방울무늬의 탱크를 둘러맨 칼피스 장수가 없어진 것과(아무래도 이제는 칼피스를 마시는 사람이 그다지 많지 않은 것 같다), 외야의 스코어보드가 전광판으로 바뀌었다는 정도였다(덕분에 낮에는 글자를 보기가 매우 힘이 든다). 그라운드의 흙 색깔도 똑같았고, 잔디의 초록색도 똑같았고, 한신 팬도 똑같았다. 지진이나 혁명, 전쟁이 일어나도, 그리고 몇 세기가 지나도, 한신팬의 모습만은 아마 달라지지 않을지도 모른다.

야구는 가와지리川尻와 다카쓰高津의 투수전이었는데, 결국 1대 0으로 한신이 승리했다. 한 점 차라고 해도 특별히 스릴 있는 시합은 아니었다. 구경거리가 거의 없는 시합이었다. 좀 더 극단적으로 말하면 특별히 구경할 필요가 없는 시합이었다. 특히 외야석 관객에게는. 햇살만 따가웠고 이상하게 목이 말랐다. 차가운 맥주를 몇 컵인가 마신 끝에 결국 외야 벤치 위에서 이따금 꾸벅꾸벅 졸기까지 했다. 잠에서 깨어났을 때, 내가 지금 어디에 있는지, 한순간 완전히 잊어버렸다(나는 도대체 어디에 있는 걸까?). 조명등의 그림자가 구부러지면서 바로 옆으로 길게 뻗어 있었다.

고베 항

고베 시내에서 적당히 눈에 띄는 조그만 새로운 호텔에 방을 잡았다. 숙박 손님 대부분이 젊은 여성인 그런 호텔이었다. 아침 6시에 일어나서 러시아워가 되기 전에 한큐阪急 전철로 아시야가와 역에 도착했다. 그리고 거기서부터 다시 가벼운 도보 여행을 계속했다.

어제와는 딴판으로 하늘은 구름에 뒤덮이고 약간 으슬으슬 춥기까지 했다. 신문의 일기 예보에 의하면 오후부터 비가 내린다고 했다. 불길한 예언만을 전하는 카산드라(그리스 신화에 나오는 여자 예언가-옮긴이)처럼(물론 그 예보는 적중하여 나는 저녁때 비를 흠뻑 맞았다).

산노미야 역에서 산 조간신문에는 또 '스마 뉴타운'(그것도 역시 산을 깎아내서 만든 새로운 거리일 것이라고 나는 상상했다. 귀에 익숙하지 않은 지명이었으니까)에서 두 명의 소녀를 습격하여 한 사람을 죽인 강간범이 아직도 체포되지 않았다는 기사가 실려 있었다. 단서가 될 만한 것은 전혀 찾아내지 못하고 있다고 했다. 어린 딸을 둔 사람들은 공포를 느끼고 있다고 보도하고 있었다. 그 시점에서는 아직 하세 준土師淳 군의 살인을 확인할 수 없었다. 그러나 어쨌든 그것은 초등학생을 노린 잔혹하고 음침하며 무의미한 범죄임에는 틀림없는 사실이었다. 나는 거의 신문을 읽지 않기 때문에 그런 사건이 있었다는 것조차 모르고 있었다.

기사의 행간에 단조로우면서도 묘한, 깊고 을씨년스럽게 질책하는 낮은 목소리가 감돌고 있었던 것을 나는 기억하고 있다. 그 신문을 접으면서 남자가 혼자 평일 한낮에 어슬렁어슬렁 거리를 걸어 다니고 있으면 사람들이 이상한 눈으로 쳐다볼지도 모르겠구나 하고 생각했다. 새로운 폭력의 그림자가 그 장소에 있는 나의, 새로운 의미에서의 '이질성'을 떠올리게 만들었다. 나 자신이 그 자리에 전혀 어울리지 않는 장소에 들어와 버린 것 같은, 초대받지 않은 손님처럼 느껴졌다.

한큐 전철 노선의 산등성이 길을 이따금 우회하면서 서쪽으로 걸어가면, 30여 분 만에 고베 시로 들어간다. 아시야는 남북으로 길게 뻗어 있는 거리다. 그래서 동서로 걸으면 금방 건너편으로 빠져나가게 된다. 걸어가면서 좌우를 살펴보니 역시 여기저기 지진으로 생긴 공터가 눈에 띄었다. 인기척이 없는 기울어진 집들도 이따금 보였다. 한신칸의 흙은 간토 지방과는 달리 원래 모래땅이어서 매끈하고 색깔도 하얗다. 그렇기 때문에 공터가 한층 더 두드러져 보였다.

땅에는 초록의 여름풀이 무성하여 그 대조가 아주 선명했다. 그것은 친근한 사람의 흰 피부에 남겨진 외과 수술 자국을 연상시킨다. 그 이미지가 어디까지나 물리적으로, 시간과 상황을 뛰어넘어서 내 피부를 찔렀다.

물론 그곳에 있는 것은 잡초가 무성하게 자란 공터뿐만이 아니었다. 건축 현장 몇 군데가 눈에 띄었다. 앞으로 1년도 채

안 되는 기간 동안 이 근처에는 신축 가옥이 우후죽순처럼 들어설 것이다. 여기저기 새로운 기와가 새로운 태양 빛을 받아서 눈부시게 빛날 것이다.

그렇게 되면, 그곳에 생겨난 새로운 풍경과 나라는 인간 사이에는 더 이상 공유감은 존재하지 않게 될 것이다. 그 사이에는 아마도 지진이라는 가공할 파괴 장치가 제멋대로 고정시킨 새로운 분수령이 있게 될 것이다.

나는 하늘을 올려다보고 희미하게 흐려져 있는 아침의 공기를 들이마시며, '나'라는 인간을 만들어온 이 땅에 대해 생각하고, 이 땅에 의해 만들어진 '나'라는 한 인간에 대해 생각했다. 스스로 선택할 수 없는 일들에 대하여.

옆에 있는 한큐 오카모토岡本 역에 도착해서 아무 카페에나 들어가 모닝 서비스 아침식사라도 해야겠다고 생각했다. 생각해보니 아침부터 아무것도 먹지 못했던 것이다. 하지만 막상 아침부터 영업을 하고 있는 카페는 어디서도 찾아낼 수 없었다. 그렇다. 이곳은 그런 거리가 아니었던 것이다. 어쩔 수 없이 국도 옆 가게에서 칼로리 메이트를 사서 공원 벤치에 앉아 혼자 묵묵히 먹었다. 그리고 캔 커피를 마시고 나서 지금까지의 노정에서 본 것들에 대해 메모를 했다. 그러고는 담배 한

대를 피우고, 주머니에 넣어온 헤밍웨이의 《해는 또다시 떠오른다》를 몇 페이지인가 읽었다. 고등학교 시절에 읽은 기억이 있지만, 우연히 호텔 방에서 다시 읽게 되었는데 완전히 넋을 빼앗겼다. 어째서 옛날에는 이 소설의 미덕을 이해하지 못했을까? 그렇게 생각하니 왠지 이상한 느낌이 들었다. 아마 무엇인가 다른 엉뚱한 생각을 하고 있었을 것이다.

그다음의 미카게御影 역에서도 역시 유감스럽게도 모닝 서비스는 받을 수 없었다. 나는 따뜻하고 진한 커피와 버터를 바른 두껍게 썬 토스트를 꿈꾸면서 한큐 전철의 철로를 따라서 묵묵히 계속 걸었다. 여전히 공터와 건축 현장을 지나쳤다. 그리고 자녀를 학교나 역까지 태워다 주는 몇 대의 벤츠 E클래스가 나를 스쳐 지나갔다. 물론 벤츠는 상처는 물론이고 얼룩 하나 없다. 상징에 실체가 없고 흐르는 시간에 목적이 없는 것처럼, 그것은 폭력과도 관계가 없고 지진과도 관계가 없는 사물이다. 한큐 롯코六甲 역 앞에서 가볍게 타협해 맥도날드에 들어가 에그머핀 세트(360엔)를 주문하고 겨우 허기를 채운 다음 30분의 휴식을 취했다. 시계는 9시를 가리키고 있었다. 아침 9시에 맥도날드에 들어가 있자니, 나 자신이 거대한 (맥도날드적인) 가상현실의 일부에 짜 맞춰져 있는 것처럼 느껴졌다. 혹은 무의식의 일부가 된 것처럼. 하지만 실제로 나를 에워싸고 있는 것은 생각할 것까지도 없이 어디까지나 개별적인 현실이다. 개별성이 좋든 나쁘든, 일시적으로 갈 곳을 상실하고 있을 뿐인 것이다.

모처럼 여기까지 온 김에, 약간 땀을 흘리면서 가파른 언덕길을 올라가 예전에 다녔던 고등학교까지 걸어가보았다. 학생 시절에는 언제나 민원버스를 타고 다니던 그 길을 천천히 걸어갔다. 산의 경사면을 평평하게 해서 만든 넓은 운동장에서는 여학생들이 체육 시간인 듯 핸드볼을 하고 있었다. 주위는 쥐 죽은 듯이 고요해서, 이따금 들리는 여학생들의 구령 소리 외에는 아무 소리도 들리지 않았다. 너무도 조용해서, 어떤 계기로 잘못된 공간에 들어와 있는 듯한 느낌이 들 정도였다. 어째서 이렇게 조용할까?

눈 아래로 까마득히 푸르게 빛나는 고베 항을 내려다보면서, 먼 옛날의 산울림이 들려오지 않을까 하고 바짝 귀를 기울여보았다. 그러나 내 귀에는 아무 소리도 들리지 않았다. 폴 사이먼의 옛날 노래 가사를 빌린다면, 거기서는 다만 '침묵의 울림'이 들려올 뿐이었다. 그러나 어쩔 수 없었다. 아무튼 모든 것은 흘러가버린 30여 년 전의 이야기니까.

30여 년이나 지난 이야기, 그렇다. 나는 한 가지만은 확실하게 말할 수 있다. 인간은 나이가 들면 그만큼 자꾸만 고독해져

간다. 모두가 그렇다. 그러나 어쩌면 그것은 잘못된 일이 아닐지도 모른다. 왜냐하면 어떤 의미에서 우리의 인생은 고독에 익숙해지기 위한 하나의 연속된 과정에 지나지 않기 때문이다. 그렇다면 구태여 불만을 토로할 이유가 없지 않은가. 불만을 털어놓더라도 도대체 누구를 향해 털어놓을 수 있단 말인가.

산노미야에서의 추억

자리에서 일어나 고등학교를 빠져나와서는 그냥 무미건조하게 긴 언덕길을 내려와 그대로 신칸센의 고베 역까지 걸었다. 여기까지 오면, 목적지인 산노미야까지는 얼마 걸리지 않는다.

시간적인 여유가 있어서, 순수한 호기심으로 역 앞에 있는 개업한 지 얼마 되지 않은 거대한 신고베 오리엔탈 호텔에 들어가보았다. 그곳 카페 라운지의 소파에 몸을 깊숙이 가라앉히고, 오늘 처음으로 겨우 제대로 된 커피를 마셨다. 어깨에서 가방을 내려놓고 선글라스를 벗은 후에 심호흡을 하고 다리를 편히 뻗었다. 문득 생각이 나서 화장실에 들어가 아침에 호텔을 나오고 나서 처음으로 소변을 보았다. 자리로 돌아와 커피를 다시 한 잔 주문하고 나서야 한숨을 돌리며 주위를 둘러보았다. 엄청나게 넓었다. 항구 근처에 있던 이전의 고베 오리

엔탈(지진 때문에 지금은 휴업 중이지만, 그 호텔에서는 묘한 친밀감이 느껴졌다)과는 굉장히 인상이 달랐다. 넓다기보다는 오히려 '휑하다'는 표현이 사실에 가까울지도 모른다. 왠지 미라의 수가 부족한 새로 만든 피라미드처럼 보였다. 트집을 잡는 것은 아니지만 하룻밤 묵어보고 싶다는 생각이 들지 않는 호텔이었다. 적어도 내 취향은 아니었다.

몇 개월 후에 바로 그 카페 라운지에서 조직 폭력배끼리의 권총 난사 사건이 일어났는데, 그로 인해 두 사람이 목숨을 잃었다. 물론 그런 일이 일어나리라고는 그때의 나로서는 전혀 짐작도 할 수 없었다. 그러나 어쨌든 나는 그곳에서 '다가올 폭력'의 그림자와 얼마간의 시차를 두고 우연히 스쳐 지나가게 된 셈이었다. 그렇게 생각해보면 '우연'이라지만 뭔가 이상한 느낌이 든다. 과거, 현재, 미래가 입체적으로 교차하듯이 왕래하고 있다.

우리는 왜 이처럼 깊이, 그리고 끊임없이 폭력의 그림자에 노출되어 있을까? 나는 4개월 후 이 가벼운 도보 여행을 되돌아보면서, 그리고 책상 앞에 앉아 이 문장을 쓰면서, 문득 그런 생각을 갖게 되었다.

현재 이 고베라는 지역만을 따로 떼어놓고 봐도, 하나의 폭력이 또 다른 폭력에 숙명적으로 단단히 연결되어 있는 것처럼 느껴진다. 그곳에는 뭔가 시대적인 필연성이 있을까? 아니면 어디까지나 단순한 우연의 일치에 지나지 않는 것일까?

내가 일본을 떠나 미국에서 살고 있는 동안 때마침 한신 대지진이 일어났고, 2개월 후엔 지하철 독극물 사건이 일어났다. 나에게 그것은 매우 상징적인 의미를 지닌 연쇄 사건처럼 생각되었다. 나는 그 해 여름 일본으로 돌아와 한숨을 돌리고 나서 지하철 독극물 사건의 피해자들과 인터뷰를 하고 1년 후 《언더그라운드》라는 책을 완성했다. 내가 이 책에서 추구하고 그려내고 싶었으며 어쩌면 나 자신이 절실하게 알고 싶었던 것은, 우리 사회에 잠재되어 있는 폭력성에 대해서였다. 우리가 평소에는 그 존재를 잊고 있지만 현실적으로 늘 가능성으로 잠재하고 있는 폭력 말이다. 그래서 나는 인터뷰 상대로 '가해자'가 아니라 굳이 '피해자'를 선택했던 것이다.

니시노미야에서 고베까지의 길을 혼자 이틀에 걸쳐 묵묵히 걸으며 나는 그런 명제에 대해 줄곧 생각하고 있었다. 지진의 그림자 속으로 발걸음을 옮기면서, '지하철 독극물 사건이란 도대체 어떤 의미를 담고 있을까?' 하고 줄곧 생각했다. 그 두 사건은 별개가 아니다. 한 가지 사건을 푸는 것은 어쩌면 다른 한 가지 사건을 더욱 명쾌하게 푸는 길로 이어질 것이다. 나는 그렇게 생각한다. 그것은 물리적이면서 동시에 심적心的인 일이다. 아니 심적이라는 것은 곧 물리적인 것이다. 나는 거기에 나름대로 회랑을 만들어야만 한다.

그리고 다시 덧붙인다면 '나는 지금 도대체 무엇을 할 수 있는가?'라는 더 중대한 명제가 있다.

유감스럽게도 나는 아직 그런 명제에 대해 논리적으로 명확한 결론을 내리지 못하고 있다. 나는 구체적으로 어디에도 도달해 있지 못하다. 현재 내가 할 수 있는 일이라곤, 나의 사고가 (혹은 시선이, 혹은 두 다리가) 더듬어온 현실적인 노정을, 이와 같은 불확실한 산문으로 조금씩 그릇에 퍼 담아서 제시하는 것뿐이다. 그러나 만일 가능하다면, 이해해주기 바란다. 결국 나라는 인간은, 두 다리를 움직이고 신체를 움직이는 과정을 일일이 물리적으로 서툴게 지남으로써만 앞으로 나아갈 수 있다. 그리고 그것은 시간이 걸린다. 비참할 정도로 시간이 걸린다. 때가 늦지 않기만을 바랄 뿐이다.

가까스로 산노미야의 거리에 도착했다. 몸에서는 땀 냄새가 물씬 풍겼다. 특별히 먼 거리는 아니었지만 아침에 산책하기에는 좀 먼 거리였다. 호텔 방에서 뜨거운 물로 샤워를 하고, 머리를 감고, 냉장고에서 차가운 생수 한 병을 꺼내어 단숨에 마셨다. 여행 가방에서 새 옷을 꺼내 갈아입었다. 감색 폴로 셔츠와 푸른색 면 상의와 베이지색의 치노 바지로. 발은 약간 부어 있지만 이것만은 다른 것과 바꿀 수 없는 소중한 것이다. 머릿속에서 해결되지 않은 채 몽롱하게 들어앉아 있는 상념, 이것 역시 바꿔치기할 수 없다.

특별히 하고 싶은 일도 생각나지 않아서, 거리로 나가 눈에 띄는 적당한 영화를 봤다. 감동적이라고는 할 수 없어도 그다지 나쁘지 않은 영화였다. 톰 크루즈 주연. 몸을 쉬면서 시간을 보냈다. 내 인생에서 두 시간이 지나갔다. 감동도 없이, 그다지 나쁘지도 않게. 영화관을 나오니 벌써 저녁 무렵이었다. 산책 삼아 산자락에 있는 작은 레스토랑까지 걸어갔다. 혼자 카운터에 앉아서 해물 피자를 주문하고 생맥주를 마셨다. 혼자 온 손님은 나밖에 없었다.

그렇게 생각해선지는 몰라도 그 술집에 들어오는 손님들은 나를 제외한 모든 사람이 무척이나 행복해 보였다. 연인들은 사이가 아주 좋아 보였으며, 그룹으로 찾아온 남녀는 큰 소리로 즐거운 듯이 웃고 있었다. 이따금 그런 날이 있다.

내 앞으로 온 해물 피자에는, '당신이 드시는 피자는 우리 가게의 958,816번째 피자입니다'라고 쓰인 작은 종이쪽지가 붙어 있었다. 얼마간은 그 숫자의 의미가 잘 이해되지 않았다.

오마에하마 공원에서 바라다보이는 아시야 시 하마카제초 방면.

958,816? 나는 이 숫자에서 도대체 어떤 메시지를 읽어야 할
것인가? 그리고 보니 여자친구와 몇 번인가 이 가게에 와서 마
찬가지로 차가운 맥주를 마시고 번호가 딸린 갓 구운 피자를
먹었던 기억이 난다. 우리는 장래에 대해 여러 가지 이야기를
나누었다. 그때 우리가 말했던 모든 예측은, 전부 깨끗이 빗나
가버렸지만……. 하지만 그것은 오래된 옛날 이야기이다. 이곳
에 바다가 있고, 산이 있었던 무렵의 이야기다.

아니, 바다와 산은 지금도 분명히 있다. 물론 내가 이야기하

고 있는 것은 지금 여기에 있는 것과는 다른 바다와 산의 이야기인 것이다. 두 잔째 맥주를 마시면서 《해는 또다시 떠오른다》의 문고본 페이지를 펼쳐서 읽다만 부분을 마저 읽었다. 잊힌 사람들의 잃어버린 이야기들. 나는 금세 그 세계로 이끌려 들어간다.

얼마 후 레스토랑을 나와 미리 예고된 대로 나는 비에 젖었다. 정말 짜증날 정도로 흠뻑 젖었다. 새삼스럽게 우산을 사기도 귀찮을 정도로.

나를 다시 태어나게 하는 여행

김진욱

자기 내면의 풍경을 조망하려는 노력, 내면의 소리에 귀기울이려
는 노력이 수반되어야 참다운 여행이 될 수 있다는 메시지.

하루키 읽기의 색다른 맛.

"어느 날 문득 나는 긴 여행을 떠나지 않고서는 도무지 견딜
수가 없었다."

하루키는《먼 북소리》에서 이렇게 토로한 바 있습니다. 그렇
습니다. 삶이 버거워 '도무지 견딜 수 없'게 될 때, 우리는 여행
을 생각하게 됩니다. 그것은 장 그르니에가 "혼자서, 아무 가진
것 없이, 낯선 도시에 도착하는 상상을 나는 몇 번씩이나 해
보았다"고 말한 것과 크게 다르지 않을 것입니다. 가슴 저 밑

바닥에서 끊임없이 울려오는 먼 북소리. 그것이 우리를 떠나게 합니다. 하루키 말마따나 그것은 어쩌면 '병病'인지도 모릅니다. 하지만 그 여행이 아무리 '춥고 배고픈' 것이라 하더라도 우리는 그 여행을 통하여 새로운 자신을 발견하고, 삶을 견디게 해주는 새로운 에너지를 얻게 됩니다. 하여 여행은, 진정한 여행은, 일상생활 속에서 졸고 있는 감정을 일깨우는 커다란 자극인 동시에, 우리의 아픈 곳을 어루만져주고 마음속 상처에 새 살이 돋아나게 하는 약이 되어줍니다.

이 책《나는 여행기를 이렇게 쓴다》에서 하루키는 젊은 날 자신이 어딘가로 훌쩍 떠나기를 즐겨 했다고 밝히고 있습니다. 그리고 그 여행의 끝에서 매번 어떤 결말을 만나곤 했다고 말합니다. '이제 어디로 가야 하는가' 하는 절망. 그것은 '끝'까지 내몰린 자의 느낌 바로 그것이었을 터입니다. 그러나 참으로 희한하게도, 그런 방황과 절망에서 그는 가슴 가득 차오르는 풍부한 판타지를 느낄 수 있었습니다. 그런 판타지가 그에게 눈물을 흘리게 하고 글을 쓰게 하였습니다. 실제로 그의 대표작이라 할 수 있는《상실의 시대》의 경우 하루키는 전반부는 그리스를 여행하는 중에, 중반부는 시실리에서, 그리고 후반부는 로마에서 썼습니다.

이 책에서 하루키는 작가, 배우들의 성지라고 일컬어지는 미국의 이스트햄프턴에도 가보고, 일본의 한 무인도에도 가봅니다. 멕시코의 원주민 마을도 둘러보고, 일본의 소문난 우동집을 순례하기도 합니다. 자신의 작품 《태엽 감는 새》의 한 무대이기도 했던 몽골의 노몬한 마을에 가기 위해 중국을 경유하는 먼 여행을 하기도 합니다. 또 미국 동부의 대서양 연안에서 서부의 태평양 연안까지 자동차로 횡단 여행을 하기도 하고, 몇 해 전 지진으로 큰 피해를 입었던 고베 근처의 고향을 도보로 여행하면서 어린 시절의 자신을 돌아보기도 합니다. 이 책을 읽는 우리는 하루키라는 가이드의 안내를 받아 그 여행을 함께 즐기는 여행자인 셈입니다.

그 여행에서 하루키는 시끌벅적한 멕시코 노래가 잠시도 쉬지 않고 쿵쾅거리는 버스에 시달리기도 하고, 진저리나도록 형편없는 도로 상태와 교통 규칙을 지키지 않는 운전자들, 그리고 나을 만하면 다시 걸리는 식중독에 고통을 겪기도 합니다(멕시코). 우동 가락이 코에서 나올 것 같은 느낌이 들 정도로 우동을 먹어대기도 하고(우동 맛기행), 지난날 치열한 전투가 벌어졌던 몽골 노몬한의 전적지에서 전쟁이라는 것과 일본이라는 나라에 대해서 심각한 사색에 빠져들기도 합니다(노몬한). 일본의 한 무인도를 찾아가 옷을 홀랑 벗고 바위에 기대앉아 책을 읽기도 합니다(무인도 여행). 재미있는 것은 하루키가 그 무인도에 2, 3일쯤 여유롭게 지낼 요량으로 갔다가 수많은 벌레 떼에 쫓겨 하루 만에 부랴부랴 돌아오는 우스꽝스런 장면입니다.

저는 "여행이라는 것 자체가 여행자에게 의식의 변혁을 가져다주는 것이라면 여행을 묘사·기록하는 작업 역시 그 움직임을 반영하는 것이어야 한다"는 하루키의 말이 작가 혹은 여행에서 새롭게 눈뜬 자의 책임을 강조한 말이라고 생각합니다. 여행에서 느끼는 이런저런 감흥과 정신적 고양을 자기 혼자 누리는 데서 그치는 것이 아니라 그것을 고스란히 다른 사람들과 나누어 가지려는 태도를 가져야 한다는 것이지요.

여행을 하고 글을 쓰려는 사람이라면 "그때그때 현실에 자신을 몰입시키는 것이 중요하다"는 하루키의 말을 기억해둘 필요가 있습니다. 자기 자신이 그 자리에서 녹음기가 되고 카메라가 된다는 것, 그러고 나서 여행에서 돌아와 시간이 어느 정도 지나면 가라앉을 것은 가라앉고 떠오를 것은 떠오르게 되는데, 그때 비로소 살아 있는 글이 나오게 된다는 것입니다.

또 한 가지 중요한 것은, 진정한 여행이 되게 하기 위해서는 단순히 어느 지역을 '둘러보는' 데 그쳐서는 안 되며 그것을 자신에 대한 진지한 성찰의 계기로 만들어야 한다는 점입니다. 단순히 어떤 공간을 경과하는 것이 아니라 그 움직임 속에서 새로운 세계를 발견하고 자신의 삶을 변화시키려는 격렬한 의지를 이끌어내는 것이라야 여행다운 여행이 될 수 있다는 것이지요. 그러니 외부의 풍경에만 눈길을 줄 뿐 자기 '내면의 풍경'을 조망하려는 노력을 기울이지 않고서는, 또한 외부의 온갖 소리에만 열중할 뿐 자신의 '내면의 소리'에 귀기울이려는 노력을 하지 않고서는, 그 여행은 여행의 참다운 의미를 제대로 살린 것이 되기 어렵습니다. 기껏해야 남에게나 거기 가보았노라고 자랑 삼아 늘어놓기 위한 것에 지나지 않게 됩니다. 그것은 껍데기뿐인 여행입니다.

이제 하루키는 더 이상 낯선 외국 작가가 아닙니다.《상실의 시대》《태엽 감는 새》《댄스 댄스 댄스》등 그가 쓴 작품 대부분이 국내에 번역 소개되고 있고, 대학생, 직장인뿐 아니라 중, 고등학생까지도 하루키의 주요 작품들을 두루 읽고 있는 실정입니다. 그러한 하루키 선풍의 한가운데에 '정확한 번역과 권위 있는 해설'에 각고의 노력을 기울인 문학사상이 있음을 잘 알고 있는 터라, 번역에 더 신경을 쓸 수밖에 없었습니다.

아무튼 하루키 선풍의 진원지라 할 문학사상에서 새로이 소개하는《나는 여행기를 이렇게 쓴다》는 하루키 읽기의 색다른 맛을 선사해드릴 것입니다. 특히 이 책은 사진편이 별도로 있습니다. 하루키와 오래전부터 호흡을 맞춰 공동 작업하고 있는 사진작가 마쓰무라 에이조의 사진은 이 여행기의 영상 이미지를 훌륭하게 담아내고 있습니다. 《나는 여행기를 이렇게 쓴다》에 실린 사진들을 글과 함께 감상한다면 여행 에세이를 읽는 맛이 훨씬 생생할 것입니다.

나는 여행기를 이렇게 쓴다

1판 1쇄	1999년 2월 13일	1판 32쇄	2014년 11월 28일
2판 1쇄	2015년 4월 20일	2판 7쇄	2023년 3월 24일

지은이   무라카미 하루키
옮긴이   김진욱

펴낸이   임지현
펴낸곳   (주)문학사상
주소   경기도 파주시 회동길 363-8, 201호(10881)
등록   1973년 3월 21일 제1-137호

전화   031) 946-8503
팩스   031) 955-9912
홈페이지 www.munsa.co.kr
이메일   munsa@munsa.co.kr

ISBN   978-89-7012-918-1 (03830)